ZUI最心灵
XINLING
醉心灵

幸福玫瑰
Xingfu Meigui

汪建民◎著

贴心的励志读本，获得心灵的滋养
让你放开脚步，一路向前

 吉林出版集团有限责任公司

图书在版编目（CIP）数据

幸福玫瑰 / 汪建民著. -- 长春 ：吉林出版集团有
限责任公司，2015.11
（最心灵 醉心灵）
ISBN 978-7-5534-9228-5

Ⅰ．①幸… Ⅱ．①汪… Ⅲ．①散文集－中国－当代
Ⅳ．①I267

中国版本图书馆CIP数据核字（2015）第262370号

幸福玫瑰

著　　者	汪建民	
责任编辑	王　平　齐　琳	
封面设计	宋双成	
开　　本	710毫米×1000毫米　1/16	
字　　数	216千字	
印　　张	16	
版　　次	2015年12月第1版	
印　　次	2015年12月第1次印刷	

出　　版　吉林出版集团有限责任公司
电　　话　总编办：010-63109269
　　　　　发行部：010-67290259
印　　刷　北京楠萍印刷有限公司

ISBN 978-7-5534-9228-5　　　　　定价：36.00元

前　言

在这个世界上每个人都希望得到幸福，有的人天天享受幸福，而有的人终其一生也寻找不到幸福，这是为什么呢？其实道理很简单，因为幸福是一个人内心的感受，幸福跟人内心感受是否满足有关。

当我们去西峡旅行，坐在大巴车上欣赏窗外的美景：有洁白的云彩；有橘红的夕阳；有宁静的湖泊；苍翠的青山；有整齐的村落……仿佛置身一幅美丽的画卷中，物我合一，陶醉其中。此时内心就会感到满足，这就是一种幸福。

每个人的人生都不可能是完美的，工人说："老板是幸福的，因为老板天天无所事事，便能收获大把大把的金钱"；农民说："当官是幸福的，因为当官的有很大的权力和地位"；穷人说："富人是幸福的，因为富人常常游山玩水，不愁吃不愁穿"。他们抱怨自己不幸福，其实是体会不到幸福罢了。

生活中，经常听到人们抱怨说，现在的物质生活水平提高了，幸福感却越来越少。其实，不是幸福指数下降了，而是很多人被欲望迷惑了双眼，不断地追求更高的利益，以至于缺乏了满足感。殊不知，贫困地区的求学儿童，能有一本新华字典，是最大的幸福；蓬头垢面、饥寒交迫的乞丐们，能有一个热腾腾的馒头，是最大的幸福；病床上被病痛折磨的瘫痪人，能站起来走路是最大的幸福；监狱里处处被人监视的犯人，能得到自由也是最大的幸福。和他们相比，难道说你不幸福吗？

仔细想想，幸福其实是无处不在的，每个人都被幸福包围着。只要我们正确理解幸福，那么幸福会永远留驻在我们心里。拥有一个漂亮书包是幸福；找到一份工作是幸福；拥有一套房子是幸福；有深爱的人是幸福，被人爱也是幸福；付出是幸福，回报也是幸福……看，百味人生里包涵着千般不同的幸福，就看我们如何理解幸福，如何去发现幸福。幸福就是一种感觉，你有金钱是幸福，我有健康是幸福；你有权力是幸福，我有家庭是幸福；你有楼房是幸福，我有快乐是幸福。我们的世界里到处都有幸福，我们有什么理由不满足呢？

幸福与金钱多少无关，与地位高低无关，与容颜美丑无关，与房子大小无关，与年龄老幼无关，与知识深浅无关，它决定于欲望、气度、心态，决定于内心的修炼，决定于精神的高度。没有人能告诉我们幸福有多远，还要等待多久，只要用心感受，在充满着爱的心灵里一定盛开着永不凋谢的幸福玫瑰。

让我们珍爱生命，珍惜生活，调整心态，学会满足，只要我们善待生活，幸福又怎么舍得离开呢？

目　录

第一章　幸福在哪里

　　杨格说："真正的幸福，双目难见。真正的幸福存在于不可见事物之中。"的确，幸福并没有特殊的定义，它是我们在生活中的一种感受，源自每个人的内心，和外物没有必然的关系。一个人只有内心得到满足才是最幸福的。只要我们善于发现寻找，那么幸福会每时每刻停留在自己的身边。

第二章　幸福藏在至亲间

至亲即是最亲的人，包括血统关系最亲密的戚属，也包括关系很密切的人。在我们的生活中，至亲之间的相互关怀总会让人为之感动。我们在这种交往与感动中，我们依然能感到幸福、甜蜜。

第三章　幸福在情窦初开时

幸福是一种经历，是一种悟性，是一种心境，是一种感觉，只要我们用心去体会，随处都可以感受到它的存在。情窦初开时那青涩的爱情是最纯洁、最美好的，在青涩爱情中获得的幸福也是不言而喻的。让我们一起回味那一段美好吧!

第四章　幸福在成熟爱情中

成熟的爱情是在能爱的时候，懂得珍惜；成熟的爱情，是在无法爱的时候，懂得放手；成熟的爱情，并不一定是他人眼中的完美匹配，而是相爱的人彼此心灵的相互契合，是为了让对方生活得更好而默默奉献，这份爱不仅温润着他们自己，也同样温润着那些世俗的心。

第五章　幸福婚姻充满美好

　　甜蜜恋人总是对婚姻充满无限美好的憧憬，真正步入婚姻殿堂的他们，究竟能否得到幸福呢？这取决于他们对婚姻的理解和经营。婚姻如同粘合剂，把本不相干的两个人用一纸婚书粘合在一起，然后互相渗透，慢慢地你中有我，我中有你，就有了最初的牵挂和幸福。幸福的婚姻，少不了宽容、体贴、忍让、相互理解、相互支持、相互关心及相互忠诚的心。

第六章　幸福在光阴里成熟

什么样的婚姻才是幸福的？两个人拥有共同的理想和追求，欣赏和帮助对方，其次就是"爱"和"包容"，只要两人都能做到这几点，那么，他们的婚姻生活必定是幸福美满的。一段成熟的婚姻一定是这样的，我因有你而更爱世界的一切，我因有你而感到幸福。

第七章　幸福陪伴在身边

幸福是温暖，是感激，是奉献，是宽容，每个人都可以感受和品味幸福。幸福是天空，是草地，是阳光，在我们的生活中无处不在。小鸟因为有一双翅膀能在天空中飞翔而幸福；学生因为有一个漂亮的书包而幸福；慈善家因为帮助了更多需要帮助的人而幸福……幸福其实就是陪伴人一生的追求，从来没有片刻的远离。

第一章
幸福在哪里

　　杨格说："真正的幸福，双目难见。真正的幸福存在于不可见事物之中。"的确，幸福并没有特殊的定义，它是我们在生活中的一种感受，源自每个人的内心，和外物没有必然的关系。一个人只有内心得到满足才是最幸福的。只要我们善于发现寻找，那么幸福会每时每刻停留在自己的身边。

幸福就在身边

有个人不知什么是幸福，他发誓要寻找到幸福。他先从知识里寻找，得到的是幻灭；从旅行里找，得到的是疲劳；从财富里找，得到的只是争斗和忧愁，从写作中找，得到的只是劳累。难道知识、旅行、写作与幸福快乐绝缘吗？显然不是。

在火车站里，他看到一位中年男子走下列车后，径直来到一辆汽车旁，先吻了一下车内的妻子，又轻轻地吻了一下妻子怀中熟睡的婴儿——生怕把他惊醒。然后，一家人就开车离开了。

他由此感慨到：生活的每一正常活动都带有某种幸福的成分。对于某个人来讲，你可能是幸福的、满足的，也可能是不幸福的。

人生的目的是幸福。幸福大多是主观的，它原本就深植于人们心中，在生存需求的满足中，因而，幸福无所不在。

曾听说过这样一个故事：

一个人历尽艰险去寻找天堂，终于找到了。当他欣喜若狂地站在天堂门口欢呼"我来到天堂了"时，看守天堂大门的人诧然问他："这里就是天堂？"欢呼者顿时傻了："你难道不知道这儿就是天堂？"

守门人茫然摇头："你从哪里来？"

"地狱。"

守门人仍是茫然。欢呼者慨然嗟叹："怪不得你不知天堂何在，原来你没去过地狱！"你若渴了，水便是天堂；你若累了，床便是天堂，你若失败了，成功便是天堂；你若是痛苦了，幸福便是天堂。

总之，若没有其中一样，你断然不会拥有另一样的。天堂是地狱的终极，地狱是天堂的走廊。当你手中捧着一把沙子时，不要丢弃它们，因为金子就在

其间蕴藏。

幸福就是把自己的工作做好，又能拥有轻松休憩的时刻。幸福是拥有一些熟悉、不需客套的朋友，能够相互分担、分享彼此的烦恼、快乐，尽管观点有所差异，却永远相互尊重。

幸福是什么？其实幸福就是拥有一个舒适的工作间，笔筒里都是自己所珍爱的文具，书架上列满了各式各样自己所喜欢、对自己有助益、启发的书，四周有绿色植物芳馨围绕，还有一把坐再久都能觉得舒适的坐椅。

心灵感悟：

生活中总有一些人在寻找幸福，但却不知道幸福就在自己的身边。其实，幸福是没有定义的，它在一个人的心里。有的人有车、有房、有钱，却仍然感觉不到幸福，那是因为现状并没有让他内心感到满足；有的人生活简朴，无房无车，却天天感觉到很幸福，这时因为在生活中肯定有了他所需要的"东西"，他的内心得到了满足。

每一天都幸福

小虫从小和奶奶相依为命。每年冬天，她都穿着单薄的布鞋上学，同桌都能听到那双小小的脚拼命摩挲的声音。

有一天，小虫因发高烧被送进了医院。

班主任立刻倡导大家要奉献爱心。小虫回到教室的时候，小小的桌子上堆满了东西，有糖果、卡片、人民币，还有一双过冬的棉鞋。

小虫开始拼命地读书，大三时被国家保送到美国深造。她全部的行李只有奶奶的遗像和一个大纸箱子——里面珍藏着十七年前全班同学送给她的东西：霉掉的食物，泛黄的祝福，零零碎碎的小票子。它们全部原封不动地躺在箱子

里。

"我放在箱子里，每天看一遍，每年看365遍，我365天都觉得自己是世界上最幸福的人，老天爷待我不薄，让我遇到这么好的老师和同学。"小虫每天都很幸福，因为在她的心中永远能感觉到一种温暖。

小虫有着不凡的奋斗经历，这"不凡"除了机遇，更多地来自纸箱子带给她的信念——感恩的信念。人若能体会到幸福，便能全心面对和投入生活，为自己的理想全力以赴。

心灵感悟：

有人说看人家多幸福，开着高档车、穿着名牌服装、住着舒适的别墅，其实不然。幸福并不是物质上的一种追求，而是内心的一种满足。小虫家里贫穷，连一双像样的鞋子都没得穿，但她身边有同学们的爱心，她是幸福的。是啊，拥有金山不一定幸福，失而复得才是幸福。读书是幸福，行走是幸福，贪敛不是幸福，抱怨不是幸福。幸福在每个人的心里。

幸福源自心态

有时候幸福和不幸取决于自己的心态，也就是怎样看待现在的自己。把痛苦和不幸的标准放在别人的身上，并不能使我们幸福。

有一天踢球时，男孩磕坏了膝盖。从此，他再也不能登山、爬树，更不用说去航海了。不过，长大后他学了商业经营管理，而后经营医疗设备。他娶了一位温柔美丽的女孩。她长着黑黑的长发，个头儿不高，眼睛也不是蓝色的，而是褐色的，她不会弹吉他，甚至不会唱歌，不过做得一手好菜，画得一手出色的花鸟画。

因为要照顾生意，他住在市中心的高楼大厦里，从那儿可以看到蓝蓝的大海和闪烁的灯光。他的屋门前没有圣伯纳德的雕像，只有饲养的一只长毛猫。

他有3个美丽的女儿，坐在轮椅中的小女儿是最可爱的一个。3个女儿都非常爱她们的父亲。她们虽不能陪父亲踢球，但有时她们会一起去公园玩飞盘，而小女儿就坐在旁边的树下弹吉他，唱着动听而久萦于心的歌曲。他过着富足、舒适的生活，但他却没有红色法拉利。有时他还要取送货物——甚至有些货物并不是他的。

一天早上醒来，他记起了多年前自己的梦想。"我很难过。"他对周围的人不停地诉说，抱怨他的梦想没能实现。他越说越难过，简直认为现在的这一切都是上帝同他开的玩笑。妻子、朋友们的劝说他一句也听不进去。最后，他终于悲伤地病倒，住进了医院。一天夜里，所有人都回了家，病房中只留下护士。他对上帝说："还记得我是个小男孩时，对你讲述过我的梦想吗？"

"那是个可爱的梦想。"上帝说。

"你为什么不让我实现我的梦想？"他问。

"你已经实现了。"上帝说，"只是我想让你惊喜一下，给了一些你没有想到的东西。我想你该注意到我给你的东西；一位温柔美丽的妻子，一份好工作，一处舒适的住所，3个可爱的女儿——这是个最佳的组合。"

"是的，"他打断了上帝的话，"但我以为你会把我真正希望得到的东西给我。"

"我也以为你会把我真正希望得到的东西给我。"上帝说。

"你希望得到什么？"他问。他从没想到上帝也会希望得到东西。

"我希望你能因为我给你的东西而快乐。"上帝说。

他在黑暗中静想了一夜。他决定要有一个新的梦想，他要让自己梦想的东西恰恰就是他已拥有的东西。后来他康复出院，幸福地住在自己的公寓中，欣赏着孩子们悦耳的声音、妻子深褐色的眼睛以及精美的花鸟画。晚上他注视着

大海，心满意足地看着明明灭灭的万家灯火。

　　只看到别人外在的幸福，就轻率地判断超越了自己的幸福，这并不是一种理智的思维，越是这样想，那么幸福就离你越远，很多人感觉不到幸福的原因正是在于盲目地悲叹自己的处境。

乔治的幸福

　　乔治是一个懂事的孩子，每到周末，他都要去两英里以外的树林里捡柴。

　　那天天气很好，乔治没一会儿就捡到了许多木柴。太阳升起来了，乔治感到口渴难耐。于是他找了一个阴凉的地方休息，顺便吃些东西，因为他要到下午的时候才能回去呢。小溪的旁边有一棵大树，那可是个不错的休息地方。当他到了那里的时候，他发现那里长了一些熟透了的野草莓。

　　"正愁着这些干巴巴的面包怎么吃下去呢，把草莓夹在面包里味道一定好极了！"乔治把帽子放在草地上垫好，小心翼翼地把熟透了的野草莓一颗颗放在里面。"要是妈妈能和我一起分享这些美味该有多好呀！可是她现在却在阴暗的屋子里承受着病魔的折磨。"想到这些，乔治把即将送入嘴里的草莓放了下来。

　　"还是给妈妈留着吧，她现在正病着呢，吃了这些草莓一定会好受一些。"乔治想道。可是那些草莓实在是太诱人了，乔治心想："我干了一天活了，就吃一点吧。"于是他就把草莓分成两堆。但是，每一堆看起来都很小，他便又将它们放到了一起。

　　"只尝一颗。"他想。无意中，他把最好的一颗拿了起来，快要送到嘴里的时候，他发现了那是最好的一颗，于是他又把草莓放下了，心想："我要把最好的留给妈妈，不，我要把全部的草莓都留给妈妈。"最后，乔治一颗草莓也没有吃，他又去捡柴了。

黄昏的时候他回到了家，当他放下木柴时，听到了妈妈的呼唤："乔治，你帮妈妈倒杯水吧！我有些口渴。"乔治高兴地把草莓送给妈妈。

"这是你专门留给妈妈的吗？"妈妈眼中已充满了泪水。"妈妈为有你这样的孩子而感到骄傲！"乔治心想："原来奉献是这样幸福的一种感觉。"

心灵感悟：

把自己的东西奉献给别人，让别人过得舒服些，看到别人幸福自己也会觉得很幸福。妈妈的爱可以让一个人感觉幸福，而自己对妈妈的爱，也可以让幸福围绕自己，多么奇妙的一种关系，这就是人性的光华所在。

幸福的哲学

一个富人和一个穷人在一起谈论什么是幸福。

穷人说："幸福就是现在。"

富人望着穷人漏风的茅舍、破旧的衣着，轻蔑地说："这怎么能叫幸福呢？我的幸福可是百间豪宅、千名奴仆啊。"

一场大火把富人的百间豪宅烧得片瓦不留，奴仆们各奔东西。一夜之间，富人沦为乞丐，火热的7月，汗流浃背的乞丐路过穷人的茅舍，想讨口水喝。穷人端来一大碗清凉的水，问他："你现在认为什么是幸福？"

乞丐眼巴巴地说："幸福就是此时你手中的这碗水。"

富人心里所认为的幸福，一直是有百间豪宅、千名奴仆，但当他沦为乞丐的时候，才霍然明白，幸福只是拥有一碗水。如此看来，幸福的真谛不是物质

所有达到，它是一种无形的心理追求，当你觉得满足时那就是幸福。因此，在生活中，我们要多看看自己所拥有的，只看自己拥有的，你会很富有，只看自己所没有的，你会一无所有，便不会感觉到幸福。

一位心理学家指出：最普遍的和最具破坏性的倾向之一就是集中精力于我们所想要的，而不是我们所拥有的。欲望是无限的，无休止地扩充自己的欲望名单，不满足感也会在无形中伴随着你，幸福感也会悄然离去。"当这项欲望得到满足时，我就会快乐起来。"可是一旦欲望得到满足后，这种心理作用却不断重复，这种可能性是无穷无尽的!

心灵感悟：

欲望是一个极深的陷阱，当一个人注意到自己跌入这种陷阱的时候，赶快退出来。吸口气，记住你的幸福并不是你的不断追求，而是要感激你所拥有的一切。当你的精力不是集中于你想要的，而是集中于你所拥有的，不管怎样你都要结束这种要得到更多的想法，因为只有这样幸福才会垂青于你。

活着就是幸福

有位青年，厌倦了日复一日平淡无奇的生活，感到生命尽是无聊和痛苦。

为寻求刺激，青年参加了挑战极限的活动。主办者把他关在山洞里，无光无火亦无粮，每天只供应5千克的水，时间为120小时，整整5个昼夜。

第1天，青年还心怀好奇，颇觉刺激。

第2天，饥饿、孤独、恐惧一齐袭来，四周漆黑一片，听不到任何声响。于是他有点向往起平日里的无忧无虑来。他想起了乡下的老母亲千里迢迢风尘仆仆地赶来，只为送一坛韭菜花酱以及给小孙子的一双虎头鞋。他想起了终

日相伴的妻子在寒夜里为自己掖好被子。他想起了宝贝儿子为自己端的第1杯水。他甚至想起了与他发生争执的同事曾经给自己买过一份工作餐……渐渐地，他后悔起平日里对生活的态度来：懒懒散散，敷衍了事，冷漠虚伪，无所作为。

第3天，他饿得几乎挺不住了。可是一想到人世间的种种美好，便坚持了下来。第4天、第5天，他仍然在饥饿、孤独、极大的恐惧中反思过去，向往未来。

他痛恨自己竟然忘记了母亲的生日，他遗憾妻子分娩时未尽照料的义务，他后悔听信流言与好友分道扬镳……他这才觉出需要他努力弥补的事情竟是那么多。可是，连他自己也不知道，他能不能挺过最后一关。

就在他涕泪齐下、百感交集之时，洞门开了。阳光照射进来，白云就在眼前，淡淡的花香，悦耳的鸟鸣——他又迎来了美好的人间。青年摇摇晃晃地走出山洞，脸上浮现出了一丝难得的笑容。5天来，他一直用心在说一句话，那就是：活着，就是幸福！

心灵感悟：

开心的事每个人都乐于接受，并且很容易得到幸福，但没有哪个人的人生是一帆风顺的，当人们悲伤苦恼之时，人们都会哀叹人生的不幸，命运的不公。其实细细想来，在这生与死并存的人间，能好好地生活在这个美丽的世界里，那就是一种莫大的幸福。

幸福要靠追求

从前，有一个叫一心不二郎的孩子，他深爱着一位叫幸福的姑娘，幸福姑娘住在遥远的地方，中间隔了无数大山和河流。一心不二郎慢慢长大了，长成

了一名健壮的小伙子，他越发思念远方的幸福姑娘。终于有一天，他备足了干粮，出发去寻找远方的幸福姑娘。他走啊走啊，翻过了数不清的大山，过了数不清的大河，衣服被荆棘剐破了，脚底磨出了泡，头发也长得又乱又长，可依然不见幸福姑娘的踪影。

这一天，他走到一片树林里，看见树林里有一间小屋子，他走过去想讨碗水喝。屋门开了，走出来一位鹤发童颜的老人，他笑眯眯地看着一心不二郎，问："孩子，你要到哪里去，怎么憔悴成这样？""我要去寻找幸福。"一心不二郎回答，"她是一个圆脸、短发、大眼、小嘴的可爱姑娘，我们都管她叫小胖，我喜欢她，想娶她为妻，所以我要去找她，哪怕走到天边，也要找到幸福。"老人看着一心不二郎，摇摇头说："孩子，你太傻了，从前有好多年轻人都从我这里经过要去寻找幸福，但他们都没有能回来，路途遥远，险恶丛生，你会送了性命的。""我爱幸福，如果找不到她我活着又有什么意思，即使在找她的过程中我掉下悬崖或被凶狠的猛兽吃掉，我也不会感到遗憾。"一心不二郎坚定地说。"孩子，我劝你还是不要去了，人人都在追求幸福，其中不乏王公贵族，他们有大批的金银财宝做聘礼，有飞驰的快马做脚力，而你，有什么呢？就算你找到幸福，她可能也早已做了别人的妻子，你是得不到幸福的……""不，幸福是个好姑娘，她不像你说得那样，我虽然没有金银财宝，但我有一颗珍爱的心。"一心不二郎说着，伸手掏出了自己的心，鲜红鲜红的。老人看了，叹口气说："那你去吧，孩子，祝你有好运气。"

一心不二郎辞别了老人，继续前进，一路上遇到了数不清的艰难险阻，经历了无数的困苦，经过九九八十一天的跋涉，终于找到了幸福姑娘。幸福正在和一个骑着快马、带了20箱金银财宝的人结婚，一心不二郎站在人群外，呆呆地看着这一切，他感到自己的心都碎了。泪水从他的眼睛里流出来，滑过他憔悴的面庞，滴落在脚下鲜血染红的土地上，地上立刻开满了鲜花。幸福隔着人群看见了他，看见了这个为自己吃尽苦头、受尽磨难、痴心不改的小伙子。她从来都没有看见谁这样真切地爱过自己。她不顾一切地冲开人群，奔跑过来，紧紧拥抱小伙子疲惫的身躯，亲吻他憔悴的面容，用自己的热泪洗去他一路风尘，温暖他伤痕累累的心。

心灵感悟：

当幸福和温馨被思念带走时，小伙子对生活并没有茫然，而是在伤心过后怀着坚定的信念，不顾一切、执着地追求，终于让长久的幸福再次降临。幸福是个好姑娘，只要人们不懈追求，就能自得其爱。

自由和幸福

在科尔托尼村，有一个青年牧民名叫马尔丁诺。他老是身穿一件打补丁的厚呢短大衣，脚穿一双破鞋，头戴一顶旧草帽，肩膀上扛着一个粗布袋。尽管马尔丁诺穿着很寒酸，但他长得很漂亮，像蔚蓝天空中的太阳。有人说他比太阳还要美，这倒并不夸张。因为看太阳看久了，眼睛会酸痛，可是看马尔丁诺，却百看不厌，而且马尔丁诺的牧笛吹得比谁都好，他的歌声也比其他人都嘹亮动听。

马尔丁诺有时在这个村子里做活，有时在那个村子里放牧，所以认识他的人很多。姑娘们都对他报以微笑，小伙子们则嫉妒他，老人们总是眯着眼睛夸他长得英俊。久而久之，马尔丁诺变得骄傲起来。他觉得自己是一个非常了不起的人。

有一次，他来到一座森林里，觉得累了，就坐在林中草地的一块大石头上休息。他从衣袋里拿出了笛子，吹起了一首动人的曲子。这笛声一直传到森林深处。森林仙女听到了这首曲子，感到十分高兴，她想看一看是谁吹得那么好。她从大立菊飞到三叶草，从三叶草飞到风铃草，再从风铃草飞到石竹草，

仙女像蝴蝶那样地飞啊飞，一直飞到林中的草地上。"啊，你多幸福啊！"仙女望着马尔丁诺叫道，"听到你笛声的人都迷恋你，看到你的人都羡慕你！"

"你说什么？我可算是世界上最不幸的人了！正是因为那些讨厌的人们争相看我，我只得不停地从一个村子跑到另一个村子，活像个无家可归的流浪汉，当然，我也的确值得人们跑来看我一眼，如果我是一尊雕像就好了，那时我就幸福了！"

好心的仙女听了马尔丁诺的一席话，沉思了一下，然后同情地说："好吧！我可以使你得到幸福！这对我来说并不是一件难事。"说着，仙女用魔棒点了一下马尔丁诺。就在这一瞬间，马尔丁诺就如愿以偿，变成了一尊非常美丽的金雕像。他的草帽，还有他那打过补丁的上衣，连同他手中所拿的那把赤杨木笛子，转眼间全都变成纯金的了，甚至连他所坐的那块大石头，也都变成了闪闪发光的金子。

仙女望着这尊金光闪闪的雕像，满意地拍了拍手，高高兴兴地走开了。而金雕像马尔丁诺，却孤单寂寞地坐在森林草地的那块金石头上。马尔丁诺的愿望实现了。慕名而来的人们从远近村子里赶来欣赏他。一到晚上，人们燃起火堆，草地上聚集着男女青年们，他们弹着手风琴唱歌，手拉着手跳起舞来。

只有马尔丁诺一动不动地坐在那块金石头上，他是多么想跟大家一起唱歌跳舞啊！他还真想把笛子举到唇边，吹一首动听的曲子，但他的手却不听使唤。他想唱，但是金喉咙发不出一点声音来。他想找个漂亮的姑娘跳舞，但金腿离不开金石头。马尔丁诺悲伤极了，他想哭，但是金做的眼睛流不出一滴眼泪。

就这样过了一天又一天，整整过了3年，森林仙女又从花丛、草丛中飞了出来，飞到了林中的草地上，飞到马尔丁诺金雕像的身边。

"幸福的牧人还坐着，他得到了想要的一切。"仙女说，"英俊的小伙子，请你告诉我，你现在幸福吗？"

金雕像不说话。

"啊!"仙女自责地说,"我忘了你不能回答!请你不要生气,我马上再把你变成活人!仙女又用她随身带着的魔棒轻轻地点了一下金雕像,马尔丁诺立即从石头上跳起来,拿着赤杨木笛子和粗布袋子,头也不回飞快地跑了。

"站住!站住!你还没有回答我的问题呢?"仙女着急地叫道,但是只见马尔丁诺越跑越快,好像怕被人追上似的。他一边跑一边喊:"我现在知道了,自由才是最可贵的!再见啦!好心的仙女。"

心灵感悟:

当一个人真正失去自由的时候,才能真切地体会到自由是多么美好。难怪人们都期望自由,原来自由是那么珍贵,它能让一个人生活在幸福中。人心都是向往自由的,自由就是幸福,幸福就是自由,越自由,也就越幸福。

母爱,幸福的源泉

珍妮10岁那年,只记得母亲经常用木板车拉着父亲去县城看病,每次回家都会从父亲的衣兜里掏出给她买的扎头绳。看到各色的扎头绳,珍妮高兴极了,根本不曾想过父亲的病情如何。也就是这年7月的一天下午,和往常一样,母亲把父亲拉回家。珍妮也和原来一样,高兴地跑着去向父亲要扎头绳。而这一次,看见父亲是躺在车子上,母亲接住了珍妮将要掀开盖在父亲脸上的斗笠的手,母亲抱住她哭了,珍妮知道父亲走了!

在母亲拉着父亲回家的路上,母亲怕父亲被颠簸得疼痛(其实父亲哪里还知道疼痛啊),把擦汗的毛巾折叠着放在父亲的头下。母亲说,父亲走时就给她留下我们兄妹仨人,别的什么也没留下。

母亲白天下地干活，晚上管理几分自留地，还要给他们缝补衣裳，做鞋子。母亲心灵手巧，全村妇人都来问母亲要鞋样。有一次，母亲浇了一夜的菜，那时是用一根长绳将水桶一桶一桶地从井里往上提，这一夜，也不知提了多少桶！天亮时，母亲才发现自己的胳膊早被磨出了血泡，难怪母亲感到疼痛！

母亲就是靠过着这样的日子来供她兄妹仨人上学。母亲不识字，她一直有个心愿，想让他们兄妹都考上大学。他们仨人学习都很好，珍妮的成绩最突出，每次都是班级的第一名。

珍妮刚上初中时，由于母亲实在供不起他们，所以她多次辍学，而老师们又多次抓着她不放。从那时起，珍妮退了上，上了又退，最终在上初三的那年，痛下了决心。

看到伙伴们陆陆续续都去了学校，珍妮扶着大门流泪，她是多么想上学啊！母亲把她叫到跟前，"妈对不起你，妈知道你学习好，将来会有出息，可你离考大学还要几年啊！你哥哥就快考了，你妹妹还小，妈实在供应不起了，你退学最合适，你可以编草帽，帮助妈妈供应你哥哥和妹妹呀！"珍妮哭着不吱声。

母亲将珍妮紧紧地揽在怀里："妮儿呀，下辈子再托生为人，一定要找个有钱的人家，找个有能耐的妈妈……"看到母亲那一串串眼泪，珍妮放声哭了起来："妈，来生我再做人，还做您的女儿，还找您做妈妈！我不上学了，我要退学帮妈妈！"这一次，珍妮永远离开了学校大门。

直到现在，母亲还时常提起此事。母亲说，她这一生做的最大的错事，就是没有让珍妮上完学。今天珍妮有了自己的企业，上大学一月所挣的工资，也许她一天就拥有了，但她还是羡慕那些有知识有学历的人。而在她的内心深处，没有一丁点怪过妈，母亲抚养他们太不容易，她付出的是别的母亲几倍的艰辛！

艰苦的日子同样过得那样快，珍妮兄妹都成了家，哥哥和妹妹没有辜负母亲的心愿，他们都考上了很好的大学，现在都生活在城市里。他们很多次都要接母亲去他们那里一起生活，可母亲总是说在城市呆不惯，仍恋着自己的老家。有一次，珍妮给母亲买了一双皮鞋，母亲边试着鞋边问："就买一双吗？"其实珍妮懂妈的意思，而故意装作不明白："对呀！您要是喜欢，过段时间我再给您买一双。""妈知道你手头不宽裕，把这双拿给你婆婆穿吧！我和她的鞋码一样大，她穿着也会合适的。""妈呀！婆婆正穿着呢！和你的这双一模一样。"珍妮亲昵地揽着妈妈。妈笑了："你这鬼丫头，妈都老了，还戏弄妈妈。"

结了婚，珍妮才更了解母亲的孤寂，多少次劝母亲找个老伴，而母亲坚决不同意，她说，这么多年都熬过来了，她不能丢下父亲独自去享福！我们知道了母亲是多么地爱父亲呀！是啊！那样艰苦的年代，妈妈才39岁呀！她一个人承担起了父母亲的全部责任！那年的冬天，母亲的邻居打来电话："妮儿，快来看看你妈吧！她病了。"珍妮心急火燎，开着车飞快地来到母亲的家中，当看见母亲已瘦得不成样子，蜷缩在床上时，她惊呆了！

母亲听见珍妮来，无力地睁开眼睛。"妈，您病成这样，怎么不告诉我？您想让女儿后悔一辈子吗？"珍妮跪在母亲的床前，泣不成声。"我知道你忙呀！八个人替不下一个你，只要你们仨过得好，我这点病算什么，妈还行，能照顾自己。"母亲用她粗糙无力的手握着珍妮的手久久不愿撒开。从此，珍妮放下手中所有的事情，经常去看妈，还时常把她接到自己的家中。

💟 **心灵感悟：**

对于父母亲而言，儿女经常在自己身边就是幸福。因此，无论我们有多忙，也要常回家看看，为母亲带去那极为简单的幸福。钱没有了可以再挣，工作没有了可以再找，物品没有了可以再买，但母亲没

有了却永远也找不回来。我们要珍惜与母亲相处的时光，不要等到失去才懂得珍惜，从而后悔终生。

拥有就是幸福

有一个人，他生前善良且热心助人，所以在他死后，升上天堂，做了天使。他当了天使后，仍时常到凡间帮助人，希望感受到幸福的味道。

一日，他遇见一个农夫。农夫的样子非常苦恼，他向天使诉说：我家的水牛刚死了，没它帮忙犁田，那我怎能下田作业呢？"于是天使赐给他一只健壮的水牛，农夫很高兴，天使在他身上感受到了幸福的味道。

又一日，他遇见一个男人。男人非常沮丧，他向天使诉说："我的钱被骗光了，没路费回乡了。"于是天使给他银两做路费，男人很高兴，天使在他身上感受到幸福了的味道。

又一日，他遇见一个诗人。诗人年轻、英俊、有才华且富有，妻子貌美而温柔，但他却过得不快乐。

天使问他："你不快乐吗？我能帮你吗？"

诗人对天使说："我什么都有，只欠一样东西，你能够给我吗？"

天使回答说："可以。你要什么我都可以给你。"

诗人直直地望着天使："我要的是幸福。"

这下子把天使难倒了，天使想了想，说："我明白了。"然后把诗人所拥有的都拿走了。天使拿走诗人的才华，毁去他的容貌，夺去他的财产和他妻子的性命。天使做完这些事后，便离去了。

一个月后，天使再回到诗人的身边，他那时饿得半死，衣衫褴褛地躺在地上挣扎。于是，天使把他的一切还给他。然后，又离去了。半个月后，天使再去看诗人。这次，诗人搂着妻子，不断地向天使道谢。因为，他得到幸福了。

　　小时候得到一个甜甜的棉花糖就是幸福；长大后拥有一份工作就是幸福；结婚了拥有一个美满的家庭就是幸福；年老了拥有一群孩子，和老伴相依终老就是幸福。幸福其实很简单，只要你善于满足，珍惜所拥有的一切，你自然会感觉到幸福。

幸福要用心去感受

　　有一个青年，婚后有了孩子，在别人眼里，他有一个美满幸福的小家庭，然而，他却总觉得自己的家庭与他见到的豪门望族相比，显得太土气了。于是，他告别了妻儿老小，终年在各地谋生，处心积虑地挣钱。年深日久，他的妻子感到家庭毫无生气，尽管有了更多的钱财，却无异于生活在镶金镀银的坟墓中。小孩子长大了，却不知道谁是爸爸。后来，青年终于回来了，可是，却成了一个衣衫褴褛、垂头丧气的人。他在一次大赌注中破了产。孩子望着这位泪流满面的"叔叔"，惊异地说："要饭的，我妈妈不在家，待会儿，她买好吃的回来，再给你吃吧！"

　　妻子回来了。她是位忠厚、贤惠的妇人。丈夫走时虽然留下了些钱，但对她来说更多的是无尽的思念和牵挂。孩子醒时，她要精心照看；孩子睡了，她把含泪的目光朝向天花板，心被空虚和担心咬噬着。别人的家庭欢声笑语，而她的家里却冷清沉寂。此时她那失神的目光落在丈夫的脸上，没有说一句话，但已明白一切。

　　丈夫像孩子似的扑进妻子的怀里，泣不成声地说："完了，一切都完了，我的心血全被那帮赌徒吸干、榨尽了，我没有活路了，我的路到尽头了，我后悔死了。"

妻子仔细地听完了丈夫详尽的叙述和痛心疾首的表白后，用手轻抚他的头发，脸上露出了几年来从未有过的微笑，说："不，你的心终于回来了。这是我们全家真正幸福生活的开始，只要我们辛勤劳动、安居乐业，幸福还会伴随我们的。"

从此以后，夫妻二人带着孩子辛勤劳动，用自己的汗水换来了丰硕的成果，共同努力克服了生活中的重重困难。尽管他们的生活并不奢华，但却都感到非常幸福。

心灵感悟：

　　幸福需要用心去感受。对于妻子而言，丈夫能陪在身边，一家人相亲相爱，安居乐业就是幸福。妻子把这种幸福的感受传给了丈夫，丈夫也在妻子的提醒下渐渐明白，只要自己用心去感受，真正的幸福其实就在身边。

走慢一些，享受身旁的幸福

　　父子俩一起耕作一片土地。一年一次，他们会把粮食、蔬菜装满那老旧的牛车，运到附近的镇上去卖。但父子二人相似的地方并不多。老人家认为凡事不必着急，年轻人则性子急躁、野心勃勃。

　　一天清晨，他们套上了牛车，载满了一车子的粮食、蔬菜，开始了旅程。儿子心想他们若走快些，当天傍晚便可到达市场。于是他用棍子不停催赶牛车，要牲口走快些。

　　"放轻松点，儿子，"老人说，"这样你会活得久一些。"

　　"可是我们若比别人先到市场，便有机会卖个好价钱。"儿子反驳。

　　父亲不回答，只把帽子拉下来遮住双眼，在牛车上睡着了。年轻人很不高兴，愈发催促牛车走快些，固执地不愿放慢速度，他们在快到中午的时候，来到一间小屋前面，父亲醒来，微笑着说："这是你叔叔的家，我们进去打声招呼。

"可是我们已经慢了半个时辰了。"儿子着急地说。

"那么再慢一会儿也没关系。我弟弟跟我住得这么近，却很少有机会见面。"父亲慢慢地回答。

儿子生气地等待着，直到两位老人慢慢地聊足了半个时辰，才再次启程，这次轮到老人驾牛车。走到一个岔路口，父亲把牛车赶到右边的路上。

"左边的路近些。"儿子说。

"我晓得。"老人回答："但这边路上的景色好多了。"

"你不在乎时间？"年轻人不耐烦地说。

"噢，我当然在乎，所以我喜欢看漂亮的风景，把时间都享受起来。"

蜿蜒的道路穿过美丽的牧草地、野花，经过一条清澈河流——这一切年轻人都视而不见，他心里翻腾不已，十分焦急，他甚至没有注意到当天的日落有多美。他们最终也没有在傍晚赶到。黄昏时分，他们来到一个宽广、美丽的大花园。老人呼吸芳香的气味，聆听小河的流水声，把牛车停了下来。"我们在此过夜好了。"

"这是我最后一次跟你做伴。"儿子生气地说："你对看日落、闻花香比赚钱更有兴趣！""对了，这是你这么长时间以来所说的最好听的话。"父亲微笑着说。

几分钟后，父亲开始打呼噜——儿子则瞪着天上的星星，长夜漫漫，儿子好久都睡不着。天不亮儿子便摇醒父亲。他们马上动身，大约走了一里路，遇到一个农民正在试图把牛车从沟里拉上来。

"我们去帮他一把。"老人低声说。

"你想浪费更多时间？"儿子有点生气了。

"放轻松些，孩子，有一天你也可能掉进沟里。我们要帮助有所需要的人——不要忘了。"儿子生气地扭头看着一边。

等到另一辆牛车回到路上时，天已大亮了。突然，天上闪出一道强光，接下来似乎是打雷的声音。群山后面的天空变得一片黑暗。

"看来城里在下大雨。"老人说。

"我们若是赶快些，现在大概已把货卖完了。"儿子大发牢骚。

"放轻松些……这样你会活得更久，你会更享受人生。"仁慈的老人劝告道。

到了下午，他们才走到俯视城镇的山上。站在那里，看了好长一段时间。两人都不发一言。

终于，年轻人把手搭在老人肩膀上说："爸，我明白您的意思了。"他把牛车掉头，离开了那从前叫做广岛的地方。

心灵感悟：

人为了很多东西而活着，其中一样就是幸福。幸福其实是每个人都向往得到的，得到幸福的方法有很多种。这个故事告诉我们，做事不能急于求成，不能只看重事情的结果。其实得到结果之前的过程也是幸福的一种享受。只要我们走得稍慢一些，就会发现幸福在自己身旁。

幸福在我们心中

一位少妇回家向母亲倾诉，说婚姻很是糟糕，丈夫既没有很多的钱，也没有好的职业，生活总是周而复始，单调无味。母亲笑着问，你们在一起的时间多吗？女儿说，太多了。母亲说，当年，你父亲上战场，我每日期盼的，是他能早日从战场上胜利凯旋，与他整日厮守，可惜——他在一次战斗中牺牲了，再也没有能够回来，我真羡慕你们能够朝夕相处。母亲沧桑的老泪一滴滴掉下来，渐渐地，女儿仿佛明白了什么。

一群男青年，在餐桌上谈起自己的老婆，说老婆总是管束得太严，几乎失去了自由，越说越觉得有大丈夫的凛然正气，狂饮如牛，扬言回家要和老婆怎么怎么斗争。邻桌的一位老者默默地听了，起身向他们敬酒，问，你们的夫人都是本分人吗？男青年们点头。老者叹了一口气，说，我爱人当年对我也是管得太死，我愤然离婚，以至于她后来抑郁而终。如果有机会，我多希望能当面向她道歉，请求她时时刻刻地看管着我。小伙子，好好珍惜缘分呀。男青年们望着神色黯然的老者，沉默不语，若有所悟。

一位干部，因为人员分流，从领导岗位上退了下来，一时间萎靡不振，与以前判若两人。妻子劝慰他："仕途难道是人生的最大追求吗？你至少还有学历还有专业技术呀，你还可以开始你新的事业呀，你一直是个善待生活的人，我们并不会因为你不做领导而对你另眼相待。在我的眼里，你还是我的丈夫，还是孩子的父亲。亲爱的，我现在甚至比以前更加爱你。"丈夫望着妻子，久久不语，眼里闪烁着晶莹的泪光。

一位盲人，在剧院欣赏一场音乐会，交响乐时而凝重低缓，时而明快热烈，时而浓云蔽日，时而云开雾散。盲人惊喜地拉着身边的人说，我看见了，看见了山川，看见了花草，看见了光明的世界和七彩的人生……

一个听力失聪的孩子，在画展上看到一幅幅作品。他仔细地看着，目不转睛，神情专注，忽然转身，微笑着大声地对旁边的父母说，我听到了，听到了小鸟在歌唱，听到了瀑布的轰鸣，还有风儿呼啸的声音……

一位病人，医生郑重地告诉他，手术成功，化验结果出来了，从他腹腔内摘除的肿瘤只是一般的良性肿瘤，经过一段时间的疗养便可康复出院，并不危及生命。他顿时满面春风，双目有神，紧紧地握着医生的手，激动地说，谢

谢，谢谢，是你们给了我第二次生命……

心灵感悟：

　　善于抓住幸福的人，总是有一个可以让自己快乐起来的方法。当你为一些事情感到苦恼的时候，不妨换个角度考虑一下，转变一下思维，把重点放在我们自己所拥有的。每个人只要用心去细细品味，就会发现幸福是心中的那个天秤，只要你能让它平衡，幸福就要永远不会落下。

理解中感受幸福

　　1956年，七岁的方洁感到家里发生了什么大事。

　　方洁从外面玩回来，母亲见到她，哭了。母亲说："你父亲死了。"

　　方洁一下懵了。她没有哭，从那时才知道，悲痛至极的人是哭不出来的。父亲突发心脏病，倒在彭城陶瓷研究所的工作岗位上。母亲那年四十七岁。

　　母亲是个没有主意的家庭妇女，不识字，最大的活动范围就是从娘家到婆家，从婆家到娘家。临此大事，只知道哭。当时母亲身边四个孩子，最大的十五岁，最小的三岁。

　　方洁怕母亲一时想不开，走绝路，就时刻跟着母亲，为此甚至夜里不敢熟睡，半夜母亲只要稍有动静，她便哗地一下坐起来。这些，她从没对母亲说起过，母亲至死也不知道，她那些无数凄凉的不眠之夜，有多少是她的女儿暗中和她一起度过的。

　　人的长大是突然间的事。经此变故，方洁稚嫩的肩开始分担家庭的忧愁。就在这一年，她带着一身重孝走进了北京方家胡同小学。

　　这是一所老学校，在有名的国子监南边，著名文学家老舍先生曾经担任过校长。她进学校时，连当时的校长是谁也不知道，只知道她的班主任马玉琴，是一个梳着短发的美丽女人，在课堂上，老师常常给他们讲自己的家，讲她的孩子大光、二光，这使老师和她们一下拉得很近。

在学校，方洁整天也不讲一句话，也不跟同学们玩，课间休息的时候就一个人或在教室里默默地坐着，或站在操场旁边望着天边发呆。同学们也不理她，开学两个月了，大家还叫不上她的名字。方洁最怕同学们谈论有关父亲的话题，只要谁一提到她爸爸如何如何，她的眼圈马上就会红。方洁的忧郁、孤独、敏感很快引起了马老师的注意。有一天课间操以后，老师向她走来，她的不合群在这个班里可能是太明显了。

马老师靠在方洁的旁边低声问："你在给谁戴孝？"

她说："父亲。"

马老师什么也没说，把方洁搂进她的怀里。老师什么也没问，老师很体谅她。

一年级期末，方洁被评上了"三好学生"。为了生活，母亲不得不进了家街道小厂糊纸盒，每月可以挣十八块钱，这就为方洁增添了一个任务，即每天下午放学后将三岁的妹妹从幼儿园接回家。有一天轮到方洁做值日，扫完教室天已经很晚了，她匆匆赶到幼儿园，小班教室里已经没人了，她以为是母亲将她接走了，就心安理得地回家了。到家一看，门锁着，母亲加班，她才感觉到了不妙，赶紧转身朝幼儿园跑，进了幼儿园差点没一头栽倒在地上。进了小班的门，方洁才看见坐在门背后的妹妹，她一个人一声不吭地坐在那儿等着，阿姨把她交给了看门的老头，自己下班了，那个老头又把这事忘了，看到孤单的小妹一个人害怕地缩在墙角，方洁为自己的粗心感到内疚，说："你为什么不使劲哭哇？"妹妹噙着眼泪说："你会来接我的。"

那天方洁蹲下来，让妹妹趴到她的背上，她要背着妹妹回家，她发誓不让妹妹走一步路，以补偿自己的过失。路灯亮了，天上有寒星在闪烁，胡同里没

有一个人,有葱花炝锅的香味飘出。方洁背着妹妹一步一步地走,她们的影子映在路上,一会儿变长,一会儿变短。两行清冷的泪顺着她的脸颊流下,淌进嘴里,那味道又苦又涩。

妹妹还在奶声奶气地唱:洋娃娃和小熊跳舞,跳呀跳呀一二一……这是第几遍的重复了,不知道。那是为方洁而唱的,妹妹送给她的歌。

以后,到方洁值日的日子,她都感到紧张和恐惧,生怕把妹妹一个人又留在那空旷的教室。每每还没到下午下课,她就把笤帚抢在手里,拢在脚底下,以便一下课就能及时进入清理工作。有好几次,老师刚说完"下课",班长的"起立"还没有出口,她的笤帚就已经挥动起来。

这天,做完值日马老师留下了方洁,问她为什么要这么匆忙。当时她急得直发抖,要哭了,只会说:"晚了,晚了!"老师问什么晚了,她说:"接我妹妹晚了。"马老师说:"是这么回事呀,别着急,我用自行车把你带过去。"

马老师免去了方洁放学后的值日,改为负责课间教室的地面清洁。方洁真想对老师从心底说一声谢谢!

心灵感悟:

马老师对方洁的理解、宽容和帮助,让方洁在理解中感受到了幸福。在生活中,我们在面对一些事情的时候,要多想想别人的难处,尽量地理解他们的苦衷,让他们在理解中得到幸福。

向往的幸福峡谷

很久很久以前,在挪威某个小村庄有一个年轻人,他正当大好青春年华,却终日愁眉不展,觉得自己是世上最不幸福的人。他向上天祈求指点,好让他找到幸福。他的虔诚感动了上天,上天给他派来一位天使。天使把这位青年带

到一个峡谷，告诉他这里就是幸福峡谷，也是"人间天堂"。

当时是夏天，北欧国家一年中最美的季节。峡谷中丛林茂盛，野花盛开，归来的候鸟在无垠的晴空下飞翔，小溪唱着欢快的歌儿流下山去。年轻人的心胸豁然开朗，被峡谷的风景迷住。他还来不及表示感激，天使便说道："每个人的一生中只能来两次，你要珍惜你的机会啊！"说完，天使就消失了。暮色降临时，年轻人恋恋不舍地离开了峡谷。

从此年轻人的生活态度有了很大改观，因为他知道幸福峡谷在哪里，知道在那里能找到幸福的方向。他也一直牢记天使的告诫，不想轻易动用享受幸福的机会。他决心尽自己的最大努力尝试解决问题，不到万不得已的时候不到峡谷去。奇怪的是，在他的努力下，许多问题都迎刃而解了。到了老年，他已是著名的成功人士。在生命的最后时刻，他独自回到幸福峡谷。他跪在峡谷中祈祷，感激上天对他的厚爱，赐予他无限的幸福。这时，天使出现在他的面前，告诉他幸福全靠他自己的双手创造，上天只会帮助有志者。他不相信，说："可这里不是有魔力的幸福峡谷吗？"天使笑了，反问道："难道你真的以为这里同别处的峡谷有什么不同吗？"那个人愣住了，似乎是头一次认真观察眼前的峡谷，过了好长时间才恍然大悟。

心灵感悟：

屠格涅夫说："你想成为幸福的人吗？但愿你首先学会吃得起苦。"幸福是由我们自己的双手创造的，当你在经过尝试和努力解决掉一个问题的时候，你是幸福的；当你用你的双手创造出财富的时候，你是幸福的；当你拼命工作，取得丰硕成果的时候，你是幸福的……

撑开幸福这把伞

她来自极遥远的一个农村，在这所大学里，应该是最贫困的学生了。她的家乡极偏僻，离最近的县城也有一百多公里，因为土地贫瘠而稀少，那里的人们都相当的穷。而她家却比别人家更为困难，因为供一个孩子上学所有的经济来源就是那几亩薄地和院子里的十几只鸡了。

上大学后，她的家更为窘迫，可即便如此，父母还是极力地支持她上学。她在高考之前从没去过城市，高中是在镇里读的，在县城参加高考时，她便被城市的一切所震惊了。而来到省城上大学，在这座现代化大都市中的所见，让她觉得县城就像农村一样。说实话，虽然父母每日为了她而辛勤劳作，可她却并没有多少感恩之情，甚至还有一丝埋怨，更谈不上什么幸福了。对贫穷的憎恶，使得她对自己的父母和家庭也有了浅浅的厌倦。

有一天和同学在街上闲逛，当时正是盛夏，太阳毒辣辣地在头顶悬着。忽然她惊奇地发现，许多人都撑着伞在行走。她从没见过现实中的雨伞，只在村长家的电视中看见过。于是她问同学："没下雨她们打着伞干什么？"同学惊奇地看着她说："遮挡阳光啊！"她的脸立刻红了。从那以后，再遇见自己感到奇怪之事，她决不再问别人。

只是，那些伞一直在心里飘啊飘的，挥之不去。她想到了自己的家乡，那里的人连一件塑料雨衣都没有，而那里的夏天总是大雨滂沱，晴天时更是炎热无比。父母总是在大雨中去田里干活，把那些秧苗及时地扶正，更多的时候，是在烈日下劳作。她想起了父亲肩上晒脱的一层又一层的皮，和母亲红肿的后背。要是有把伞就好了，父母就可以不怕日晒雨淋了。第一次，她的心中涌起了对父母的心痛之情。

她去商店看过，一把最普通的伞也要10元钱。10元钱，对于她来说是近一

幸福在哪里

个月的生活费，对父母来说，是在暴雨烈日下劳动不知多少时日才能换得的。她开始攒钱，在暑假来临之前，终于拥有了一把淡蓝色的伞。

放假了，坐了一夜的火车，她回到了县城，又转乘去镇上的客车。从镇上到自己的村子，还有30里的土路。她在太阳底下，紧紧地攥着那把伞，却舍不得把它撑开，尽管阳光晒得身上火辣辣地疼。离村子还有10里路的时候，天色突变，一会儿工夫便下起大雨来，她一下便被淋透了。可她依然没有撑开伞，她要把这把伞的第一次让父母去体验。

快到村子时，她没有回家，直接向自家的田里走去，她知道父母此刻一定在田里干活。当父母的身影隔着雨幕映入眼睛，她喊了一声，跑过去，浑然不顾泥水溅在身上。父母见到她，很惊喜地表情，说："这么大的雨，咋不直接回家？"她把伞撑开，举到父母的头顶，伞下立刻便出现了一个无雨的空间。父母高兴地说："这玩意儿真好，雨浇不着了！"她看着父母满足的神情，心底柔柔地痛。回去的路上，雨过天晴，太阳的威力再度显现出来。她仍把伞举在父母的头顶，阳光便一下子被赶跑了。父母的惊喜更增了一层，没想到这样一把伞，居然有这么大的作用。

生长了近20年，她第一次有了幸福的感觉，而这份幸福，是在父母沧桑的笑纹中找到的。她忽然明白，幸福一直都在，只是她没有像撑伞一样把它撑开，而是一直都收敛在心底。是啊，只要撑开心中那把幸福的伞，那么生命便会有一片无雨的天地，便会有一个清凉的世界。

心灵感悟：

幸福就像一把伞，只要你肯把它撑开，你的心就会感觉到幸福、快乐。有了这把幸福之伞围绕在你身边，你将会得到心灵的满足，从而明白什么才是真正的幸福。幸福其实就是一个人内心的感受，一种潜意识的追求。

27

学会享受生活中的幸福

1996年，他患了重病，生命的上空黑云压顶，让他透不过气来。这一年他几乎都是在医院中度过的。被囚拘在医院的白色围墙中，回眸凝想，他突然感到以前的生活都是幸福的。那之前他从没有受过重病的折磨，不知道他是否已经处在死亡边缘，是否生命的一脉心香会就此结束。而这一次他产生了从未有过的恐惧。同一病室的Y君上午还在与他谈笑，下午医生查房，探其鼻息，已经奄然物化。这可怕的场景使他默然良久，垂眼自顾，突然产生出一种眷恋生命的情怀。生命如此美好却又如此脆弱。幸福近在眼前又求之不得，想到此，眼泪不禁滴落下来。

莎士比亚曾说：眼泪是最宝贵的液体，不能让它轻易流出。但是此时，不得不任它撒落，因为眼泪是被对幸福的无限眷恋逼催出来的。他脑子里突然萦绕起关于幸福的话题，觉得平日不可捉摸的幸福现在突然轮廓清晰起来：如果把人生比喻为一个天平，那么天平的一端是生命，另一端无疑就是幸福。在生命垂危的关头，天平高高地升了起来，将幸福升到空中，渐渐远离了自己。这时，唯一的企盼就是希望生命把升起的天平压下去，以使幸福重新回到自己身边。

幸福所托举着的不就是对生命的渴望吗？他突然意识到：活着即幸福，幸福是常在的，这才是颠扑不破的命题，过去对幸福的一切阐释都显得那么牵强。可是为什么在安然无恙的时候没有想到这一点呢？当时他一点力气也没有，但他还是在做最后的挣扎，用仅有的一丝力气祈祷上苍：用我的全部财产换取生命吧，除去生命，我什么都不要，只要活着，有快乐与我同在就是圆满的，还要其他东西做什么呢？

在绝望中祈求的那种幸福是最真实的幸福。

重生的欲望化为一种力量，幸福的召唤化为生命的庇护神。奇迹终于出现了：他的病开始出现转机，当病痛稍有缓解的时候，他感到一阵轻松向他袭来，亲吻他的脸颊，撩拨他的欲望，他甚至在病床上隐隐约约体味到久违的幸福存在，痛苦每减少一分，幸福便增长一分。他的生命最终获得了解救。他自己也始料不及，当他完全复原后，幸福与生命就成为忠实的伴侣，再也分不开了。疾病把点点痕迹留在了他生命之树的树干上，留下记号，时时警示他不要亵渎或虐待幸福。

从此，幸福再不会从他身边溜走了。

心灵感悟：

幸福虽然摸不到，但"幸福就像你身后的影子，你追不到，只要你往前走，它就会一直跟着你。"不论前方的路怎么样，不论最终的结局如何，我们需要振作起来，去追求、去寻找那份幸福。

幸福之篮

有段时间思华曾极度痛苦，几乎不能自拔。

一天，她路过一家半地下室式的菜店，见一美丽无比的妇人正踏着台阶上来———太美了，简直是拉斐尔《圣母像》的再版！她不知不觉放慢了脚步，凝视着妇人的脸。因为起初思华只能看到她的脸。但当她走出来时，思华才发现她矮得像个侏儒，而且还驼背。她耷拉下眼皮，快步走开了。她羞愧万分……思华对自己说，你四肢发育正常，身体健康，长相也不错，怎么能整天这样垂头丧气呢？打起精神来！像刚才那位可怜的妇人才是真正不幸的人……

思华永远也忘不了那个长得像圣母一样的驼背女人。每当她牢骚满腹或者

痛苦悲伤的时候，那个女人便出现在她的脑海里。她就是这样学会了不让自己自怨自艾。

那次事件以后，她很快又陷入了烦恼，不过这次她知道如何克服这种情绪。于是，她便去夏日乐园漫步散心。思华顺便带了件快要完工的刺绣桌布，免得空手坐在那里无所事事。她穿上一件极简单、朴素的连衣裙，把头发在脑后随便梳了一条大辫子。又不是去参加舞会，只不过去散散心而已。

来到公园，找个空位子坐下，便飞针走线地绣起花儿来。一边绣，一边告诫自己："打起精神！平静下来！要知道，你并没有什么不幸。"这样一想，确实平静了许多，于是就准备回家。恰在这时，坐在对面的一个老太太起身朝她走来。

"如果你不急着走的话，"她说，"我可以坐在这儿跟您聊聊吗？"

"当然可以！"

老太太在思华身边坐下，面带微笑地望着她说："知道吗，我看了您好长时间了，真觉得是一种享受。现在像您这样的可真不多见。"

"什么不多见？"

"您这一切！在现代化的列宁格勒市中心，忽然看到一位梳长辫子的俊秀姑娘，穿一身朴素的白麻布裙子，坐在这儿绣花！简直想象不出这是多么美好的景象！我要把它珍藏在我的幸福之篮里。"

"什么，幸福之篮？"

"这是个秘密！不过我还是想告诉您。您希望自己幸福吗？"

"当然了，谁不愿自己幸福呀。"

"谁都愿意幸福，但并不是所有的人都懂得怎样才能幸福。我教给您吧，算是对您的奖赏。孩子，幸福并不是成功、运气甚至爱情。您这么年轻，也许会以为爱就是幸福。不是的。幸福就是那些快乐的时刻，一颗宁静的心对着什么人或什么东西发出的微笑。我坐在椅子上，看到对面一位漂亮姑娘在聚精会

· 30 ·

神地绣花儿，我的心就向您微笑了。我已把这一时刻记录下来，为了以后一遍遍地回忆，我把它装进我的幸福之篮里了。这样，每当我难过时，我就打开篮子，将里面的珍品细细品味一遍，其中会有个我取名为'白衣姑娘在夏日乐园刺绣'的时刻。想到它，此情此景便会立即重现，我就会看到，在深绿的树叶与洁白的雕塑的衬托下，一位姑娘正在聚精会神地绣花。我就会想起阳光透过椴树的枝叶洒在您的衣裙上；您的辫子从椅子后面垂下来，几乎拖到地上；您的凉鞋有点磨脚，您就脱下凉鞋，赤着脚；脚趾头还朝里弯着，因为地面有点凉。我也许还会想起更多，一些此时我还没有想到的细节。"

"太奇妙了！"思华惊呼起来，"一只装满幸福时刻的篮子！您一生都在收集幸福吗？"

"自从一位智者教我这样做以后。您知道他，您一定读过他的作品。他就是阿列克桑德拉·格林。我们是老朋友，是他亲口告诉我的。在他写的许多故事中也都能看到这个意思。遗忘生活中丑恶的东西，而把美好的东西永远保留在记忆中。但这样的记忆需经过训练才行。所以我就发明了这个心中的幸福之篮。"

思华谢了这位老妇人，朝家走去。路上她开始回忆童年以来的幸福时刻。回到家时，她的幸福之篮里已经有了第一批珍品。

❤心灵感悟：

"幸福就是那些快乐的时刻，一颗宁静的心对着什么人或什么东西发出的微笑。"是啊，当你为某件事感到快乐的时候，你的脸上便会露出微笑，那个时候你已经是幸福的人了。生活中只要我们把难过的事情丢掉，把开心的事放进幸福之篮，我们将享受更多的幸福。

第二章
幸福藏在至亲间

至亲即是最亲的人，包括血统关系最亲密的戚属，也包括关系很密切的人。在我们的生活中，至亲之间的相互关怀总会让人为之感动。我们在这种交往与感动中，我们依然能感到幸福、甜蜜。

甜蜜的童年记忆

迁新居，在整理过程中，找到了一张童年时的照片，在张玲的记忆中，这是记载她童年生活唯一的一张照片。这张照片，摄于30多年前。照片上那扎着羊角小辫的小姑娘就是童年时代的她；那挺着胸、昂着头，神气十足的小男孩就是她的哥哥；那清瘦却英俊，对生活充满信心，脸上挂着慈祥笑容的中年男子就是她的父亲。人们不禁要问：为何没有她的母亲？是啊，她的母亲在哪里呢？

30多年前冬天的一个深夜，一场突如其来的车祸带走了他们的母亲，一张白布将母亲和他们隔在了两个世界。年仅5岁的张玲和年仅8岁的哥哥扑在妈妈僵冷的躯体上摇晃着，哭喊着："妈妈，别离开我们！我要妈妈！我要妈妈！"兄妹俩凄厉的哭声，穿过夜空，震荡着在场每一个人的心，人们无不为之动情流泪。同时，大家都在为他们兄妹今后的命运担心：没妈的孩子，今后可怎么过啊！张玲的姨娘也怕他们受委屈，坚持要把他们兄妹带走，替自己的姐姐抚养孩子。听到大人们的窃窃私语，看到人们担忧的表情，年长张玲3岁的哥哥紧紧拉着她的手，想要用他那稚嫩的臂膀保护年幼的妹妹，兄妹俩无助地依偎在一起，任凭泪水顺着脸颊不停地流淌。

这时候，他们的父亲，强忍着失去爱妻的痛苦，将张玲和哥哥紧紧地抱在怀中，迎着人们猜疑的目光，对大家也像是对自己说："他们的妈妈走了，他们还有爸爸，只要有我，就绝不会让孩子受到一点委屈。"张玲和哥哥抬起头，透过泪眼，看到了父亲坚强的目光。他们像一对受伤的乳燕，一头扎进了父亲那温暖的怀抱。姨娘含着泪水，有些担心地走了。从此以后，在这个贫穷寂静的小镇里，人们每天都可以看到一个中年男子领着一双幼年的儿女，迎朝阳、送晚霞，蹒跚在艰难的生活道路上。父亲用他那有力的双臂，独自支撑着

这个风雨中摇晃的小巢。

妈妈去世后，家里的经济状况更加困难，做小学教师的父亲每月工资只有几十块钱，不仅要供养两个孩子的生活，还要偿还母亲生病时的借款。在张玲的记忆中，父亲每月领到工资首先就将上月的借款还了，剩下的钱就节约着用，当月下旬无钱时又找人借，家里就一直这么拖着过日子。有时实在借不到钱，父亲就去街上捡些烂菜帮子加点水煮给他们吃，小时候不懂事还总不愿意吃，可父亲一点也不生气，总是笑眯眯地哄着他们。后来，他们在爸爸所在的学校食堂吃饭，别的老师一人一月的伙食费比他们三人的还多。每天吃饭时，父亲总是等张玲和哥哥吃饱，剩下多少他就吃多少，有时张玲和哥哥不懂事，把饭全吃完了，父亲也不责怪他们，将剩下的菜汤掺一些开水充饥，还风趣地对他们说："你们不知道吧，这叫营养美味汤！"每月发工资那天，无论手上的钱还完借款后还剩多少，父亲总会领着他们兄妹上街去吃一回几分钱一碗的面条，并把面碗里少得可怜的肉丁拨给他们兄妹。

节日到了，别的孩子有新衣服穿，父亲将自己的旧衣服改一改，他们也就有了别致合体的服装，谁也不会相信张玲童年时那些漂亮的童装是出自一个男人的手。别的家长为孩子买玩具，张玲家买不起，父亲就自己动手，找点碎玻璃做万花筒，找点竹片和纸，为他们扎白兔灯，看到很多孩子羡慕的目光，他们好得意啊。张玲他们的童年生活虽然清贫了一些，但同样快乐温馨，他们没有感到失去母亲的痛苦，从父亲那里，他们得到了更多的爱和呵护。

转眼间，母亲去世一年了，远在他乡的姨娘写信来了解他们兄妹的生活情况，为了让他乡的亲人放心，父亲带着他们照下了这张记载着张玲童年生活唯一的照片。照片上的兄妹俩衣服整洁、身体健康，脸上洋溢着幸福和快乐，谁能看得出这是一对失去母亲的孩子。

30多年过去了，父亲硬是没有再娶，用他全部的爱，把张玲和哥哥抚养成人。生活的年轮刻在了他曾经英俊的面孔上，他的步履开始蹒跚，黑发泛起了霜花，过度的劳累使得父亲提前老了。为了他们的成长，父亲含辛茹苦，呕心沥血，用他的臂膀为他们遮风挡雨，建起生命的港湾。今天，当张玲翻开童年的记忆，她要深情地对父亲说："亲爱的爸爸，谢谢您！是您给了我如山的爱，是您给了我生命的阳光，女儿一定不辜负您的培养，我要像您那样坚强地走在人生的道路上。相信吧，女儿已经长大，不用再牵着您的衣襟，走过春夏秋冬！"

心灵感悟：

母亲不在了，父亲成了那个毫不犹豫为孩子赤脚开门的人，他充当了生活中最重要的两个角色：母亲和父亲。面对苦难，父亲没有退缩，他选择了继续前行，选择和两个孩子一起度过那段阴霾的岁月。这样的时光是快乐的，也是幸福的。

目光里的幸福

做了母亲之后，十分喜欢看着儿子睡觉。他泥鳅一样光滑的背，黝黑健康的胳膊，饱满茁壮的腿，眉宇间不可言说的可爱神情……看着看着，于芳常常觉得，单是为了这么一看，女人就不能错过做母亲的机会。

忽然又想，自己这么小的时候，也一定是在母亲的这种目光里熟睡的吧？然而快乐的童年又是懵懂的，在这种目光里她一次也没有被看醒，所以也不曾记得。对于这种目光开始有感受是在渐渐长大之后，那一年于芳十三四岁，正是女孩子刚刚有心事的时节。

一天，于芳正在里间午睡，还没睡熟，听到母亲走进来，摸摸索索的，似乎在找什么东西，过了一会儿，忽然静了。可她分明又没有出去。母女俩的呼吸声交替着，如树叶的微叹，于芳莫名地紧张起来，十分不自在。等了一会

儿，还没有听到母亲走出门的声响，便睁开眼。她看见，母亲站在离床一步远的地方，正默默地看着她。

"妈，怎么了？"于芳很纳闷。

"不怎么。"母亲说，似乎有些慌乱地怔了怔，走开了。后来，这种情形又重复了一次。于芳就有些不耐烦地说："妈，你老是这么看我干吗？"母亲仿佛犯了错似的，一句话也没有说。以后，她再也没有这么看过于芳，或者说，是她再也没有让自己发现她这么看着她了。而到于芳终于有些懂得她这种目光的时候，母亲却病逝了。

再也不会有人这么看着自己了。于芳知道，这是天空对白云的目光，这是礁石对海浪的目光，这是河床对小溪的目光。这种目光，只属于母亲。

孩子在于芳的目光里，笑出声来。她的目光给孩子带来美梦了吗？于芳忽然想，如果能够再次拥有母亲的这种目光，她该怎么做？是用微笑的甜美来抚慰她的疲惫和劳累？是用泪的晶莹来诠释自己的呼应和感怀？还是始终维持着单纯的睡颜，去成全她欣赏孩子和享受孩子的心情？

有的错误，生活从来都不再赐予改过的机会。于芳知道，这种假设对于她而言，只是想象的盛宴而已。但是，于芳想，是不是还有许多人也许需要这种假设的提醒呢？

心灵感悟：

如果，我们还有幸拥有母亲；如果，我们浅睡时的双脸偶然被母亲温暖的目光所包裹，那么，请不要像曾经的于芳那样无知和愚蠢。我们一定要安然假寐，不要打扰母亲。这时我们会知道，这种小小的成全，对于自己和母亲而言，都是一种深深的幸福。

幸福的礼物

保罗的母亲洗涮好晚餐器具，便轻轻来到保罗的床边。保罗的小床搁在厨房里，因为厨房内的火炉使房间异常的温暖。

母亲微笑着说："孩子，我想去趟雷利家，去把他们家的收音机借来听一会儿，你说好吗？"保罗感觉到睡衣口袋里的那封信。他迅速抓住母亲的手："不，您别出去了。您已累了，妈。"保罗说。"你一定以为妈妈忘了今天是你的生日。"保罗将他的手放在口袋内按住信，以免信纸嚓嚓作响。"哦，不，妈妈！我自己都忘了今天是我的生日。"

"11岁，"她说，"想想看，你现在就11岁了。"

"您今晚就待在这儿吧，您总是在听收音机时不知不觉入睡的。"

她吻了吻儿子的额头。"我爱你，孩子。你知道，我多想送你一件礼物呀。"

"但是，妈妈，"他坚持说，"这张新床不就是您送给我的礼物吗？"他坐起来看着窗外，"我今天什么也不需要，真的，妈妈。"

母亲站了起来。"今天会有个令你吃惊的节目。我很快就会回来的。"

她解开自己的围巾搭在保罗肩上，"在我们睡觉前，将有精彩的节目，你等着吧。"她笑了，眼角的皱纹写满岁月的艰辛。保罗注视着母亲走进风雪之中，那瘦弱的身影不久便融入了惨白的世界。他觉得自己的喉咙似乎被什么堵住了，忙低头去读那封信。

他打开里面的信纸，呆住了，他认出信是母亲写给市广播电台的。这时候，保罗已经不能控制自己了，他匆匆地读下去——先生们：本月26日是我儿子11岁的生日。我知道在每天晚上8：30分的"家庭之圈节目里你们会念生日祝福。因此我想你们是否能在他生日那天念他的名字，并给他以生日祝福。

他生病在床上已经10个月了，但他从不抱怨，他坚持自学课程，我希望你们在广播中这样说：新泽西市的保罗·哈克特，今天是你11岁的生日。祝贺你，保罗，因为你是一个勇敢而乐观的孩子，应该得到最好的运气，祝你生日快乐。

在信的顶端是电台的回复：我们很遗憾地通知您，"家庭之圈"的生日问候节目至本月25号取消。对不起。

这时候，保罗看见母亲捧着收音机往家走，走得很慢。她看上去又瘦又小，雪花落了她一身，"白发"被风搅得乱乱的，保罗的眼睛也像沾满了雪花，湿湿的。

她把收音机放在桌上。"现在是8：10分，还有20分钟节目就开始了。"她打开收音机，于是，屋子里飘满了温馨的音乐。音乐一停，"家庭之圈"节目就开始了。

"妈妈！"他轻轻地叫了一声。

"什么？孩子。"

"哦，没什么，您休息吧。"保罗咬了咬嘴唇。

音乐终于停了。保罗的表情有些紧张。

"现在是'家庭之圈'节目，请父亲、母亲和孩子们注意了，现在是……"收音机里传来广播员那淳厚的男中音。

保罗的眼睛死死地盯着窗外。他屏住了呼吸。母亲的手正紧握着他的手。

"首先，"播音员说，"我们广播一则启事。本来我们打算取消'生日问候'节目……"

哦！计划变了！可是妈妈的信怎么退回了呢？莫非在他们改变计划之前就退回了信？或许他们已把我的名字记下来了吧。

"今天过生日的有马丁·泰德……查理斯太太……史密斯先生。"名单结

束了。

但是应该还有更多的名字，至少还有一个名字没念呀！保罗的身子在发抖。会不会把一部分名字放在开头，而另一部分名字放在结尾呢？接着放歌曲，圣经朗诵，节目预告。好一阵后，节目全部结束了，没有保罗的名字。保罗感到自己的眼泪流了下来。慢慢地，他扭头看母亲。母亲早睡着了，睡梦中她微笑着。

保罗擦干眼泪。他摇了摇母亲，"妈，"他大声说，"妈，你听见了吗？你听见他们说了些什么吗，妈？"她的眼睛开了。"什么？孩子。天哪，我怎么睡着了，他们说了些什么？""他们说今天是我的生日，说我是勇敢而乐观的孩子，并祝我生日快乐。哦，妈妈！"他把头埋进了母亲的怀里。他母亲微笑着，眼里闪耀着爱怜与自豪的光芒。保罗也含着眼泪笑了，他觉得自己收到了一份他将珍藏一生的生日礼物。

心灵感悟：

　　母亲的爱太多太多，真是说都说不完。她给儿子的生日礼物虽然由于种种原因没能如愿送达，但母亲的爱却深深地刻在了儿子的心里，这种幸福或许是任何事情都无法代替的吧。

30 秒拥抱的幸福

在哈尔滨，一天傍晚，一位妻子由丈夫陪着出门散步。没走多远，一辆车从背后疾速驶来撞向妻子。由于事发突然，丈夫吓呆了。不等回过神，就见妻子直挺挺地向后摔倒。接着后脑着地，血流不止。

经过紧急抢救，头部严重受伤的妻子脱离了生命危险。事后，许多人大惑不解：人在摔倒时，会本能地用手撑地，以减少对自身的伤害。而且，轿车是

从背后开采的，在强大惯性作用下，这位妻子应该是向前仆倒，肚腹着地，而不是后脑。

好在路口的摄像头清晰地拍下了当时的情景——妻子遭受撞击，在扑倒的瞬间又硬生生地拧身，双手护腹……而就是这两个动作：拧身、护腹，却保住了一个鲜活的小生命——腹中已6个月大的胎儿安然无恙。

在河北邢台，也有一位怀有6个月身孕的母亲叫韩蕊。因左腿根部时常疼痛，就去医院体检，诊断结果很快出来了：恶性纤维组织细胞瘤。面对这个糟糕的结果，家人只有两个选择：把孩子打掉，马上进行治疗；暂不治疗，直到孩子出生，结果很可能是大人、孩子都不保。

思来想去，韩蕊作出了最后决定：我要这个孩子，请让我做一次母亲吧，这可能是我仅有的机会。

放弃化疗，恶性肿瘤发展速度很快，并伴有剧烈疼痛。为了保住腹中的小生命，韩蕊只能靠小剂量的止疼片缓解疼痛。4个月后，孩子平安降生，而韩蕊左大腿已从周长60多厘米扩张到90多厘米，鸡蛋大小的肿瘤块足足增大了四倍。就在孩子出生的同时，这位母亲便被送上了手术台。

母亲节那天，有一所监狱举办了一项以"感恩母亲·激励新生"为主题的活动。当一百多名服刑人员的母亲接到邀请走进监狱时，我注意到一位抱着孩子的白发母亲。母亲看上去大约有60岁，腰身佝偻得很厉害。上前询问才得知：儿子犯罪入狱，儿媳将年仅6岁、患有脑瘫的孩子撇给她后离婚另嫁。从不满周岁到现在，孙子几乎是在她的怀里长大的。

这次活动，有一项内容叫拥抱母亲。在民警组织下，百余名服刑人员为母亲们送上了康乃馨，接下来要给母亲一个温暖的拥抱。许是那位白发母亲6年如一日照顾孙子的故事启发了记者，她刻意留意了下时间——10秒钟后，大约有一半的服刑人员松开了拥抱母亲的手臂；15秒钟后，现场只剩七八个服刑人员还在搂住母亲流泪；25秒钟后，拥抱结束。在结束的那一刻，我分明看到母

亲们大多意犹未尽。

为了孩子，母亲肯放弃自己的安危，甚至不顾惜自己的生命，但我们给予母亲的，却常常是一个不足30秒的拥抱！

心灵感悟：

母亲给我们的拥抱，根本无法用时间来计算，因为它太多太多。而我们给母亲的拥抱有多少呢？恐怕能用几次来计算吧！让我们伸出双手吧，哪怕仅仅30秒的拥抱，也能给母亲带来久违的温暖和幸福。

二姐的幸福

二姐在我们家的地位很特殊。她是我们家的人，却只在家里生活过六年。

大伯不能生育，于是跟我父亲说想要他的一个孩子，父亲和母亲商量后同意了。

当时，他们首先考虑的是我，因为那时我才4岁，小一些更容易收养。但我又哭又闹，我说不要别人做我的爸妈。父母于是问二姐要不要去，二姐同意了。那时她只有6岁。

这一去，我们的命运就是天壤之别。我家在北京，而大伯家在河北的一个小城。大伯当时是个化肥厂的工人，伯母是纺织厂的女工，家庭条件可想而知。

二姐19岁参加工作，在大伯那家化肥厂上班。她每天三班倒，工作辛苦工资却不高。后来，经人介绍，她嫁给了单位的司机，20岁就结了婚。

那时我已经在联系出国的事宜，可我的二姐却嫁为人妇了。大哥去了澳大利亚，小弟在北京师范大学上大一，只有她在一家化肥厂上班，还嫁了一个看起来那么俗气的司机。我和小弟对她的态度更加恶劣，好像二姐的到来是我们

的耻辱，因此，我们动不动就给她脸色看，二姐却显得非常宽容，根本不与我们计较。

几年之后，二姐下了岗，孩子才5岁。大伯去世了，她和伯母一起生活，二姐夫开始赌钱，两口子经常吵架，这些都是伯母打电话来说的。而二姐告诉我们的是："放心吧，我在这里过得好着呢，上班一个月六百多，有根对我也好。"有根是我的二姐夫。

后来，大哥在澳大利亚结了婚，我办了去美国的手续，小弟也说要去新加坡留学，留在父母身边的人就只二姐了。不久，大哥在澳大利亚有了孩子，想请个人过去给他带孩子，那时父母的身体都不太好，于是大哥打电话给二姐，请她帮忙。二姐二话没说就去了澳大利亚，这一去就是两年。后来大哥说："在我最困难的时候，是二妹帮了我啊！"但我一直觉得大家还是看不起二姐。

在我去了美国、小弟去了新加坡之后，伯母也去世了，于是二姐来到父母身边照顾父母。有一次我给小弟打电话，小弟说："她为什么要回北京？你想想，咱爸咱妈一辈子得攒多少钱啊？她肯定有想法！"说实话，我也是这么想的。

母亲打电话来泣不成声地说："一年前父亲中风了，苦了你二姐啊，如果不是她，你爸爸怎么能活到今天……"

我回到家里，有一次母亲总说二姐怎么怎么好，我不耐烦地说："行了行了，这年头人心隔肚皮，谁知道她怎么想的。"

"啪！"母亲给了我一个耳光，接着说："我早就看透了你们，你们都太自私了，只想着自己，而把别人都想得像你们一样自私。你想想吧，你二姐吃了多少苦受了多少罪！她这都是替你的！想当初，是要把你送给你大伯的啊！"

我沉默了。是啊，一念之差，我和二姐的命运好像天上地下：二姐因为太老实，常常会被喝醉了酒的二姐夫殴打，两年前他们离了婚，二姐一个人既要带孩子又要照顾父母，而我们还这样想她，也许是我们接触外面的污染太多，变得太世俗了，连自己的亲二姐对父母亲无私的爱也要与卑俗联系在一起吧。

晚上，母亲告诉我，她本来想把她和父亲的财产给二姐一半作为补偿，谁知二姐居然拒绝了！她说她已经得到了最好的财产，那就是大伯、伯母的爱和父母的爱，她得到了双份的爱，还有比这更珍贵的财产吗？

我听了大吃一惊，简直不敢相信自己的耳朵。

父亲去世后二姐回到了北京，和母亲生活在一起。母亲说："没想到我生了四个孩子，最后留在我身边的是我亏欠最多的那一个。"

过年的时候我们全回了北京。大哥给二姐买了一件红色的羽绒服，我给二姐买了一条羊绒的红围巾，小弟给二姐买了一条红裤子。因为我们兄妹三个居然都记得：今年是二姐的本命年。

二姐收到礼物时哭了。她说："我太幸福了，怎么天下所有的爱全让我一个人占了啊！"我们听得热泪盈眶，可那是对二姐愧疚的泪啊。

心灵感悟：

兄弟姐妹，一奶同胞，不分彼此，不应互相猜忌。故事中姐姐给了妹妹留在父母身边、享受父母之爱的机会，让她生活在条件好的城市，同时也可以享受在父母身边长大的幸福，自己却宁愿去乡下大伯家，妹妹应该为有这样的姐姐而感到幸福，幸好到后来妹妹明白姐姐的苦衷，他们一家人又可以高兴高兴地吃个团圆饭了。

手中的幸福

阿莲伏在桌上做作文，怎么也理不出个头绪，隐隐地有层薄雾在心头。不

知道是天气的缘故，还是……屋里静悄悄的，奶奶准又和谁谈家常去了。

门响了，一定是奶奶回来了。阿莲没有迎出去，心头的雾还没有散去。

"阿莲——"奶奶说话真响，"我给你买苹果了。"阿莲烦躁而含糊地答应了一声。奶奶却唠叨开了，什么李阿婆、王大妈的，好一会儿，她才把一个削好的苹果递到阿莲的面前。

阿莲漫不经心地接过苹果，一眼瞥见了奶奶那双手，哎呀，那双手可真吓人，那么的粗糙，而当阿莲的手接触到奶奶的手的时候，她的手背被奶奶的手刺了一下。奶奶的手背很瘦，突出许多青筋，又粗又笨，像是裂开的松树皮，难看极了。阿莲挑剔地看着苹果，马上嘀咕了起来："哪像个苹果，东缺一块，西丢一点的。"然后又大声补充一句："奶奶，下次不用你削了，我自己会削。"接着气愤地把苹果扔在一边。

话音刚落，屋里变得出奇的静，阿莲觉得心头的雾更加浓了。奶奶怔怔地站着，不知所措地搓手，搅得她心头的雾也翻腾起来。她知道，她刚才所说的话，使奶奶伤心了。这时，她的心里酸甜苦辣样样都有，不知道是什么滋味。

阿莲把头移向一边，脑子里出现了一双手。那是她孩提时代看到的奶奶的手。记得有一次她不小心撞在墙上，头上起了个大包，奶奶就用这双手使劲地为她揉着，直到自己破涕为笑。小时候，最漂亮的花棉鞋也是奶奶一针一线缝的，伙伴们都羡慕她，可奶奶的手却缝得肿了起来。最难忘的是奶奶拍着她入睡的情景，阿莲钻进被窝，眼睛盯着那双手，它轻轻地一起一落，自己舒服地闭上眼睛，梦见那双手变成一对漂亮的翅膀……

心头的雾似乎散去了许多。阿莲的目光又回到了那双手上。奶奶老了，手上也留下了岁月的痕迹。阿莲现在看到的这双手与刚才的不一样了。她感觉到奶奶的手非常的温暖，虽然有许多皱纹，但她知道，奶奶小时很苦，没日没夜地劳动，一双手做得变了形，皮肤变得很粗糙，当然有许多皱纹。奶奶的手变得这般模样，因为她为这个家做了很多很多。

今天的这个苹果虽然削得不好，但是苹果里有奶奶那份温暖的爱。想到这里阿莲忽然觉得苹果非常甜。

心灵感悟：

妈妈的爱是无私的、伟大的，而奶奶的爱却是温暖的、奉献的。岁月的痕迹让一道道皱纹爬上了奶奶的脸庞，就连她的手也在历经沧桑后变得那样粗糙。奶奶的爱伴随着我们的成长，我们应该感到幸福，而对奶奶，我们要尊敬、爱戴。

姐姐给了我幸福

马克十岁那年的春天，树上能吃的叶子捋光了，田地里充饥的野菜几乎挖尽了，榆树被剥光了皮。正处于发育成长的他，就像久旱无雨的禾苗。所幸的是，他每天都能吃上一个黑面馍。这个用杂粮或麸糠做成的黑面馍，是姐姐为他挣来的。

姐姐大他四岁，因家贫未能上学，小小的年纪就已经是生产队的一名劳动力了。为了战胜自然灾害，确保粮食连年丰收，政府号召大修水利。村里只有四十多户人家，被抽调到水利工地上的就有六十名，姐姐就是其中之一。

每天放学后，马克就来到村外的田野上，沿着弯弯的小路往南走，一边挖野菜，一边等姐姐回来。每当姐姐出现在小路上时，他就飞快地迎上去。这时，姐姐就放下铁锹，从衣兜里掏出一个用手帕包裹着的黑面馍，然后揭开手帕递给他。"饿坏了吧弟弟，快吃吧。"看着马克狼吞虎咽的样子，姐姐抚摩着他的头，脸上就露出了舒心的笑容。

有一天下午，刮着南风，天气很暖和。春暖更使饥饿的人感到困倦。马克已经挖了好多野菜了，还不见姐姐回来。往常，太阳刚落山的时候，姐姐总

是出现在他的视野里。可是，今天的太阳已经落山了，小路上仍然看不见姐姐的身影。他的心有点慌乱起来，就顺着那条蜿蜒小路往前走……走到树林子边时，他停下了脚涉。这时，黄昏已经降临，林子很深，他不敢进去。正当马克感到有点害怕的时候，林子里走出一个人，他一眼就认出了是后村的双良叔，双良叔还背着一个人。马克定盯一看正是自己的姐姐。马克不知出了什么事，心里害怕极了。双良叔说，三儿，快回去，告诉你妈，想办法弄点儿糖来，红糖白糖都行。

双良叔把姐姐背回马克家时，早已累得上气不接下气了。母亲见状，简直吓坏了，慌忙接过姐姐，小心地放在了床上。母亲忙搬来把椅子，让双良叔坐下。双良叔用马克递过去的毛巾擦了把汗，喘着气说，不要害怕，没事的，这孩子是饿昏了，灌点儿糖水就会过来的。这时我才想起双良叔是名乡村医生，母亲为姐姐灌了半碗糖水。姐姐睁开了眼睛。马克一直站在床前，在昏暗的油灯下，他看见姐姐的眼神很茫然，大概姐姐还不知道发生了什么事吧。姐姐完全清醒过来的时候，翻了一下身子，见是马克站在床前，就用柔弱的双手去拉他的手。姐姐没有说话，只是用爱怜的目光看着马克。过了一会儿，姐姐好像想起了什么，就用右手往衣兜里掏摸。姐姐费力地掏出一个用洗得很干净的手帕包着的黑面馍，笑着递给马克。"弟弟，你吃吧，这是姐姐为你省下的。"

马克"哇"的一声哭了起来。

岁月如流水，转瞬之间，许多年过去了。当马克的女儿长到他那时的年龄时，有一天晚上，他把这个尘封在记忆深处的故事讲给她听。女儿听完后，睁着大大的双眼，呆呆地注视他良久："爸爸，你讲的这些都是真的吗？"马克说是真的。从那以后，女儿不再浪费粮食了，也不怎么挑食了。马克忽然发现，女儿好像长大了许多。

心灵感悟：

宁愿自己饿着肚子，姐姐也要把那个黑面馍省下来，留给正在长身体的弟弟。姐姐就像一位"守护天使"般呵护着自己至爱的亲人，真是让人感动。在这个故事里，弟弟是幸福的，因为他有一个如此疼爱自己的姐姐。

把幸福传递

小轩的家在一个偏僻的山村，父母都是面朝黄土背朝天的农民。她有一个小自己三岁的弟弟。有一次她为了买女孩子们都有的花手绢，偷偷拿了父亲抽屉里五毛钱。父亲当天就发现钱少了，就让他们跪在墙边，拿着一根竹竿，让他们承认到底是谁偷的。小轩被当时的情景吓傻了，低着头不敢说话。父亲见他们都不承认，说，那两个一起挨打。后来弟弟承认钱是他偷的，还挨了爸爸一顿打。

小轩一直在恨自己当初没有勇气承认，事过多年，弟弟为了她挡竹竿的样子她仍然记忆犹新。那一年，弟弟八岁，小轩十一岁。

弟弟中学毕业那年，考上了县里的重点高中，同时小轩也接到了省城大学的录取通知书。那天晚上，父亲蹲在院子里一袋一袋地抽着旱烟，嘴里还叨咕着，两娃都这么争气，真争气。母亲偷偷抹着眼泪说争气有啥用啊，拿啥供啊！弟弟看到父母亲那么为难，第二天天还没亮，就偷偷带着几件破衣服和几个干馒头走了，在小轩枕边留下一个纸条：姐，你别愁了，考上大学不容易，我出去打工供你读书。

小轩握着那张字条，趴在炕上，失声痛哭。那一年，弟弟十七岁，小轩二十岁。

小轩用父亲满村子借的钱和弟弟在工地里搬水泥挣的钱终于读到了大三。一天她正在寝室里看书，同学跑进来喊她，小轩，有个老乡在找你。怎么会有老乡找我呢？小轩走出去，远远地看见弟弟，穿着满身是水泥和沙子的工作服等她。她说，你咋和我同学说你是我老乡啊？

他笑着说，你看我穿的这样，说是你弟，你同学还不笑话你？小轩鼻子一酸，眼泪就落了下来。她给弟弟拍打身上的尘土，哽咽着说你本来就是我弟，这辈子不管穿成啥样，我都不怕别人笑话。

弟弟从兜里小心翼翼地掏出一个用手绢包着的蝴蝶发夹，在小轩头上比量着，说，我看城里的姑娘都戴这个，就给你也买一个。小轩再也没有忍住，在大街上就抱着弟弟哭起来。那一年，弟弟二十岁，小轩二十三岁。

小轩第一次领男朋友回家，看到家里掉了多少年的玻璃安上了，屋子里也收拾得一尘不染。男朋友走了，她向母亲撒娇，她问妈妈，咋把家收拾得这么干净啊？母亲老了，笑起来脸上像一朵菊花，说这是你弟提早回来收拾的，你看到他手上的口子没？是安玻璃时划的。

小轩给弟弟的伤口上药，问他，疼不？

他说，不疼。我在工地上，石头把脚砸得肿得穿不了鞋，还干活儿呢……说到一半就把嘴闭上不说了。

小轩把脸转过去，哭了出来。那一年，弟弟二十三岁，她二十六岁。

小轩结婚以后，住在城里，几次和丈夫要把父母接来一起住，他们都不肯，说离开那村子就不知道干啥了。弟弟也不同意，说，姐，你就全心照顾姐夫的爸妈吧，咱爸妈有我呢。

小轩的丈夫升为厂里的厂长，她和丈夫商量把弟弟调上来管理修理部，没想到弟弟不肯，执意做了一个修理工。

一次弟弟登梯子修理电线，让电击了住进医院。小轩和丈夫去看他。她抚摸着弟弟打着石膏的腿埋怨他，早让你当干部你不干，现在摔成这样，要是不当工人能让你去干那活儿吗？弟弟一脸严肃地说，你咋不为我姐夫着想呢？他刚上任，我又没文化，直接就当官，给他造成啥影响啊！

小轩的丈夫感动得热泪盈眶，她也哭着说，弟啊，你没文化都是姐给你耽误了。弟弟拉过小轩的手说，都过去了，还提它干啥！那一年，弟弟二十六岁，小轩二十九岁。

弟弟三十岁那年，才和一个本分的农村姑娘结了婚。在婚礼上，主持人问他，你最敬爱的人是谁，他想都没想就回答，我姐。

弟弟讲起了一个连小轩自己都记不得的故事：我刚上小学的时候，学校在邻村，每天我和我姐都得走上一个小时才到家。有一天，我的手套丢了一只，我姐就把她的给我一只，她自己就戴一只手套走了那么远的路。回家以后，我姐的那只手冻得都拿不起筷子了。从那时候起，我就发誓我这辈子一定要对我姐好。

心灵感悟：

越是在困难的时候，越能够看出兄弟姐妹之间的互相爱护之情。故事中的弟弟舍弃了决定人生方向的上学的机会，毅然决然地把机会给了姐姐，这足以可见他对姐姐的爱。姐姐为有这样的弟弟感到幸福。

小时候的幸福

弟在电话的那一头问，报上有你的名字，是你的文章吗？异乡的夏天很热，立于喧嚣的人流里，拨响家的电话。弟的声音就随旧事一起浮到了眼前。

小时候金丽是常和弟打架的。因为两个人年纪相差不大，便时常觉得亏。母亲总说，做姐姐的该让着弟弟，他小。金丽总是会说：他长到一百岁也比我

小呀！她愤愤不平地同母亲叫嚷，随即瞪着眼睛看弟。

金丽和弟在同一个幼儿园，幼儿园的老师说，彬儿真护着他姐。那回不知为什么事老师说了金丽几句，弟死活不依，哭着闹着同老师讲理，弄得老师只好让步。私下里说，这丑小子挺倔。真的，弟小时候长得一点儿也不好看，黑黑的，又倔，远没有金丽那副俊俏伶俐的模样招人爱。

到底是大弟两岁的，所以在很长一段时间里，高出他很多，能够声色俱厉地教育他。弟想看电视，却够不着插头，便来找姐姐。金丽于是得意洋洋地发布命令：叫姐。弟很乖地叫。大点声。弟又叫。这才心满意足地插上插头，俩人看电视。若是为看什么节目同弟争吵了，便一把扯下插头，看着弟一遍遍地跳起脚尖够插头。

俩人一直打打闹闹的，一晃就是十几年。那些年里，金丽丝毫没有做姐姐的样子，倒是弟时常让着她。偶尔，弟弟因为功课上的事儿问他，在极不耐烦地讲述之后，总忘不了说上一句，真笨。

离家去另一座城市读书，走时，弟送她，看着站在眼前的弟，猛然觉得当年那个丑小子一下子长大了，不知何时高出她许多，大包大揽地拎着她的包，走在她的前头。这就是那个同自己打架的小男孩吗？那头短短的头发何时变得如此浓密并且自然地卷曲？车要开了，弟将包递到姐姐的手上，笑着说，姐，好好念书，读个研究生出来。那神情，仿佛是在教育小妹。金丽站在车里，看着弟的影子缓缓后移，一点也找不到儿时的影子。

弟一直在父母身边读书，大学毕业后留在父母身边工作。金丽常说弟没出息，恋家。弟听了，也不反驳。一年里，俩人见面的时间，也就是她回家过春节的那几天。在家的时候，和弟一起出去，弟总叮嘱，天冷，戴着手套，一副保护弱女子的派头。金丽洗了衣服正打算站在小凳上，晾到阳台上的竹竿上去，弟接了过去，一抬手，就挂了上去，毫不费力的样子让她记起当年那个踮起脚尖够插头的小男孩。

朋友跟金丽一起回家，弟对朋友说："我姐什么都好，就是脾气倔，你千万让着她。我姐走了，我就得呆在家里，养儿防老，我姐不懂。"朋友把这话告诉金丽，金丽一愣，呆呆地看着窗外。

金丽离家后，弟从来没写过信来，只是每年过年，寄张卡来。母亲信上说，好久没你信了，我和你爸都盼着，彬儿也每天唠叨，怎么总不见我姐的信。

家里装了电话，打电话回去。电话里，弟的声音很近，仿佛隔着一扇门。小时候，隔着一扇门，她和弟吵架，弟要进屋，她在屋里堵着门，如今隔远了，却想伸手推了那扇门。

心灵感悟：

　　有人一心追求幸福，却不知幸福就在自己身边。回味往事，幸福的事总是说都说不完，那份手足之情带来的幸福感，在自己心里永远是那么真切，那么的令人难忘。珍惜这份永久的幸福吧，它将是一生最美好的回忆。

收获幸福

志高在广州上大二的时候，大学毕业的姐姐已在深圳一家国有企业当会计。母亲逢人就说，我家两个孩子都在广东赚钱哩！只有志高知道姐姐想去北方，因为那里有她的恋人——她大学时的学生会主席，现在北京一家银行工作。姐姐常把他的信藏起来看，信上的字迹很优美，文字也很动人。

在广东呆久了，你就会爱上"钱"这个东西，因为它的魅力无法抵挡。虽然知道姐姐的男朋友在北京，但在嚼薯条的同时抱怨姐姐为什么不找一个有钱的男人，好让自己可以随心所欲地花钱，通宵玩游戏。可姐姐总是笑眯眯地看

着他，陶醉在一种幸福之中，姐姐的工资不高，每月只有一千多块钱。但那个北京的男孩子是姐姐在深圳煎熬两年的惟一希望。

两个月后，姐姐去了北京，两个星期后的一个下午，同学说有个男人找志高。他正奇怪，看到姐姐的男朋友一脸沮丧地坐在我们宿舍的楼下，他第一句话就是："你姐没事吧？我结婚了，是银行行长的女儿，而且就要做爸爸了。"

志高抓着那个人的衣领揍他，他没有躲闪，只抱着头说："小猪（志高的小名），你还太小，长大了你就知道男人也要低头的。"志高想不通，一个女人在千种诱惑之下都没有低头，男人为什么要低头？他仿佛看到莲花般的姐姐流泪的样子，心疼得无以复加。

接下来的几个星期，志高一有空就跑去深圳看姐姐。姐姐长得很美，围在她身边乱七八糟的人很多。失去了爱情的支持，担心她会对自己失望透顶。不知道从哪本书上看到：女人在脆弱的时候容易爱上一个不该爱的男人，何况是一个心碎的女人。

一个周末下午，志高来到姐姐的出租屋，楼下停了一辆黑色本田，里面坐了一个看起来温文尔雅的男人。志高松了一口气，姐姐至少没有选择一个戴粗金链的大黑胖子。

姐姐介绍说他是她的上司，香港人。此后，姐姐不用再去排队挤"灰狗BUS"到广州，而是坐他香喷喷的黑本田来学校。这个上司男友带他们姐弟俩去花园酒店喝茶，坐在精致玲珑的木船里面，吃精致玲珑的点心，教志高品酒和品茶。志高甚至学会了吃西餐和奶油味很重的意大利粉。他彻底投降了——因为姐的男友谈到可以送他出国读书。

他说话很温柔，学问修养也不错．花钱也很大方，只是，他看姐姐的眼神让人不安；他那么急于让我们相信他是个正直的男人，急于表现他有钱但不花心。后来事实证明志高是正确的，那家伙在香港有老婆。

等车的时候，姐弟俩坐在火车站的台阶上，周围是熙熙攘攘的人群，人声喧哗，他们感到万分的孤独和无助。姐姐靠着志高，说："你长得太快了，小猪，爸爸妈妈让我照顾你，反而你来照顾我，我让你操心了，对不起！"

志高只想放声大哭，眼前浮现的就是"相依为命"这几个字。他发誓要挣很多很多的钱，让姐姐坐在"开满蔷薇花的窗前"写诗，让那些无耻的男人见鬼去。

时间又过了一年，姐姐隐约地说她有男朋友了。因为要大考，直到姐姐告诉他说她要搬家了，志高才从学校赶到姐姐住处。楼下停着一辆小面包车，上面花哨地漆着一些关于某电子产品的广告，一个大个子男人正在卖力地扛东西，穿着一条很旧的牛仔裤，乱七八糟的头发好像从来没有梳理过。

只有他们两个人的时候，志高像家长一样拦住他："嘿！你，就是那个电脑工程师？学理科的？"

"是，是，原来是学物理的，五年前从西部跑到深圳来的。"他说。牙齿比较白，看不出有抽烟的恶习。手臂也很有劲，估计是经常打电脑的原因。

"你喜欢我姐吗？"

"嘿嘿……"他挠着他的后脑勺说："你看，我这里乱得很，我需要一个像你姐姐这样的人来管管我，顺便也管一下我公司的财务，报税那玩意儿，我怕死了。"

一阵风吹着姐姐乌黑的头发，隔那么远仍可以看到她那双聪亮的眼睛和那张久违了的莲花一样洁白的笑脸。

现在，姐姐即将做"漂亮妈妈"了。志高偷偷用姐夫的手提电脑敲出这篇文字，写完了他对姐姐的爱和姐姐的爱情，心里充满温馨的快乐和欣喜……

💗心灵感悟：

　　姐姐收获了自己的爱情和婚姻，也收获了幸福。弟弟看到姐姐得到了幸福，也为姐姐高兴，也从中得到了欣喜与快乐。

天使播撒幸福

那个春天，她看到所有的枝头都开满了同样的花朵：微笑。

大院里的人们热情地和她打着招呼，问她有没有好听的故事，有没有好听的歌谣，她回报给人们灿烂的笑脸，忘却了自己瘸着的腿，感觉到自己快乐的心，仿佛要飞起来。她感觉自己好像刚刚降临到这个世界，一切都那么新鲜。流动着的空气，慢慢飘散的白云，耀眼的阳光，和善的脸。她知道，这一切，都是姐姐变戏法一样给予的。

她和姐姐是孪生姐妹，长得一模一样，唯一不同的地方，她是个瘸子。她怨恨上帝的不公平，怨恨一切，碗、杯子、花盆，所有她能接触到的东西都会是她的出气筒，她的世界越来越窄小，小得容不下任何一双关爱的眼神。

由于天生残疾，她走起路来不得不很夸张地一瘸一拐。如果这张脸不美也就罢了，上帝还偏偏让她生了如花的容颜。这两根丑陋的枝条怎么也无法配得上那朵娇艳的花朵，她总是这样评价她的双腿和她的脸，少女敏感的心让她很少走出屋子，更不敢来到大院，每天躲在家里。一个怕见人的孩子，惊恐地张望着外面的世界。

那个夏天，妈妈为她买了一件漂亮的粉色套裙。她偷偷地穿上，感觉自己像一只翩翩欲飞的蝴蝶，只是不敢走动，生怕自己的丑陋显露无遗。她喜欢她的粉色套裙，爱极了那种灿烂的颜色，只是，她依旧悲伤，哀叹自己是断了翅膀的蝴蝶。

她每天待在屋子里，对着镜子，悲伤地望着镜子中那只一动不动的蝴蝶。她用冷漠把自己制作成了标本。由于身子虚弱，每天中午她都必须补上一觉。可是最近，她总觉得睡不踏实，总有一种似梦非梦，恍恍惚惚的感觉。

那天中午，她在恍惚中听到有人蹑手蹑脚地走进来，朦胧中她看到姐姐偷偷拿走了她的粉色套裙。她很生气，但又觉得好奇，想知道姐姐到底要做什么，便装作发出鼾声，透过窗子，她看到了姐姐穿起她的粉色套裙来到了大院。她尽力压制着心中的妒火，想看看姐姐到底在耍什么把戏。她看到姐姐热情地和每个人打着招呼，让她惊讶的是，姐姐竟然学着她一瘸一拐的样子走路，简直惟妙惟肖，让她感觉到那个人就是她自己。而她自己心里清清楚楚，她自己是没有勇气走到大院去的。

一连很多天，姐姐都会在中午趁她午睡的时候，来偷穿她的衣服。有好几次，她想揭穿她，但最后都强忍下去了。人都是爱美的，姐姐也不例外，况且姐姐的舞跳得那么好，应该有件好衣服来配她的，只是她不理解的是，为什么姐姐不好好走路，偏偏要学她的样子一瘸一拐的呢？

每天中午，她都会透过窗子，看着姐姐一边帮奶奶们擦玻璃，一边唱着动听的歌谣，一边帮阿姨们洗菜，一边讲着她听来的笑话，逗得人们哈哈大笑。她不得不承认，姐姐才是真正的蝴蝶啊，姐姐让这个沉寂的大院春意盎然。这一切，她装作什么都不知道。

忽然有一天，姐姐帮她穿上粉色的套裙，硬是架着她走出了房门。

那是个多好的春天啊！她深深地呼吸着新鲜的空气，满眼都是绚烂的颜色。人们对她微笑，把好吃的、好玩的都争着抢着给她，她不明白为什么人们对她那么好，没有一点排斥和嘲弄，没有一点让人难堪的同情和怜悯，有的只是微笑，让人心旷神怡的微笑。

人们都说，有一个穿着粉色套裙、扎着两个小辫的活泼快乐的残疾小姑娘，给他们带来了很多欢乐，她是这里的天使。尽管她走起路来一瘸一拐的，左右摇晃，姿态滑稽而夸张，但所有的人都认为那是天使的舞蹈。

后来她知道了，姐姐学她的样子，是为了让人们能够接受她，姐姐只想让她走出那个晦暗发霉的屋子。所有人都把姐姐当成了她。后来她知道了，那件粉色套裙是父母给姐姐买的，准备让姐姐穿着去省里参加舞蹈大赛。可是姐姐

说，让妹妹穿吧，到时候管妹妹借就行了。后来她还知道了，每一次她们同时做试卷的时候，姐姐总是故意做错几道题，总是让她的分数比姐姐高，姐姐说那样妹妹会高兴。

"人们只当那个天使是我，其实不是，天使只是穿了我的衣服。"她噙着泪，在日记里写道："感谢上帝，赐给一个天使来做我的姐姐。她让我觉得自己是那么幸福，是她给了我拥抱阳光的勇气。"

心灵感悟：

姐姐的爱像天使一样纯洁无暇，是她给了妹妹勇敢面对世界的勇气，改变了妹妹自卑、不自信的心态，让她感受到除了姐姐给自己带来的幸福之外，新鲜的空气、温暖的阳光、优雅的环境同样会带来幸福感。这朵初开的玫瑰终于放下羞涩，尽情地享受这美丽的大自然。

大哥，你幸福吗？

他读初中时，大哥就已辍学帮父亲去后山采石场拉石头了。

大哥和他睡在外面的小屋里，那张大木床是父亲做的。拉了一天的石头，大哥吃过饭上床便睡。大哥总是侧卧着睡觉，蜷着双腿，有时在灯下学习的他抬起头看见大哥睡觉的样子，心中便会涌起浓浓的感动与感伤。后来他上了镇里的高中。镇上高中离他们村有9公里的山路，他每天都要步行上学。当初父母也让他住校，他坚持不住，除了为省钱，更是想和大哥住在一起。那时他的个子已远远地比大哥高了，可就是这样瘦小的大哥，把一车车的石头拉到了山外。

那一天，干了一天活儿的大哥刚从山里回来，饭还没顾上吃一口便被舅妈带着去相亲了，这是第一次有人给大哥介绍对象。大哥很快便回来了，说对方是个寡妇，没有看中他。吃过饭大哥便回屋躺下了，依然是侧卧的姿势。那晚他没有学习，早早地躺在大哥身边。大哥并没有睡着，过了好久，他忽然问我："小弟，知道大哥最大的心愿是什么吗？"

他的心变得沉重起来。大哥说："我就是想能平躺着好好睡上一觉！小弟，平躺着睡觉是不是很舒服？"黑暗中，他的泪汹涌而出。大哥生下来就是驼背，后背高高耸起，像背了一个大大的包袱。大哥只能侧卧着睡觉，整日劳累的他，能平躺着睡一觉竟成了最大的心愿！第二天，他早早地回到家，翻出父亲的木锯，把床板拆下来，在大哥睡觉后背的位置，用锯锯开了一个方洞。然后把床板安上，铺好了褥子。

大哥回来了。吃过饭上床睡觉时，他说："大哥，今晚你可以平躺着睡一觉了！"大哥一愣，他掀开了被子，床凹下去一个坑，大哥的眼睛一下子湿了。那天晚上，大哥平躺在床上，痛快地舒展着四肢，不停地说道："太舒服了！从头到脚都可以好好休息了！"在黑暗中，他的泪水又一次滑落。

第二天早晨，大哥显得比平时都有精神。可是晚上放学回来后，发现大哥把那块床板又钉上了。大哥对他说："有昨晚那一觉就够了，知道了平躺着睡觉的滋味儿。以后还是老样子吧，我怕睡惯了自己会变懒啊！"

他的心颤抖了，亲爱的大哥是不想让自己过得太舒适了啊！看见他难过的样子，大哥轻声说："别难受，小弟，总会好起来的。我会记住昨天晚上的，那是我这辈子睡得最美的一觉！"

心灵感悟：

在日常生活中，手足亲情其实随时都在上演，随着时间的推移，手足之间的情谊也会变得越发深厚，就像一坛愈久弥香的沉年老酒，越久越醇香。

老姑的幸福

老姑靠捡破烂为生，住在城南郊祖上留下的三间旧瓦房。

老姑是个驼背，但面目较好，和善可亲。她年轻时，也不少人来说媒，总是高不成低不就，一来二去就把婚事给耽搁了。后来，再有人劝老姑嫁人，老姑就说："好人家嫌我是个残疾，赖人家还不是把我糟蹋了，这一辈子不嫁了。谁劝我那就是害我。"人们便不再提她的婚事了。

老姑是个独苗。爹娘在世时，爹娘养她。爹娘不在了，只有靠她自己。记得爹娘刚下世时，还给她留了些积蓄。她精打细算过日子，熬了一年多，便坐吃山空了。最初的日子，她有一顿没一顿地凑合。后来断顿了，缸里连一把米面也没有了，一个人饿得在屋张着嘴哭。邻居们听到了，这家端碗饭，那家拿个馍。她忍着泪，看看这饭菜，一口也没吃。最后，她穿上娘留下的大蓝布衫，戴上爹留下的烂草帽，掂了个长虫皮袋子，锁上门走了出去。从此，小城出现了一个拾破烂的驼子。

老姑刚开始捡破烂时，脸热，怕见熟人，总到城外的垃圾堆上捡。慢慢地她胆壮了，大街小巷她都去。

有一个下雪的早晨，老姑路过县医院大门口时，见门楼下放着一个襁褓。她走近一看，是一个奄奄一息的婴儿，小脸冻得惨白。老姑没有多想，扔掉垃圾袋子，把这可怜的婴儿揣在怀里。这是个被遗弃的女婴。老姑给她起了个名叫晨雪。晨雪很弱，老姑怕养不活，就狠狠心把全部积蓄拿出来买了个奶羊。老姑不会养羊，挤的奶也少，老姑一口也舍不得喝。老姑出去捡破烂怕晨雪从床上掉下来，就弄了许多干草，铺了一个又厚又软的地铺。晚上，她让奶羊也卧在身边，一手搂着晨雪，一手揽着羊脖，像一家人一样，互相温暖着，度过了许多寒夜。

小晨雪的出现，老姑说这是上天给她的恩赐。小晨雪渐渐长大了。她会走路了……她会说话了……她会上学了。老姑的眼里经常溢满了一波一波的兴奋和幸福。吃的、穿的、用的，老姑从来不让晨雪受委屈。

上初中的时候，一天，晨雪领着一位要好的女同学来到家里。晨雪进院就喊："妈，俺同学来了。"老姑吓坏了，躲在里屋老半天也没吭声。晨雪不见应声，便进屋找，却见老姑藏在屋门后，脸色非常难看，像是一个受惊吓的孩子。待同学玩了一会儿走了，老姑才从里屋出来，很生气地说："雪，以后不许带同学到家里来，你看咱家这个样子？"晨雪委屈地撅着嘴，两天没给老姑说话。

上高中的时候，一次老师组织校外活动。晨雪和同学们唧唧喳喳地来到小河边的时候，老姑正在河边饮羊，身后放着满满的垃圾袋子。晨雪愣了一下，忙欢喜地跑过去，抚摸着白绒绒的羊毛，说："妈，你也在这儿，让我饮羊吧……"老姑诧异地看看晨雪，笑笑说："这丫头，尽说疯话。"然后，一手提着袋子，一手牵着羊，起身就走。待同学们赶过来，老姑已走远了。同学们问："那是谁啊？"晨雪眼里含着泪，喃喃地说："那是我妈。"

后来，晨雪考上了大学。起程的前一天晚上，晨雪想再睡一次地铺，她抱了许多干草，铺了被褥，打了个又厚又软的地铺。老姑说："有床不睡，你胡捣腾个啥？"晨雪也不吱声，端一盆温水亲手给老姑洗了脚，让老姑睡在地铺的里边，牵过来奶羊让它卧在地铺的外边，自己睡在地铺的中间。

灯熄了。晨雪一手揽着老姑，一手搂着羊脖，谁也不说话。许久，老姑说："雪，妈想说说你是怎么来的？"她说："我记事时，就知道了。"老姑说："在大学别太节省，妈有钱。"她说："我到校申请救济金，假期就当家教打工，妈，您老了，别太累了。"老姑说："妈是个残疾，让你跟妈受委屈了。"她说："狗不嫌家贫，儿不嫌娘丑。"沉默了一会儿，雪又说："妈，在这个世界上，我是最幸福的孩子，我有两个妈，你是我的亲妈，咱的羊是我

的奶妈……"

说完，晨雪哭了，老姑也哭了。初秋的风从窗口吹进来，凉凉的。深夜的月，斜照进来，照着母女俩满脸的泪……

心灵感悟：

对老姑来说，能与小晨雪相信为命就是最大的幸福。她们虽然不是亲生母女，日子也过得很苦，但彼此的关心与照顾，让母女俩间产生了真挚的亲情，这种亲情让她们时刻都享受着幸福。

幸福守护

小娟还没有学会走路的时候，哥哥就会时常背着妹妹在外婆家门前的小路上玩耍。

光阴似箭，妹妹小娟长到六岁该上小学了。每天早晨哥哥带着妹妹去上学，每次放学，不管多晚，妹妹也要等哥哥从教室走出来，一块儿回家。

在一个春天的早晨，大雨发狂地下着。妹妹说："哥，这么大的雨，不去上学了吧？"哥哥一边拿雨伞，一边说："这点雨就吓着你了？快，上来吧！"说着，他蹲下身子想要背着妹妹。小娟开始有些难为情："我不要哥哥背了——"哥哥笑着打断妹妹的话："你还怕哥哥背不动你？别说这么小，就是到了60岁，你不还是哥哥的小妹妹！"

小娟嫣然一笑，顺从地伏在哥哥那结实的背上。雨水落在地上，溅起无数小水泡，路旁的野花在风雨中颤抖，小路泥泞不堪。妹妹小娟举着伞紧紧伏在哥哥背上。哥哥在风雨中摇晃着，深一脚浅一脚地往前走，他说："把伞往后打，小娟，你的背要淋湿了。"但妹妹一看见哥哥那双沾满泥泞的脚和那湿透的裤脚，便偷偷地把伞往前移动，好不容易来到了学校，哥哥放下小娟，看到妹妹的衣服全淋湿了，便生气地说："不是让你把伞往后挪了吗？""那你怎么办呢？"小娟问。

一晃又是几年过去了，兄妹俩相继回到了父母身边，当哥哥领着妹妹走在干净整洁的大马路上时，两人仍然会想起外婆家门前的那条小路，和那个下着大雨的春天的早晨。

心灵感悟：

　　在现代许多人的观念里，收获才是幸福，这样的观点其实并不正确。一个人的幸福不在于他得到了多少，而在于他付出了多少。因此，付出也是一种幸福。哥哥的付出让他发自内心地感受到了精神上的愉悦，这就是一种幸福。付出吧，幸福会终生与我们相伴。

幸福的港湾

在他的生命中，有三个重要的女人，一是给予他生命的母亲，二是那个和他恋爱八年之久的女人——琳。可是他最想说的是他的姐姐，一个同样举足轻重、让他铭记在心的女人。

姐姐是他最不能忘的女人，父母常在他的耳边嘀咕，你一生可以不认我们，但绝不能不要你的姐姐，你能拥有现在的一切，都是你姐所赐，你日子好了，别忘了帮衬你姐，姐姐的恩情你要时刻记挂在心头。

小时候的他依恋姐姐胜过母亲，母亲为了养活他们，长时间在外劳作，把他交给了姐姐，姐姐也疼这个比她小许多的弟弟。那年月，家穷，不仅三餐难填饱肚皮，住宅也窄得一览无余，两张床，一张是父母用，另一张就是他和姐姐睡，因为他小，特别惧怕黑夜，每当夜幕垂临，煤油灯灭，在伸手不见五指的周遭，脑海里无端地幻化出许多莫名的事物，印象中屋檐下堆放的是一些干

枯的木材，却感到它们伸胳膊蹬腿的，一个个活动开来，成了蠕动的蛇，向他游来。屋外风过竹林那猎猎的声响，一两声夜莺的聒噪，让他全身哆嗦，不由得蜷伏着弱小的身子，依偎在姐姐的腋窝下，听着姐姐的平缓均匀的呼吸声，才安静下来，沉沉睡去。在他年幼无知、咿呀学语、蹒跚学步时，没少给姐姐难堪与泪水。

每次上学，姐姐都要抱着他，或是背着他，和其他同学一道走向学堂。在课堂上，他并不能安分守己、老老实实坐在板凳上，时常拉扯着姐姐的衣角，要这要那。有时，在同学们听得聚精会神，老师讲得眉飞色舞，达到课堂高潮时，他哇的一声哭响，或是与此毫不相干的一句高音，大煞课堂风景与氛围，老师气急败坏地指着姐姐，厉声说道："滚出去，你，还有你那个小弟，以后如果再见到他，你也不用来上学了。"姐姐满脸委屈，滴答着眼泪，低着头，用怨恨的眼光看着他，旁边的学生一脸的幸灾乐祸，看着这一出戏。姐姐站在教室外用小手掐他，又抱着他失声痛哭，他仿佛知道自己犯了错，也不言语，只是用脏兮兮的手去擦姐姐眼角的泪水。这还不是主要的，当姐姐在教室里专心致志地做着作业，他却在旁边拉屎撒尿，臭气熏天，全班的同学都向他们投来诧异的眼光时，姐姐神色错乱、面容羞红、手忙脚乱、哭笑不得，姐姐曾多次指着他恶狠狠地说："谁管你，谁管你，反正我不想再带你了。"然而在每一个晨起的日子，姐姐又带着他欢天喜地地在那条寂寞的道上高歌低语。

姐姐爱上了村里的一个大学生，可是双方家长都不同意。外界的压力，使姐姐整天以泪洗面。后来姐姐只身去了南方，要离开这个令她伤心流泪不绝的地方，姐姐走的时候有一种誓不回头的壮烈，她走的时候天空飘雨，她走的每一步都像踩在弟弟的心上。他看见姐姐的背影，就止不住落泪。

姐姐在外面的情形到底如何不得而知，开始的艰辛是一定的。姐姐有很多人追求，有港台老板，有博士、硕士之类才子的示爱，姐姐都婉言谢绝，她始终在等待那个大学生。在大学生一再的劝说下，他的父母终于顽石点头，应允了这婚事。在弟弟上高二时，姐姐终于穿着洁白的婚纱，在艳阳高照、晴空万里中，从那简陋的小屋走出，与大学生手牵手，一步步走向婚车。在阵阵鞭炮声中，看着走进婚车的姐姐，他的泪又一次涌了出来，他知道那是欢喜的眼泪，但也有淡淡的失落。看着笑容如花的姐姐，他知道姐姐把握了一生的幸福。有了姐姐的幸福，那些苦涩的日子在他的记忆里不时浮沉，虽有辛酸，但更多的却是无法言喻的美。

心灵感悟：

　　小时候的姐弟俩就像两只漂亮的蝴蝶一样形影不离，姐姐为了弟弟无怨无悔地付出。长大后，姐姐终于找到了属于自己一生的幸福，那记忆中的往事永远是姐弟俩回味幸福的港湾，像冬日的松柏一样，永远不会凋谢。

一生的幸福

　　小杰最近总是头疼得厉害，上次给大姐打电话的时候无意中提起，今天二姐就来看他了，他知道准是大姐告诉她的。二姐带着小杰做了一个检查，最终确定他只是太累，二姐才放心地离去了。

　　小杰是家中独子，上面有两个姐姐。父母亲好不容易得了一个儿子，视为掌上明珠，于是两位姐姐便为他吃了不少苦头。有好吃的都让着他，有苦差事全是姐姐们的。为给家里放牛割草做家务，更为了看护他，姐妹二人都没念几天书，到如今大字不识。儿时的小杰留个小辫子，拴个裹肚，虽言语不多，但点子不少，玩耍起来不顾一切。稍大一点时上山坡捉知了、扑蝴蝶，下河里捉青蛙、耍蝌蚪、打水仗，和小伙伴们捉迷藏都属高手，经常是爬陡坡一身汗，

下河沟遍体水。再大点后爬树又快又急，有时爬树爬腻了，就从挨地垄的树枝爬上去，还能荡秋千。上屋檐也是常有的事。小杰最感兴趣的事是玩打仗，冲啊杀啊的没完没了，甚至弄得头破血流也全然不顾。为这事，两位姐姐没少挨父母的打骂。

小杰的两位姐姐虽是一母同胞，性格却迥然不同。大姐从小乐于做活，家里活她做得最多。她从妈妈和姑姑手里学会做活，拧麻绳、纺棉线、织粗布、纳鞋底样样都行。可能因为她是老大，也顾全大局，家里的事，地里的活，都干得又快又好，是妈妈的得力助手。二姐从小生性灵巧，干活虽不扎实，但学新东西、新技术却又快又好。十几岁时闹着要出去找工作，爸爸托人在临汾县砖瓦厂给她找了个帮灶的活儿。她虽然年纪不大，但人机灵，嘴也甜，在那里干得还不错。

小杰上初中时，两个姐姐先后出嫁了。大姐家光景尚可。二姐家光景虽然一般，但二姐夫在供销社工作，总有进项，不缺小钱花。上大学后，每到大姐家，她总是给他做新鞋、烤饽饽。二姐那时在供销社缝衣组上班，小杰每次路过，大姐都要为他买衣服。当他订婚以后，两位姐姐爱屋及乌，对他的未婚妻也是格外关心，相处得如同亲姐妹一般。说良心话，小杰这个山里娃娃能上大学，当干部，他那两位大字不识几个的姐姐，也有一份功劳，一份苦劳。

姐姐就是小杰的一面镜子，她们以姐姐的姿态影响着小杰这个做弟弟的。她们经常告诫小杰要把自己的工作做好，就像父母生前那样地教他们为人处世。这种爱，小杰时常把它认为是父爱母爱的延续，他看到了那浓浓亲情的细腻，那是一种很自然的流露。有时候姐姐们给他过多的关爱让他很依赖，他爱人都说他就像一个永远也长不大的孩子。

如今他们都成家立业了，但大姐和二姐仍一如当年地关心着他，在她们眼里小杰永远是长不大的小弟弟。这是他一生的幸福，也是他前进的动力。

心灵感悟：

　　姐姐关爱着弟弟，给了弟弟无私的爱，而弟弟也用他的爱温暖着姐姐们的心。弟弟永远都幸福，是姐姐最大的心愿，他们彼此深爱着、呵护着对方，姐姐和弟弟永远不会感觉到孤单。

给奶奶带去幸福

　　以前，有一个女孩名叫埃尔莎。她有一位年纪很大的老奶奶，头发都白了，脸上也布满皱纹。埃尔莎的父亲在山上有一栋大房子。每天，太阳都从南边的窗户里射进来。房子里的每件东西都亮亮的，漂亮极了。

　　奶奶住在北边的屋子里。太阳从来照不进她的屋子。

　　一天，埃尔莎对她的父亲说："为什么太阳照不进奶奶的屋子呢？我想，她也是喜欢阳光的。"

　　"太阳公公的头探不进北边的窗户。"她父亲说。

　　"那么，我们把房子转个方向吧，爸爸。"

　　"房子太大了，不好转。"她爸爸说。

　　"那奶奶就照不到一点阳光了吗？"埃尔莎问。

　　"当然了，我的孩子，除非你给她带一点进去。"

　　从那以后，埃尔莎就想啊想啊，想着如何能带一点阳光给她奶奶。

　　当她在田野里玩耍的时候，看到小草和花儿都向她点头。鸟儿一边从这棵树跳到那棵树，一边唱着甜美的歌儿。

　　世间万物好像都在说："我们热爱阳光，我们热爱明亮、温暖的阳光。"

　　"奶奶肯定也是喜欢的，"埃尔莎想，我一定要带一点给她。

　　一天早晨，她在花园里玩时，看到了太阳温暖的光线照到了她金色的头

发上。然后，她低下头，看到衣摆上也有阳光。"我要用衣服把阳光包住，"她想，"然后把它们带进奶奶的房子。"于是，她跳了起来，跑进了奶奶的屋子。

"看，奶奶，看！我给你带来了一些阳光！"她叫着。然后，她打开了她的衣服，可是看不到一丝阳光。

"孩子，阳光从你的双眼里照出来了，"奶奶说："它们在你金色的头发里闪耀。有你在我身边，我不需要阳光了。"埃尔莎不懂为什么她的眼睛里可以照出阳光，但她很愿意让奶奶高兴。每天早上，她都在花园里玩耍。然后，她跑进奶奶的房子里，用她的眼睛和头发，给奶奶带去阳光。

小埃尔莎为了能给奶奶带去阳光，每天早上都用眼睛和头发把阳光带进奶奶的房里。行为虽然幼稚，却足以显露出她的心灵之高尚。这是小埃尔莎在心灵深处为了表达对奶奶的关爱的一种方式吧。

💗心灵感悟：

　　埃尔莎是个善良的孩子，而她的善良就是奶奶最好的阳光。生活中会有许多艰辛和意外，当别人需要帮助时请给予他们希望吧，这样可以给自己和接受帮助的人都带来幸福。

第三章
幸福在情窦初开时

　　幸福是一种经历，是一种悟性，是一种心境，是一种感觉，只要我们用心去体会，随处都可以感受到它的存在。情窦初开时那青涩的爱情是最纯洁、最美好的，在青涩爱情中获得的幸福也是不言而喻的。让我们一起回味那一段美好吧！

初恋的幸福

大学里，送玫瑰花是男孩追女孩最常用的方式，但在梅子看来，这是最落俗套的一种。

曾经有一个男生，每天送梅子一束喷香的玫瑰，还不忘系一张精致的小卡，抄上席慕容的爱情诗。男孩第一次送花给梅子，那热烈绽放的花朵使她不忍拒绝，这使男孩对爱情成功抱了过高的幻想。于是，送花给梅子竟成了他每日的功课，及至后来，梅子的拒绝也被男孩看成是初恋情人之间常玩的爱情游戏。甚至有一次，男孩在大街上拦住梅子，双手捧上鲜花，梅子被窘得满脸通红，转身逃走。这场闹剧以男孩的毕业而告终。

以后再有男生送花时，梅子会不留余地地拒绝。理由是：她对花过敏。的确，很长一段时间，梅子一看见花就跑开。梅子至今仍是单身贵族，因为她遇到的所有男生都想用鲜花获得她的芳心。

梅子在一次舞会上，认识了一个男孩。寒假回家时，男孩主动送梅子去车站。男孩话不多，但很温情，一直听梅子讲她们宿舍七姐妹的故事，偶尔插一句话。上车前，男孩去附近给梅子买了一大袋水果。

车开了，梅子看见站台上的男孩矗于风中，塑像般挺直，她的心忽得一热。

几小时后，口渴的梅子拿出了那袋水果，但因为没有水果刀，几次她都将水果放回了袋中。最后一次，梅子被自己的发现惊呆了：袋的底部有一把灿新的水果刀，泪水一下涌上了她的面颊。男孩在买水果的同时没有忘记给她买一把水果刀！这么细心的男孩一定是个足以托付终身的男人。她的心头陡地有了一种"蓦然回首"的感觉。

寒假结束后，他俩已经出双入对。一对优秀的情侣最易成为人们关注的焦点，私下里好多同学称他们的爱情为校园经典爱情。但爱是易走极端的，梅子听到这些议论后很自豪，因此对男孩更好，他宽阔的肩和有力的手使她温暖。同时梅子对男孩防范更严，不准他抽烟、喝酒，有时他和女同学开个玩笑也会惹得梅子拉下笑脸嘟起小嘴。有几次男孩的几个很要好的老乡约男孩聚聚，但因梅子不同意，男孩都没去成。

男孩知道梅子是家中独女，因此尽量顺着她的性子，许多不悦都自己默默承受。梅子20岁生日那天，男孩因忙于和导师一起选课题，直到很晚才赶到梅子的宿舍。见到男孩，梅子就大发雷霆，全然不看疲惫的男孩双手捧着的生日蛋糕。这让男孩很伤心，坐在一边默默不语。冷静下来的梅子也觉察了自己的过分，便一下伏在男孩怀中说："对不起，我只是不想失去你。"男孩心一软，原谅了她。

有了第一次，就会有第二次，一次又一次的吵架，忏悔和千篇一律的情话使男孩感到爱情索然无味，但男孩仍极力弥合着两颗心的裂隙。

一次，男孩中学时代的女同学来古城玩，男孩陪同学去大雁塔。久别重逢的两个同学玩得尽兴时，梅子从学校追了过来，挡在男孩和同学之间说："跟我回去！"男孩很震惊，尤其在昔日的同学面前，他大声说："不！"这是他第一次在梅子面前说不。梅子一怔，旋即满脸通红泪如雨下，并大声嚷道："你会后悔的，你要为这句话付出代价。"说完转身跑走。男孩和同学游兴顿失，便怏怏返回。

男孩刚回到宿舍，梅子宿舍的一个女孩就找到他说："梅子出事了。"男孩跟着女孩冲到了梅子的宿舍，眼前的一幕把他惊呆了：梅子躺在床上，腕上鲜血直流，地上扔着那把他送给梅子的水果刀——梅子一直珍藏着的水果刀。男孩来不及多想，背起梅子就向医院跑去。

男孩在梅子病床前守了两天两夜。梅子苏醒后，看见床头坐着的男孩，大叫着让他滚开。男孩因梅子苏醒刚有的一点喜悦一下子荡然无存，他低着头在

梅子的泪光中走出病房。

几天后，已经康复的梅子收到护士小姐拿进来的一束玫瑰和一封信。那字迹是梅子再熟悉不过的。护士说：男孩在病房外徘徊了很长时间。

梅子呆了一会，拆开信，见上面写着：

亲爱的梅子：

请允许我最后一次叫你"亲爱的"，的确，你漂亮、可爱，是个很出色的女孩。还记得那年我去车站送你回家的情景吗？我买水果，是想让你路上解渴，我买了小刀，是让你用它削掉水果表面的泥土和虫蛀的孔，削掉水果中不能食用的部分。但是，我没想到，它会给你带来灾难。

关于小刀，这几天我想了很多。手术刀可以将危害人体健康的疾病部分切掉，雕刻刀可以将艺术品中多余的部分切掉，使作品完美。在爱情中，如果我们都能用一把小刀来切削自己的缺点，使自己尽量变得完美，使自己尽量去适应爱情中的另一方，该有多好。可悲的是，爱情中，每一方都一厢情愿地在用刀子切削对方，企图改变对方使对方能适合自己的口味。结果呢？爱情中的双方都被对方伤害得血痕累累，身心俱疲。

梅子，再见吧！

我为我送的小刀在你的腕上留下伤痕而愧疚，但是，我觉得，我们更需医治的是我们被爱情小刀切得伤痕累累的心灵。

心灵感悟：

爱情是伴随人一生的一种情感。处在青春期的男女产生爱慕之情，是一种自然的生理过程。初恋是美好而幸福的，但往往很少有成功的。这是因为那个时候的男女，在感情方面还并不成熟，很容易让身边的爱情与幸福悄悄溜走。

回味初恋带来的幸福

晨的初恋情人是欣，她人长得漂亮，身材也好，高中同窗的三年他们虽曾在一个狭小的空间里聆听过师长的教诲，但从未感知过彼此的心灵和足音，可以说那时晨心中几乎没有她的印象。他们之间的关系普通得如平平静静的池水，如果没有后来冬之夜的那一次邂逅，他们可能永远都是匆匆而过的路人。

那是大学里第一个寒假，一个没有风的夜晚，晨送大姐回家。在火车站上和欣不期而遇，在晨惊讶于欣的改变时，她已笑着走过来和晨打招呼了。晨呆望着面前这个清丽可人的女孩，心却早已在寻觅断断续续的回忆，好与面前的她拼凑起来。欣的声音非常柔，极具韵律感，当时不知是喜欢她的清纯还是那一份迷人的娇笑，当他漫不经心的目光触及她笑靥的身影时，才发觉她的谈笑中竟充满着一种音乐般的感染和诱惑，那一种魂牵心动的感觉正是年轻的他在不改的初衷里追寻的东西，于是在时空交错的一瞬间晨心中开始了千古不变的童话。他和欣在同一个城市里读大学，寒假里他们曾相约去彼此的学校玩，于是这个约定就成了他去看欣的最好借口。每次去看她，欣总是开心得像个孩子，毫不掩饰内心的那一份喜悦。

三月里的一场大雪弥漫了整个城市，也许是晨性格中有一种浪漫的成分，于是他欣然冒着大雪去看她，在宿舍楼门口，欣笑着迎接晨，极自信地说：“我就知道今天你会来。”从她的说话时盈满感动的眼眸中，晨读懂了唯自己才能读懂的内容。

漫步在空荡荡的校园里他们没有撑伞，任雪花不停地在眼前飘舞，在头顶和肩上停留。“欣，冷吗？”晨关切地问。

“我不冷，”欣一边回答一边自顾自地包着手里的雪球：“你也不冷吧？”欣笑着反问他，那笑中带着一丝神秘。他不解她的意思随口应了一声，

没想到话音未了欣便把手里的雪团一下塞进他的领口里，哇！真凉，晨激灵灵地打了个寒战。这时，欣已笑着跑出了好远，于是晨假装生气不去理她。一边朝前走一边擦去脖子上的雪，欣见他不理她，就从后面跟上来，一边侧过脸一边用胳膊碰碰他说："还真生气啦？心眼这么小。"晨不应，于是欣紧走了几步拦在他的面前，望着他哀求说："别不理我，好吗？"那可怜的样子像个认错的小孩，于是晨见好就收，然后神气地吹了一声口哨算是庆祝自己的胜利。雪花依旧飘个不停，地上的雪惊人的白，但最美的还是身旁的欣。在雪地的映衬下她妩媚、清雅得让人感动。

　　风中晨帮欣系好围巾，然后轻轻地捧起她含羞草般深埋的脸问："欣，我想用一生爱你一次好吗？"欣静静地看着晨没有说话，只是不停地点头。隔着飘雪，晨看见她脸上有一串串滑落的泪珠，那泪晶莹剔透！刹那间一种心灵的感动让他情不自禁地拥欣入怀，然后深深吻住她，那一刻欣温柔如水。

　　一个飘雪的午后，欣来找晨。她的眼睛红红的，当时他们已经有很长时间没在一起了，尽管以前欣和晨说过她学院里有个男生一直在追求她，但晨仍执著地相信他和欣之间的感情谁也分不开，可是当欣说出晨和她是不同的两个世界的时候，他怔住了。面对着欣，晨无言，不知过了多久，当周身凝固的血液恢复了流动，晨把伤痛深埋在心底仍微笑着送她一份祝福，欣柔柔地望着他，晨平静地看着欣，在欣转身离去的一瞬间，晨看到了她眸中有隐隐约约的泪光闪动。

　　当银雪飞舞的季节再度到来的时候，晨会收藏起一片和欣共同珍爱过的雪花，把它深深地夹在心灵的书页里，当他走完青春，年轻容颜不再的时候再翻出来，重温这短短的一段温柔，好让自己的心中永远都拥有一份初恋的洁白。

心灵感悟：

"初恋"是个多么美好的词汇，一想到它就会怀念起年少时的青涩情感，那时候不懂得表达，不懂得追求，更不懂得拒绝，所以常常做着连自己都无法解释的傻事。只是，再怀念起这些傻事，怀念起那个让自己做傻事的人时，却隐约地还能感受到幸福的存在。

生日礼物

大学女生中流行两种发型：一种是披肩长发，显得既洒脱又飘逸，青春也随着发丝飘动；另一种是学生头，孟庭苇的那种短发，显得清纯可爱。而真正让我心动的却是燕子那根又粗又长的辫子。

当时我还不知道她是一年级新生，从身后看去，她苗条婀娜的身姿极富动感，而那条长及臀部的辫子又粗又黑，随着她的行走而左右摆动，更给她增添说不出的风韵。我当时心中暗暗叫绝，等我想赶上去看看她的面容时，她一转弯，进了女生宿舍楼。而那根辫子却在我的脑海中晃来晃去，挥也挥不去。

此后，已升任校刊文社社长的我，为了充实文学社的新生力量，决定在大一新生中招兵买马。那天，我正在校刊办公室值班，一个叫燕子的女生进来报名，她怯怯地交给我两篇稿子，我重复着对其他报名者说过的同样的话，告诉她等我们看完她的作品后将给她一个答复。她转身离开时，我吃了一惊，因为我又看见了那熟悉的腰身、熟悉的辫子。我连稿件看都没看就在她名字下打了个"√"。

以后的日子里，我们渐渐熟悉起来。我告诉她，我认识她的辫子比认识她的人更早，我真诚地赞叹她的辫子真是身后绝妙的风景。她静静地听着，明亮的眼中闪烁着喜悦，脸红红的，一句话也不说，却用手玩着辫梢，极爱惜的样

子。

与我在一起的时候，她更多的是给我讲述这根辫子的故事。"这根辫子长了7年。"她说这话时，脸上带着浅笑，似乎这根辫子就是她的幸福。后来才知道，这根辫子给她带来了许多痛苦。

她的父母都是小城的普通工人，原来父母感情很好，自从母亲生下她和妹妹后，传统的父亲对母亲没生个儿子耿耿于怀，整天黑着脸，进出没有一句话，也从没爱抚过她们姐妹俩。他经常在外边酗酒，回来后就和母亲吵架。有一次父亲又打母亲，她去挡父亲，结果父亲顺手抓住了她的辫子，将她摔倒在地上。母亲抱住她哭着说："咱娘儿俩好命苦呀！"她虽然很伤心，但没有流泪，她当时心中想：我要好好爱护这根辫子，女孩的辫子。给我讲的时候，她泪水涟涟，惹得我也心中酸酸的。

她告诉我她家里不富有，她上学的钱是亲戚给凑的。说到家，她一脸忧戚，她发誓等她工作后，一定要好好照顾母亲，她说：母亲太苦。

11月份，北方的这座城市已经浸在寒冷之中。燕子就出生在18年前的这个月份里。生日那天，当我推开她们宿舍的门时，她一个人很悲伤在宿舍里哭泣，没有同学和朋友给她祝福。看见我时，她一脸的惊喜一脸的泪。拿出为她买的礼物，一个精致的玻璃花，纯得惊心，亮得动魄，我说："燕子，只有你的头发配戴它。"

当我将这个精妙的饰物别在她那根又粗又长的辫子上时，她又伏在我胸前哭了起来，我兄长般地安慰使她哭得更厉害，她哽咽着说："从没有人为我过过生日，从来没有人这么关心过我。"我禁不住又是一阵心酸。

5月是我的生日，那天，许多文朋诗友都来祝贺，我去找燕子，却没有见到她。正当朋友们唱着那首古老的英文歌曲"Happy birthday to you"祝我生日快乐时，有人敲门。打开门，门外站着一个小伙子，手里捧着一个盒子，说："有个剪着短发的女孩让我送到这个宿舍来的。"

朋友们立即打开这个盒子。盖子拿去的刹那，我惊呆了，在场的所有人都惊呆了：里面是一条又粗又长的辫子，辫子上的玻璃花闪着耀眼的光亮。里面还有一张纸条。朋友小心翼翼地拿起来读到：

大哥：

明天我们新生就要军训了，军训团的领导要求我们将辫子剪掉，我在发廊外徘徊了1个多小时，还是进去了。大哥，你曾经说过你喜欢这条辫子，我没有钱给你买生日礼物，就将它送给你吧！大哥，生日快乐！

短发的燕子

几天前她曾经说过我生日时她会送给我一件让我终生难忘的礼物。

我冲出屋子，心中只有一个念头：我要马上见到她！

心灵感悟：

男孩最喜欢女孩的一头长发，但由于军训女孩不得已剪掉了飘逸的长发，在男孩生日那天将辫子送给了男孩，可见她对男孩深深的爱恋。

爱情考验

那天，一位远方的朋友Call我，回完传呼后付账时，我看见了坐在公用电话厅中的梅子。她梳着整齐的刘海，圆圆的脸上挂着淡淡的笑，有一种难以描述的美。

以后，我经常在梅子的电话厅中打电话，梅子的话厅成了我和朋友感情的中转站。有时，我打完传呼等待回话时，便会和梅子聊聊。梅子总是手里捧着书，每次离开时，她柔柔的声音会在我心头粘很久。

一天，我买了一束玫瑰，又来到电话厅前，打完电话，我很"无意"地

将玫瑰留在电话台上，转身就走。刚走两步，就听见梅子喊我："哎，你的花！"我很尴尬地回身对梅子说："我有一个朋友等会儿会来取的。"我是个含蓄的男孩，想用一种浪漫的方式表达爱情，可……我在花中纸条上写着：梅子，愿意与我分享花香吗？

果然，当我下一次再出现在梅子的话厅时，梅子竟显得有点手足无措，慌乱中脸上就升起了红晕，我的心也突突狂跳。这时，我等传呼，她也不开口，只把书竖起来，大半个脸藏在书后，努力掩饰着表情，只留一对明澈的大眼。我无可掩饰，只好斜身依在电话厅上，吹着口哨，抬头看天。天上浮云悠悠，明日艳艳，而我的心却一片迷茫。有时想想，爱恋中的人真怪，常常将自己明艳的心事藏在花中、书后，表情中却是一幅事不关己的漠然，也许是两颗互相渴望的心，可谁也不肯先伸出触角——那是怕拒绝。

没事的时候，我还去打电话，和朋友聊一些无关紧要的话题，一边偷眼看梅子。梅子一脸平静，似乎极不经意地在看书，只是有时抬起头来看看我，很冷漠的样子，和前几天的梅子判若两人。

思考了很久，我决定向梅子摊牌。那天打完电话，我将事先写好攥在手里已被汗浸湿的纸条递给梅子，正欲逃走，不料被梅子喊住。我回过头时，发现梅子正注视着我，眸中有一种嘲弄的表情。她看了一下纸条，我在纸条上写着这晚约她看电影的时间和地点。她说："你了解我吗？"我一愣，梅子打开电话厅的门，从门后边拿起一根拐杖拄着出来了。啊，瘸子？我的心陡地一沉，好似被人兜头浇了一盆凉水。在我面前站定后，她仰脸，一脸真诚，说："现在还愿意和我一起看电影吗？"

我敢保证，我上学十几年，从小学到大学，从来没有遇过这么难解的问题。我沉默许久，艰难点了点头。

我甚至不知道自己是怎么到约会地点的，等待的间隙，好几次我都想溜走，最终找了很多理由说服了自己，正当我左顾右盼之际，突然身后轻轻的一声："哎！"我回头一看，带笑的梅子的脸如带露的花，清新娇艳，我心头的阴郁一扫而光。梅子打扮得一身簇新，白色的羊毛衫，外边是黑色的披肩，下身是黑色的短裙，长筒棉袜，两条修长的腿……咦？梅子看我一脸的疑惑，伸手挽住我说："考验考验你嘛，你第一次送花给我后，我告诉了我姐姐，姐姐怕你不是真心，想考验考验你。"

"究竟哪个是你，哪个是你姐姐？"我急切地追问。

"你送给鲜花的是我，送给纸条的是我姐姐，想考验你的是我姐姐，也是我。现在站在你面前的是我，不是姐姐。"梅子一脸顽皮的笑。

原来如此——她们是一对孪生姐妹。

我心中暗道：好险，爱情考验！

心灵感悟：

　　美好的爱情总要经得起种种考验。当你需要帮助，需要安慰时，他就站在那里，给你带来温暖，带来幸福。但爱情更需要两个人的互相珍惜与包容。

暗恋的时光很幸福

　　又是风雨如晦的日子，男孩撑着伞从车站出来。古城已经五年没来了，男孩望望四周没有什么特别变化，就紧紧衣领，哈口气。好冷呵，古城的冬天真的是好冷啊！男孩慢慢地沿着春秋街向古城大学踱去，这条街实在太熟了，在古大读了七年书，不知走了多少趟了。

　　忽然间，一阵悠扬的风琴声和着美丽的赞美诗主祷歌声在烟雨中飘进他的耳畔。男孩站住了，慢慢转过身，望着街对面的那座熟悉的老教堂，他的眼睛湿润了。是啊，又快圣诞节了，她好吗？转眼十年了，十年相隔两茫茫，不

思量，自难忘。恍惚中她从街边走来，眼睛湿湿的，嘴角却微笑着，轻轻拢着自己说："保重。"他捂了一下眼鼻，拭去泪水，那埋在记忆最深处的牵挂想念，一下涌上心头。

那是大三的时候，六月，几个同学约好去北京玩，临时加进了小虞的姐姐虞雨，女孩大他们三岁，在古城银行工作，大家都叫她小雨。那天男孩在宿舍整理东西，听见那几个同学来，只挥手打个招呼。理完东西一转身，就看到虞雨站在窗户边遥望外边，夕阳余晖轻轻洒在她脸上，白润的脸上印着红，她的侧面轮廓很美，像雕塑。微风吹起她的裙带，轻卷飘扬，直欲破风而去。男孩一怔，手上的车票掉下来了。她太像一个自己熟悉的人了！可是谁呢，他一时想不起来。没人注意到他的失态，他们一起去吃饭。小雨落落大方，温文尔雅，他却若有所思，一直看着她走神，平常的谈笑风生不知到哪里去了，竟有些失态，被罚了好几杯酒，幸好他们都没发现自己的秘密。

那晚他做梦了，梦中经常出现和他一起赏花吟诗、携手共游的女孩，那模模糊糊的脸庞竟渐渐清晰起来，是小雨！他惊醒了，一下坐起来，心怦怦地跳。天啊，小雨竟是梦中潜意识里等了很久的她！他见了小雨一次，就爱上她了！其实他二十二岁，平常很稳重理智，他马上告诉自己，她年纪比我大好几年，对她一无所知，自己还有好几年的学业，不可以啊！他慢慢躺下，辗转反侧，朦胧中又是她的影子！

北京之行男孩很辛苦，不时告诫自己小心，却不自觉地想她和见她，总是不知不觉地靠近她。她的一举一动，只言片语，都烙在男孩的心里。她爱吃柚子，她爱香山枫叶，她不吃羊肉，她爱张爱玲，她爱糖醋小排，她爱……

在长城，男孩偶尔拉她的手爬山，竟开心大半天。回到旅店，他避开旁人，在洗手间冷水冲脸，对镜子说："浑蛋，你完了！"爱恋让人痴狂，他竟去学车，因为她曾经说过要去古山玩；男孩每月进出她的银行数十次，几百块钱颠来倒去只为见她！她是基督徒，那么男孩也是了，每个礼拜她总能在教堂

"巧遇"男孩……那段日子既辛酸又甜蜜,只要见她,不管一切!男孩永远不会忘记,她第一次约他出来,却对他说她要出国和未婚夫结婚了!男孩知道这一天迟早要来,但听后竟号啕大哭起来,他不顾一切,大叫:"那我,那我怎么办?"她眼睛湿湿的,嘴角却微笑着,轻轻拢着他说:"保重。"

心灵感悟:

在恋爱的季节里,到处都充溢着温暖的阳光,即便是酸涩的暗恋,也同样不缺失幸福感。这种幸福无法用言语表达,它偶尔甜的似吃了蜜糖,偶尔酸的似吃了柠檬。其中滋味,想必只有经历过的人才会懂得。

生命里的彩色时光

女孩子的家在著名的世界第八大奇迹的近旁,已上高三的她却从来没有进去参观过。偶然的机会,她和女友认识了一名南方男孩子,他是兵马俑展览馆的驻军。听她们讲起很崇拜军人,男孩子的脸色便有几分得意,又听说她们从未进过兵马俑馆,男孩子当仁不让地表示:可以带她们进去看看。

在门口,男孩子告诉守门的战友:"是我妹妹。"俩人就傻傻地跟了进去。东看西看,入目的全是奇景。兵马林立,刀光剑影,似乎千年前的古战场就在眼前……两个少女光顾惊叹,竟然忘了身边的男孩子。

不多时,男孩子跑了回来,手里多了一个相机,装上胶卷要为她们照相,两个女孩子高兴得差点跳起来。女孩子想穿那英武的军装,男孩子毫不犹豫地脱下来,并且为她系上领带。第一次和异性如此靠近,彼此的呼吸清晰可闻,女孩子的心"怦怦"急跳……结果只照了几张,机里的胶卷就被卡住了,鼓捣了半天仍不见好,男孩子的脸变得通红,头上也冒出了汗珠。两个女孩子虽然

很遗憾，但仍然十分感激他，看他跑去照相馆修机子，两人便到附近的饮品摊上小憩，喝着冷饮十分惬意。相机终未修好，男孩子争着替她们付账，似乎全是为了弥补刚才的差失。

这就算认识了。可女孩子的感情白得像纸，于爱一无所知，只把男孩子每次的关爱看成兄长的行为，何况，男孩子还自称大哥呢！

不久，女孩子考上了大学，乐颠颠地走了。送她的兵哥哥遥望的双目中盛满了欢乐也盛满失落，可她一路急行，怎能明了他的心事。

大学里，兵哥哥的来信准时得就像北京时间，只是每封信都是同样的词语"小心、注意"，既像大哥，又像大妈。整天被男生围着的她怎么能看透那信后的意思？回信便渐短渐疏，以至于无。男孩子的来信她瞟一眼就扔进了垃圾筒，那美丽的弧线像个问号。

许久，许久，男孩子没有来信，女孩子也不在意，只是在某个月圆的晚上她也会想起从前，男孩子的影子惊鸿般掠过心头，飘渺似在雾中。

一日，正在午睡的女孩子听见有人在楼下大喊她的名字，恼怒地探头出去看了半天：不认识，只是那绿军装像闪电，将她模糊的记忆划了一道缝。

男孩子现在也是大学生了，在某军事院校，此次出差路过，顺便探望探望她。因为不知她住哪栋楼，只得将几幢女生楼喊了个遍。说这话时，他脸上有汗、有笑、有激动。

女孩子的心稍微动了一下。此刻站在男孩子面前的她亭亭玉立，早已不是当年那个干瘪的傻女生。她已经学会了察言观色，男孩子眼中跳动的火焰，她看也不敢看。果然，男孩子的话讲得隐隐约约却又明明白白，并且，拿出了一张相片，说："这是那年曝光的胶卷里仅存的一张照片。"相片上的她虽模模糊糊，可他一直保存在身，经常拿出来看看，高考的前夜也不例外——在帮她打领带的一瞬间，他爱上了她如兰的呼吸。

女孩子的脸倏地红了，又白了，眼中升起了水雾。她已经爱上了一位男性，是附近一所学校的老师，她总以为，现在的男友是她的全部、她的最初。

看着男孩子小心翼翼地将那模糊的照片郑重地装入口袋，女孩子突然明白：原来，原来男孩子珍藏的不仅仅是一个女孩子的照片，更是他们情窦初开时一段弥足珍贵的感情，是所有少男少女都视为生命的一段彩色时光！

心灵感悟：

初恋时不懂爱，那时的爱情是甜蜜的，也是苦涩的。初恋是一个追爱、懂爱的过程，只有在我们经历了这一系列的过程之后，我们才会真正明白爱。懂了爱的心，一定是一颗会奉献爱、同时也会接纳爱的心。

幸福降落了

大学毕业后留校任教，系里为我们新教工举行了欢迎仪式。仪式结束后大家联欢，唱歌跳舞。我发现旁边的一个女孩子很漂亮，披肩长发，一双眼睛像极了我的女友，大而明亮，清澈如湖，美丽的眼神就是湖面上潋滟的波光。她静坐在一边，双手搭在膝头，优雅至极。我邀请了她，和她共舞，两人配合很默契，我稍微的暗示她均能神会，因了这，那夜我们玩得很开心。

一个月后，我收到了毕业后去南方的女友的来信。她找到了一份相当不错的工作，在一家私人企业里供职，清闲而富足，她说凭她的能力和专业找不到这样的好专业，信中她没有忘记向我描述她年轻有为的老板如何英俊潇洒且对她关怀备至，并提示我那老板至今仍是单身，结尾她让我忘掉她。她这封信后面隐藏着让昔日恋人轻易能懂的意思。我敢肯定，她一定忘记了我们4年里的山盟海誓。

但我没有忘，于是借酒浇愁。猛然间想起与林青霞分手时秦汉吟出的两句

诗"从此山水不相逢，莫道佳人长和短"，我在一张大纸上写下了这两句话寄给了她。

接下来的忙碌冲淡了我心头的忧伤，而且教学任务很快下来，教研室主任让我到打字室去请打字员将本年度的教学计划打印出来。在打字室噼里啪啦打字的正是那天与我共舞的女孩子。看我进来，她含笑点头，那双美丽的眼睛又勾起了我对女友的思念。我指着表告诉她如何打表，她看看我又看看表，随后点头。离去时，我分明感觉到她的目光一直随我出门。

两天后我去取表。看了她递过来的表，我心中暗自叫绝，她打得比我想象中的还好，我连连向她道谢。

时光如水，又是一个月过去了。没事的时候，我总爱到打字室去坐坐。说实话，我为的是去看看她美丽的眼睛。每次我去，她都含笑点头，示意我坐，而她兀自低头忙着打字。从侧旁看她曲线起伏的倩影，我竟觉很满足。

一天晚上，我百无聊赖地练习写毛笔字，心中想着心事，手里写着字，写完了洗笔时，我吃了一惊，纸上写满了"虹"字，虹就是打字女孩的名字。我明白，这个女孩已经悄悄地占据了我的心，我怕自己早已成了她的俘虏，尽管我和她还没有说过一句话。

第二天下班后，我又溜到打字室，将自己事先写好的纸条向她手里一塞，转身便逃。

纸条上写着：

虹，你的眼睛像极了我以前的女友，她现在弃我而去。我想请你看电影，今晚8：00在笃学路等你。别让我失望。

我提前10分钟在笃学路等她。她准时赴约，显然经过精心打扮，略施脂粉，淡点朱唇，一袭白裙，美丽的脸上溢着笑，那双让我醉过的眼睛含情脉脉。我们像相识已久的情侣，我很自然地挽住她的臂。一路上柔风轻吹，我心情很好，开始给她讲一些幽默的小故事。她双手抱住我的右臂，温和地笑着，一句话也不说。整个晚上都是我一个人在说话，她很认真地听着。我忽然觉得人生很美，头脑中就浮出了"红袖添香夜读书"这样的佳句。

影院里放一个很悲伤的爱情故事，很动人，特别是演到男女主人公历经艰辛终成情侣时，虹流下了眼泪，我替她擦拭，她依在我肩上，轻合着眼，脸苍白而美丽。回学校的路上，走到暗处，我挽住了她。我们对望着，她美丽的眼睛看着我，充满了期待和害羞，我心跳的厉害。我深吸了一口气鼓足勇气对她说："做我的女朋友好吗？"我分明看见她脸上红晕如潮，便禁不住吻了她。

爱情是只快乐的飞鸟，降落到谁的身上谁就会幸福快乐。那几天我情绪很好，和一位如兄教研室老师闲聊时，我告诉他我爱上了打字员虹。

听完我的话，老师轻叫一声说："天啦，你真的不知道她是个哑巴？"

"什么？"我惊得差点跳起来，"绝对不可能！"我大叫。

"真的，我不骗你。"老师轻轻摇摇头，反问："她和你说过话吗？"看我不语，他又说："她是个好姑娘，聪明极了，我每次去打字室，一指要打的东西，她就明白是怎么回事，她除了不会讲话，没有听力外，几乎完美。"

突然我很感动。回想起与她在一起的时光，我说话时她用美丽的目光看着我，用没有听力的耳朵认真地"听着"我讲的笑话，竭力装出能懂我的意思。我向她表白时，她虽然听不见，但我敢肯定，她一定听懂了我从内心深处喷吐出的话。

上帝是吝啬的，它造人时就像艺术家造就断臂的维纳斯，从来不肯给这个世界太多的完美，总要留一部分缺憾，让人们自己去弥补。虹正是这样，她用美丽的眼睛和同样美丽的心灵去弥补耳朵和嘴巴的不足。在爱情中，耳朵是用来听甜言蜜语的，嘴巴是用来说山盟海誓的，但很多时候，嘴巴会用山盟海誓讲甜言蜜语去欺骗耳朵。

如果用心去爱对方，我相信：嘴巴和耳朵是多余的。

我马上要去见虹，我要用心对她说："我爱你，真的！"

心灵感悟：

在爱情中，有爱就要勇敢说出口，哪怕她是个不会说话的哑巴，你也要把自己想说的话说出来。因为在爱情面前，除了嘴巴和耳朵外，更主要的是要有心。只要用心去爱了，即便对方听不到，她的心里也是清澈如水的。

阿朗的幸福

阿郎出生不久，他的父母按照彝族风俗将他和另一个刚刚出生的女孩子结为娃娃亲。连话都不会说，路也不会走的他，就在自己民族的风俗中成为了"丈夫"。彝族风俗里，结为娃娃亲后，双方直到结婚的时候才可以见面，但也只是见一面而已，见面后还需要分居一年后才可以真正住在一起。

在民族的风俗中，阿郎成长着，他不知道对方的家在哪里，甚至不知道她的名字，只知道，在这个世界上的某个角落，有一个女人已经在为成为他的妻子而等待着。应该是有着渴望的吧！渴望知道对方的音容，渴望知道将要和自己共度一生的人的悲欢荣辱……但，在风俗中，他们陌生着。

秋天的一个周末，阿郎从县城的集市上回家。路上，暴雨突降。暴涨的河水将河上的绳索桥已经部分淹没了。绳索桥在河水的冲荡中摇摇晃晃，阿郎看到，桥上已经有一个女孩子在摸索着过河，他脱掉鞋子也上了桥。正小心地往前走着，突然前面传来那女孩子的惊叫声，那女孩子掉进了河里！阿郎纵身跃进河里……。重生之恩，让美丽的女孩古丽从心底里感激着善良的阿郎，两人由此熟悉起来。

交往在继续，渐渐地，如果有一天见不到古丽，阿郎就仿佛缺少些什么似的，坐卧不宁。他惊讶地意识到，自己是爱上古丽了，而他似乎也能够从古丽的眼睛里读到一种可以燃烧的东西。他开始提醒自己,自己是个有"妻子"的人,告诉自己,那个从未见过的女子正在另外某个角落里等待自己。一边是情感的喷薄,一边是对民俗的恪守,那是怎样的厮杀和折磨?阿郎常常无助地对着夜空苦恼着。他迅速地憔悴消瘦,终于病倒了。

古丽托朋友送来了一束带着露珠的野花和一封短信。古丽在信中感谢着阿郎的救命之恩,也述说了自己对他的爱恋。但是她从小时候被父母定了娃娃亲,她不能违背民俗,阿郎的眼睛模糊起来。他仿佛看到了同病相怜的古丽无助幽怨的泪眼……

一些仿佛抽筋剔骨的日子终于过去,爱情被他们藏了起来,藏进了风俗和理智的深处。终于,阿郎的娃娃亲相约见面的日子到了。他说服自己,按照民族的婚俗去用心呵护将相伴自己一生的那个女子。他平静地来到女孩子的家,迎出来的竟是古丽!两个人都怔住了,沉默,沉默,随即是幸福而又傻气地笑,笑着笑着,两个人的眼泪都掉了下来。爱情的玄机在那一刻灿烂无比。

爱情,本就是相互寻找另一半的艰辛跋涉。用了心的,就是幸福的。

心灵感悟:

> 人人都渴望得到美丽的爱情,但爱情的道路也很少有一帆风顺的,我们要努力去争取。阿朗和古丽虽然在爱情的道路上备受煎熬,但最终在相亲的时候不期而遇,这似乎是上天的安排,成就了一对深深相爱的人的幸福。

有时幸福是"喊"来的

大三时,校报主编给我布置了一篇校园新闻大特写,就学生宿舍中流行挂床帘(在自己床周围挂起的帘子)一事让我单独去采访。一天晚自习后,我随

着涌出教室的人流向宿舍方向而去。前边的女生边走边唧唧喳喳聊天。我赶上去拦住她们，告诉她们我是校报记者，询问她们女生中有多少人在挂床帘，为什么要挂床帘。她们有点不好意思。其中有个女孩说："为了自己的秘密不被别人发现。"

我问她什么秘密，她说："既然是秘密就不能告诉你。"她的话逗得其他女生哈哈大笑。我记下她的话后又和她们聊了很长时间，这次采访我收获很大，文章发出后在校园中引起了很大反响，我的名字也被许多学生所熟悉。

此后不久，睡在我上铺的兄弟源，有一天突然要给我介绍一个与他的女老乡同宿舍的女孩子。那时，整天忙于学习写作的我总以为恋爱是一件浪费时间的事。宿舍里的其他兄弟都起哄说："是不是怕女孩看不上你？"我极力驳斥他们，想证明我只是不想谈。源说："能证明给我们看看吗？能打个赌吗？"我的好胜心被激发出来，于是我们击掌为赌。

按照源为我们约定的时间，某个月圆的晚上，我们在寂寂的林阴道上见了面，女孩一肩长发，清秀苗条。我们在月光下散步，边走边聊，从各自的专业到宿舍中的轶闻趣事，气氛融洽而热烈，很自然地和我谈起了我发在校报上的那篇特写，我问她属于我文章中的哪一种情况。她轻笑着说："为了自己的秘密不被别人发现。"我惊讶地看了她一眼，这才发现她就是几天前我采访的那个女孩。因为肩负着击掌为赌的使命，急于成功的我当即提出交朋友的要求，女孩的脸上掠过一丝红晕，低下头半天不说话。看她犹豫不决，我不失时机地加上一句话："错过我你会后悔一辈子。"听完我的话，女孩咯咯娇笑起来。分手时，我问周末能否约她出去看电影。她思索了一会儿，答应了，并让我在女生楼下喊她。

回到宿舍，我向舍友汇报战果，我很自信地说："我赢定了。"源拍着我的肩说："革命尚未成功，同志仍须努力。"不过我还得请源帮点忙，大学里女生楼不准男生进，我又不好意思像其他男友那样在楼下喊她，于是我请源托他的女老乡到时帮我喊一下她。

周末晚上，源的女老乡上楼去后，我和源站在树阴里闲聊，源很羡慕我这么轻松就赢得了女孩子的爱情。不一会儿，源的女老乡一个人下来了，她告诉我们女孩不愿意下来。我的头嗡得响了一下，脸随即红了。正在我们百思不得其解时，忽然听到有个男孩子大声地喊"梅子"，梅子正是我要约的那个女孩子。我诧异地看到梅子从四楼的窗户里伸出半个身子微笑地对那个男孩子喊道："等等，我马上下来。"

梅子和那个男孩子在我们的注视里走远后，我怏怏地和源回到宿舍。经过这次打击，我对爱情便有点心灰意冷，自此直到大学毕业我再也没有靠近过女孩子。

1995年7月，毕业在即，离愁别绪搅着每一个人的心。大家都想让别人在留言册上多写一点东西，以便尽可能多地留住大学时光。

临行前几日，我拿回了自己的册子，晚上翻阅时，很吃惊地发现了梅子给我一张照片和一句留言：

有些事别人是无法代劳的。

——梅子

我觉得很奇怪，便拿过去让源看。源看了轻摇了一下头，说："我本来不想告诉你的。"源告诉我，其实介绍梅子给我并不是他的主意，而是梅子让他女老乡通过他给我们穿针引线的，因为我的那次采访和那篇文章让梅子很心动。梅子那次之所以拒绝我是因为我没有在楼下喊她，而是让别的女孩子去叫她，这让她很伤面子。梅子曾经和同宿舍的女生打赌说像我这样的男孩子一定会在楼下大声喊她的名字唤她下去，但最终我的行为让她失望——这是源的女老乡后来告诉源的。

我问："那天那个男孩子是怎么回事？"

那个男孩子追梅子很久了，但梅子不喜欢他，那天，梅子约那男孩子和我

同时过去，想等我喊她之后就与我一块出去，好让那男孩子就此死心。

人世间的事经常是这样阴错阳差，在爱情赌博中，我和梅子都是输家。

终于明白，爱上一个人，就要勇敢地向她表达，如果需要，一定要大声喊出她的名字。

　　谁都想在爱情中得到幸福，这是不容置疑的。但是如果在爱情来临时，或者你喜欢某个女孩时，自己连说出来的勇气都没有，那样的话，幸福也许只能毫不留情地从自己的身边溜走。就像故事中的那个男孩一样，只因为他没有勇敢地向她表达，结果错失了自己的幸福。

幸福是"抢"来的

　　她终于不再害怕，挣开他的手说，男人应该保护女人，你除了会和我抢吃抢穿把我往危险里带，你还会什么？

　　她和他是相亲认识的。他看上去憨厚老实，学历和前途也不错。她感觉他是个理想对象，却又觉欠缺了些什么。想来想去，原来少了花前月下、卿卿我我的爱情，不够浪漫。

　　第一次约会，他们去蛇口港看海。椰树下有新疆小贩在叫卖羊肉串。她说，小时候我一个人能吃50串羊肉串，现在不行了，总觉得站在街边吃东西不文雅。他微笑不语，径直走向小贩，回来时手里拿了6串羊肉串。他递给她一串，言笑晏晏，你要觉得不好意思，就坐下慢慢吃，剩下的我先帮你拿着。她正迟疑，却发现他不守信用地大口嚼着替她"看守"的羊肉。她也顾不得仪态，匆匆撕咬下手中的羊肉，又上前夺下他手里的羊肉串。争抢之中，她吃下两串，他心满意足地拍打着肚皮说，看来我不和你抢，你是撒不开面子吃的。她冷冷地打量他，心想，真会强词夺理，和女人抢东西吃的男人真没风度。

第21次约会，他带她去"西海明珠"看房，并计划他们的将来，今年买房，明年结婚，后年生个小宝宝。她暗想，这男人真自大，什么都喜欢抢，一切都他说了算，他到底把我放在什么位置？回去的路上，经过S&K专卖，买一件正价货品再加10元可换购一条灯芯绒裤。她正好缺一条厚裤子御寒，所以问他，你喜欢什么款式，我送你件外套吧？他却走到特价货品柜，挑了条棕色灯芯绒长裤说，我就要这条。她只好挑了条正价的长裤，付钱时，他附在她耳边悄声说，你是女人，应该穿正价货，我添10块钱换条裤子就成。众目睽睽下，她不好发作，心里却想，连小便宜都喜欢抢的男人，我怎么能嫁给他？

第22次约会，他约她到莲花山放风筝。上山前，她心里已有了决定，找个恰当的时机和他提分手。风很大，他总是和她抢线轴，振振有词地说，风向不好会拉伤你的手。她一刻都不想听他的辩解，催促他下山找个安静的地方，她说，我有重要的事对你说。

下山时天色已暗，她不断催促他。他一面笑她急性子，一面带她走捷径，却怎么也走不出树林。天色完全黑下来了，四周树影幢幢，一块警示牌上写着"树林深处，危险勿入"。他惊呼，不好，我们迷路了！她想起莲花山发生过多起劫财命案，又急又恼，紧张地拿出手机要报警，他抢过手机，不容置疑地说，我们现在迷路了，报警也说不清楚所在地，你越说不清会越害怕。为今之计是尽快想办法走出这片树林。

她哭着埋怨，都是你，有正路不走偏要带我走小路，跟你在一起我就没好过！他愤愤地吼一声，别废话！牵着她的手沿原路狂奔回去，那一刻，她恨透了他，可是那一刻，只有他是她惟一的、全部的希望。

两人十指缠绕，奔出一身热汗，看见远处停车场微弱的灯光时，她

终于不再害怕,挣开他的手说,男人应该保护女人,你除了会和我抢吃抢穿把我往危险里带,你还会什么?他诺诺地解释,你催着要下山,我一着急就想抄条近路,没想到走错了。我都想好了,万一真遇上歹徒,我想办法和他们周旋,让你跑。她怔住了,抬起头看见他满脸的汗珠,半晌,她半真半假地说:我是个路盲,你就是让我跑我也跑不掉啊。我不管!他昂起头,表情严肃耿直,斗歹徒是男子汉的事,你可别跟我抢。大不了,和他们拼命,反正一定想办法让你逃出去。

她突然觉得很惭愧,一路上她所想的是,万一遇上歹徒,自己如何求生,却不想,他考虑的是如何保护她。他喜欢和她抢回忆的味道、廉价的衣服,甚至连受伤,他也要抢在她前面。

下了山,坐在茶楼里,他又是抢先夺过茶壶替她倒了杯热茶。你不是有话对我说吗?她迎着他正直的目光,轻声说,我想告诉你,我同意和你结婚。

心灵感悟:

有人说幸福也要"抢"吗?看了这个故事我们该明白什么是"抢"来的幸福了吧。其实这"抢"来的幸福,不就是关心和爱护中得到的幸福吗?这"抢"来的幸福也是甜蜜与美好的。

不要错过幸福

乔治在礼品店外徘徊良久,丽萨的生日即将来临,他想给自己心仪已久的女孩买个礼物,表达他对她的爱意。他终于鼓足勇气,迈进了那家装饰精美的小店,然而店中琳琅满目的礼品却都价格昂贵,囊中羞涩的他只能尴尬离开。

"买个'青草娃娃'吧,只要两元。"一位中年妇女迎面走过来。他看到她的篮子里满是"青草娃娃"，黑黑的眼睛、红红的嘴巴，很可爱，花布里面包着泥土，顶上撒着花草种子。

"你每天给它浇水，半个月以后，种子就会发芽，长出青青的草，很讨女孩子喜欢的。"妇女一个劲儿地怂恿他。于是他拿出攒了很久的钱，小心地递给了她。

回到宿舍，乔治把"青草娃娃"放在窗台上，每天用自己的茶杯浇水时，他都怀着虔诚的心祈祷：快点儿发芽吧，快点儿长出一棵青草吧。

在丽萨的生日晚会上，她的追求者送来了许多礼物，有生日蛋糕，有高档时装，有芬芳的鲜花，甚至有人送了昂贵的首饰，摆在桌上，琳琅满目。乔治也来了，两手空空地来了，他的"青草娃娃"没有发芽。

丽萨满怀期待地望着他，她其实早已注意到他灼热的目光，而且他的才学、他的气质都令她怦然心动。她等待着今天晚上他当众向她表白，她就可以幸福地挽住他的手臂，谢绝其他人的追求。然而，乔治不敢迎接她的目光，在这一大堆豪华的礼物面前，他自惭形秽，如坐针毡，晚会还未结束，他就离开了。他甚至没有告别，就匆匆地走了，当然，他也没有看见她暗藏的幽怨和伤心。他心灰意冷，再也没给"青草娃娃"浇水。他暗暗发誓：等他将来有钱了，一定要给她买最昂贵的礼物。

放寒假了，大家都收拾行囊，准备回家。乔治突然发现窗台上有一片绿，仔细一看，"青草娃娃"竟然真的长出了一片嫩绿的青草！压抑很久的思念，突然像这些青草一样蓬勃升起。他想起了久未见面的丽萨，他把"青草娃娃"揣在怀里，飞也似的跑去找她。他顾不上等车和坐电梯，一路飞跑。当他大汗淋漓地跑进她的宿舍，却是已经人去楼空！丽萨已经走了，别人告诉他，丽萨已经接受了一个男孩的追求。

他只觉得心里一下空荡荡的，他一直等待着欣赏"青草娃娃"的好时机，与所爱的女孩儿共赏这生命最甜美的一场盛宴。然而，好不容易等到"青草娃

娃"发芽了，心爱的人却已去了远方。早知如此，应该在生日那天就送给她，两人一起浇灌这爱情的幼芽。

心灵感悟：

爱她就要勇敢说出来，不要错过了才懂得珍惜。如果心里有爱却没有表达出来，那么幸福的爱情很可能就一去不回，因为你让对方等待得太久，而爱情的脚步也在一点点远离你。敢于追求爱情，幸福就不会离你而去。

幸福醉在酒窝里

梅子姓米，是我们班4个女生中最漂亮的一个。她很爱笑，一笑起来，白皙的脸上那两个酒窝一下子变得深深的。那时，为她这两个酒窝陶醉的不光只有林一个。

大二时，已经有好几个男生向梅子表示明显的好感，下了课总爱围在梅子身边和她聊天，讲一些不见得十分可笑的笑话。梅子很温和，照例笑笑，那几个男生仿佛受了鼓舞，于是更卖力，有时为了一个很小的话题，他们会争得脸红脖子粗，很明显，他们谁也不愿在梅子面前示弱。

林是梅子这些追随者中最热烈的一个。林每次都很早去大教室，给梅子占座位，连早饭也不吃，这让梅子很过意不去，有时便给林带点小吃以示感激。其他几个男生就有点"醋"，于是更殷勤，常常于周末晚上很早到女生宿舍楼下争相邀请梅子跳舞看电影。

我那时也暗恋着她，常常被她晴朗的笑容和美丽的酒窝所打动。但是，来自农村的我不但贫穷、内向，更重要的是那年一场家庭苦难使我对任何恋情都失去了兴趣。我每天上课、学习、休息，在同学们热热闹闹地笑谈中苦读外语和文学名著，用一切方法遣散着自己的情绪。但是，爱情总是不期而至的，我还是那样渴望看见梅子，和她聊天。但我只能暗暗关注她，看她被许多男生围着公主般骄傲地大声谈笑，只是有些时候，我发现她的目光会越过众多围着她的男生，轻轻地飘落在一边读书温课的我的身上，那一刻，我感到了温暖。

11月是梅子的生日，林和好几个男生为梅子举办了一个生日party。林花重金给梅子定做了一个大型的生日蛋糕，其他几个男生也相继买了鲜花和礼品。我很想为梅子买件像样的东西，但是，我没有多余的钱，想来想去，我想送给她一件特殊的礼物。

生日party开始了，我夹在同学们中间，看着林像主人一样安排着生日的进程，梅子娇艳的脸上盛开着笑容。当梅子刚吹熄第20根红蜡烛时，学校的广播里传出祝福的声音："2号楼的梅子小姐，你的朋友为你送上一曲《笑脸》，祝你生日快乐、开心永远。"看得出梅子很激动，大家都悄声听广播里传出："常常地想，现在的你，就在我身边露出笑脸，可是可是我，却搞不清，你离我是近还是远……"歌曲结束后，大家对究竟是谁点的这首深蓄情感的歌曲很感兴趣，我听见两个女生在偷偷议论："一定是林点的，林正在追梅子呢！"

几天后，林找到我，说："给我写一首诗吧，我要送给梅子。"自从我的一首情诗被某全国性的文摘转载后，我经常被迫替别人写一些情诗。林的请求我没有理由拒绝，尽管我十分不乐意。

当时，我以自己对梅子的全部感情写了一首小诗：

笑

最怕你

低头地一笑

虽然没有酒

可我

已经醉倒在

那深深的酒窝

看着林将我写的诗抄在一张精致的小卡片上并署上他的名字，又系在盛开的红玫瑰上，兴致勃勃地走出宿舍，我心中五味交错。

此后不久，我们就经常看见梅子和林两个人在校园的林阴道上散步了。如此以来，倾慕着梅子的男孩都觉无趣，各自散去，而我对她的那份喜欢也慢慢淡了。

5月一天，校刊主编约我为校刊写几首小诗，当时毕业设计正将我搞得焦头烂额，我既无心情又无激情，就将自己以前写诗的本子给了主编，让他在其中去挑选。设计完成时已经7月，紧张了两个多月，现在总可以轻松轻松了。

一天，梅子到我们宿舍找我，她美丽的脸阴郁着，往昔的笑容荡然无存。"出去走走。"她提议。我真的有点搞不明白，平时我们接触不多，因而她主动找我让我多少有点吃惊。但是有一点是可以肯定的，当她真真切切地站在我面前时，几年来深爱着她的那种感觉又瞬间回到了心中。

校园的林阴道很幽静。我们一前一后走着，聊着一些无关紧要的话题。突然，她从兜中拿出一张报纸，说："你的这首诗我很喜欢。"我接过来一看，呆了。那是新出的校报，主编选发的正是我的那首《笑》，还配了编后，盛赞那个"醉"字，我一下子面红耳赤。

"我只想知道，这首诗写的是不是你的真实感觉？"

我点了点头。

"那你为什么不自己将它送给我？"

我无语。

"知道吗？我并不是被林的鲜花打动，而是这首诗。我当时觉得，只有透彻了解我的人才会写出这首诗。"顿了顿，她又说："其实，我也暗暗地喜欢着……着你，可是……"我错愕，更无语。停了好一会儿，她声音小小地说："你至少应该有所表示呀！"

"我给你点过歌。"我辩解。

"什么？"她很惊愕。

"你生日party上的《笑脸》！"

"不！"她大叫，继而沉默，又流泪，"林这个骗子，他告诉我歌是他点的。"我比她还惊愕。

"如果时间能倒流，我就决不会这样懦弱。"梅子自言自语。

有些东西过去后就永远找不回来了，比如时间，比如机遇，我没有告诉梅子，还有擦肩而过的爱情。

第二天就传出苦恋3年的林和梅子分手的消息。

离校的日子近了，4年的同学将要各奔东西，校园的空气一下子变得沉闷起来，伤情的歌曲像一只无情的手将每一个人的心揪痛。大家也格外珍惜最后的日子，尽释前嫌，互赠照片，互留赠言。

我是最后一个给梅子留言的。在她的留言本上我抄下了《笑》：最怕你，低头地一笑，虽然没有酒，可我，已经醉倒在那深深的酒窝。

她捧着留言册，笑脸上泪花婆娑，我又看见了那让我醉了4年的一对酒窝。

心灵感悟：

　　两情相悦的幸福，总是比暗恋更让人心醉。要想让爱情在自己的身边开花，就要敢于表达内心的爱，让对方明白你的心。像故事中的男孩，如果早些把自己的诗捧给女孩，他的幸福也会来得更早一些。

青梅竹马的爱情

她叫林林，一个来自贵州农村的小姑娘。在贵大读新闻系，同来的林雨是个男孩，跟她是同乡。两人自小青梅竹马，两小无猜。一起上学一起放学，除

了吃饭睡觉各在各家以外，其它时间他们都腻在一起。

从小学到初中到大学，林雨帮林林打架，背书包。林林帮林雨做饭洗衣服，做饭。他俩一起上学，一起放学回家。在中学，林林渐渐地有了虚荣心，而林雨仍然傻乎乎的。林林的父亲是做生意的，所以林林总是有花不完的零花钱。而林雨的父亲在林雨上六年级的时候就不幸去世了。

林雨一天天长大，长得越来越英俊，个子也是越来越挺拔。林林也是越来越漂亮，越来越公主脾气。两人一直同班同学，也一直同桌。外人一直当他们是兄妹，只有很少的人知道他们不是兄妹，她叫张林林，他叫陈林雨。因为他们同年同月同日生，他们又是邻居，父母一时兴起给他们改了像是兄妹的名字。

中学，张林林是学习委员，陈林雨是班长。二人还同时是班里的旗手。二人的形影不离让喜欢张林林的男同学很是沮丧。而张林林也常常把飞到陈林雨的小纸条直接扔到垃圾桶里。

夏天，林林会让林雨去买冰激凌，她要草莓味的，而林雨每次给自己买的都是不同味道的。林林总是不高兴地问：你难道就不能只吃一种味道的吗？林雨常常傻傻笑道：我就是想尝尝不同味道的。林林不高兴地扔下冰激凌，嘟起了嘴。后来林雨也跟着吃草莓味的，再也没有换过其它的口味。

高中毕业的时候，两人选择了不同的专业。但选择了同一个学校，专业不同，感受到的生活方式就不一样。

进入大学，林雨的家庭负担越来越重，还要照顾小妹妹上学。林雨就找了一份家教的工作，帮一个在花溪清华中学上学的女孩补习语文。因为离不开林雨的关系，林林常常陪着他一起去跟这个女孩上补习课。林雨又是开心又是心疼，决定拿到工资就买西装，让她知道他一直在等着和她一生一世，他决定给她个惊喜。

大学是想学就不好混，不想学就好混的，林林开始参加各种的学术研讨会，也开始参加各种派对。她常常要求林雨参加，开始林雨总是忙着找时间赚钱，他让她回来讲给他听。星期天的时候，这个女生因为有事情要求今天免补，林雨一早就租了一部自行车，然后打电话给林林，他要骑自行车带她沿十里河滩游一圈。林林欣喜若狂，忙将自己打扮得貌美如花。

沿着湿地公园边行，林雨兴高采烈地骑着自行车飞跑。林林坐在后面抱住他的腰高叫，两人开心如出笼的小兔。林雨踩着自行车，一边问一些有关学术的问题。林林叫道：别在开心的时候讲学术的问题好吗？林雨答应道：好的，公主坐稳了。林林放开他的腰，将手做着放飞的姿势，双手高举。林林叫道：雨雨，你也放高手势，同我一样好吗？林雨向来就听林林的，果然放开了双手，就像展翅欲飞的双鹰，两人欢快异常。

秋天的贵阳不冷不热，湿地公园里的水却冰冷异常。林林将鞋袜脱了放在一边，然后将脚放进水里，冰凉的冷水让她打了一个寒颤，清凉的河水冲洗着她的小脚。哗哗的水声漫过鼎沸的人声。她伸手在水里洗了洗，然后将脚退出来，用力甩了甩水，就准备穿好袜子。

一个人影倒立在水里，她抬起头，发现林雨已经站在她的身旁。她柔声道：现在是下午，你怎么不去帮人补课？他蹲下身来，脱掉外衣帮她擦干了脚道：快穿上鞋袜，这么冷得天，冻着了可怎么办。她穿好鞋袜，见他穿上衣服，才发现他竟然穿的是名贵的西服。帮她擦脚的内里也是那么的光滑。

林林站起身来，围绕着他转了一圈道：帅，真帅。原来你穿上白色衬衫套上这蓝色西装，真的帅呆了。

林雨道：对不起，让你等了十多年的新郎装。林林低低道：你还记得？林雨道：永远记得。

林林忙赶着回宿舍换上了白色的裙子，两人赶到照相馆，拍下了很多美丽的艺术照片。

拍完照片，两人去吃火锅，林林道：对不起，我还在心里拿你跟别的男

孩作了比较！林雨道：只要你完完全全作了比较，这个世界没有比我更爱你的人，没有比我对你更好的人。林林夹起一块肉吹了吹送到林雨的嘴边，林雨张大了口吃着，然后挑了一块瘦的喂给林林，两人相视而笑。

回校的路上，林林突然道：我也要去找个家教上上，也让我的父母高兴开心。林雨拉转林林，对视着她道：谢谢你这么理解我，我爱你！林林慢慢闭上眼睛，轻轻印上林雨的唇。长跑了近二十年的青涩爱情，终于尘埃落定。

心灵感悟：

　　爱情是甜蜜而美好的。一对手挽手、肩靠肩的情侣，总会让旁人感到羡慕，因为在两个人的一举一动及眼眸中，看到了甜蜜与幸福。青梅竹马的爱情通常更经得起风雨的考验，终有一天会得到圆满的结局。

有个女孩叫菊子

　　菊子是我的第一位女友，叫邵梅菊，江苏镇江人，我们相识时，她尚是西安某学院的一名学生。而我已经工作两年，在另一所大学教书。

　　在一起的日子久了，彼此也熟识得可以无所顾忌地交谈，不像初识时，生怕自己一时的失语会使对方生气。两个人都偷偷窥视着对方，既怕靠得太近失却神秘，又怕拉得太远那尚不坚固的感情会因此崩断。

　　我一般在周末晚上去接她。在楼下的传呼中一喊，她很快会翩然而至，穿一身色泽很淡的衣服站在我面前，笑眯眯的模样甜得可人。就这样，我们边走边聊，我喜欢讲幽默的小故事，她轻轻地笑。我们总喜欢推车步行，因为这样说话方便些，从他们学校到我们学校有一段不长也不短的路，我们就散漫地走着，随着步子慢一点再慢一点，时间可以被拉得长一点再长一点。路是凸透镜，感情就是在这样的进程中被放大。恋爱中的心总觉得在一起呆不够、呆不烦。

西安的夏天总是很长，女孩子的裙子也就成了街头的一道风景，各种色泽和花样，丰富了炎热的古城。经不住同宿舍女生的怂恿，菊子也做了两身裙子，一身极淡雅，一身极亮丽。我喜欢看她穿亮丽的，好多次，我觉得她穿那身亮丽的裙子美成了新娘，心中便溢满幸福。她其实喜欢那身素淡的，因为我，她常穿那身亮丽的。

不久，我发现她的裙子从缝线处有拔脱的迹象，虽然于布料我一无所知，但有一点是可以肯定的：那布料质地极差，是最便宜的那种。而有一次她还向我喟叹："为什么我要跟着别人做裙子呢？"我知道，她是嫌自己花钱了。她家境不好，母亲常年生病，父亲单位效益不好，小她3岁的弟在太原上学，开销极大。课余，她在图书馆里谋了一份管理员的差事，很耗时间，她几乎天天上班，而收入极微，一个月90块钱。有一次我发了工资要请她吃饭，她不肯，她知道我工资不高，花这样的钱她不忍。她很自豪地说："我也要发工资了。"说这话时，她脸上的笑容灿烂、满足。90元钱对富家千金尚不足以买件小衣，我心中酸酸地一言不发，她曾告诉我，父亲为她自豪——因为她的自食其力。我心中暗道：我也为你自豪。她也知道：那时许多学生到社会上把美丽做资本打工，收入颇丰，但她很不屑，以她的相貌气质是能胜任的，但她不肯，缺钱又不为钱所役，弥足珍贵，于是我更爱她。

我们分手是不得已的事情。她是定向生，身为长女肩负着养家的重任，必须回去，何况我那时自身难保，实在没有能力将她留在西安。我几次给她钱，她都婉拒，一则她知我钱少，更重要的是她不想让金钱渗入我们的感情世界，但当时看她那么窘迫而别的女孩穿红挂绿，我实在想不出还可以用什么方法让她的青春更亮丽一些，我们曾经理性地断过3次，只有第3次才真正分手。欲舍不能的滋味实在不好受，两人都知道相处的时间越久分手时两颗心就越会被牵

得疼痛，可是还是不忍马上就断。

暑假3个月，她狠下心未给我写一封信，回校后，又躲着不肯见我，那时她已经下了与我决断的决心。我们相处时她的一句话让我铭心难忘，因为她一直不愿承认我是她的男友，我问她理由，她说："我怕对不起未来的丈夫。"她深知，这种身份一旦被确认，接下来交往中激情会让人不能理智，她是在保护自己，也是在保护我呀！在一个滥情的社会，因为这句话我对她肃然起敬，一直与她保持着纯洁的恋情——她与现在的某些女大学生是多么的不同啊！

现在，我有时还会想起她：微笑时嘴角向下弯的嘴唇，细细的眉毛笑盈盈的模样，歪着头听我高谈阔论……即使仅仅是一种回味，也会倍觉温馨亲切。

所以，在我的作品里总会有一个叫菊子的女孩，她是个美丽、多情、文静、善良的女孩子，她是我心目中最完美的恋人，她的耍小脾气也被我描绘成惹人怜爱的优点，我给她赋予真善美的外表和心灵，这一切都缘自我那一段深藏心底的美妙的初恋时光。

心灵感悟：

初恋的时光虽然很短暂，但却是那么的美好。尽管初恋的我们没有成功走向婚姻的殿堂，但每当回想起那青涩的爱情瞬间，幸福感便涌上心头。而那个初恋中的女孩或男孩，也总是留在那美好的记忆里，永远不会褪色。

青涩的爱情

大学校园里一排青青的柳树下走着一男一女，男孩叫杨庆，性格沉稳，不爱张扬。

女孩叫丽丽，性格文静，话不多。两个人默默地走了很久，杨庆几次欲言又止，他喜欢丽丽很久了，从上学的第一天看见她，她那张纯真的脸就烙在了他的心里，他总想丽丽应该会明白他的心意。所以他不需要表白，反正俩人兴趣相投、心灵相惜，何须言语。

丽丽不是没感觉，可她不确定，她一直在心里揣测，是爱自己吧？可为什么他从不表白？要说他对自己没意思，那眉目间对自己的眷恋又是什么？

这种事杨庆不说，丽丽是绝不会问的。一来二去大学三年的时光就要过去了，杨庆还是没有任何表示，丽丽黯然地想也许是她考虑错了，杨庆本就不喜欢自己，只是把自己当成好朋友罢了，如此一想丽丽的心凉了，从此她特意躲着杨庆，想用逃避来忘掉心里隐隐的痛。

杨庆不知道丽丽为什么突然不理他了，他很彷徨也很恐惧，特别是看见丽丽和男生走在一起的时候，心就像被撕裂一般地痛楚，最后他终于忍无可忍，在丽丽和一个男生走出教室的时候他跟了出来，在后面大叫了一声："丽丽……"

可这一刻他却失去了勇气，用自己勉强能听见的声音问："丽丽你能帮我抄点东西吗？我一会儿等着要用。"

丽丽有些失望，淡淡地说道："今天不行我要出去。"

杨庆急了，抓耳挠腮地堵在过道上，想说什么却说不出来憋得脸通红。

男生拉了拉丽丽的胳膊说："丽丽咱们走吧！"

丽丽点点头，杨庆只好心不甘情不愿地让开了道。就在丽丽和他擦身而过时，杨庆脑袋轰的一声，然后失控地大喊："丽丽，别去！"

丽丽停了停后继续向前走去。

杨庆在她身后用蚊子一样的声音说道："我爱你……"

丽丽浑身一震转过头去，见杨庆脸色通红。她问："你刚才说什么？"

杨庆急促不安地站在那里，双手紧紧地握在一起，提高了一点音量，"丽丽，我爱你……"

丽丽等这句话不知道等了多久，只感觉鼻子一酸，眼泪扑哧扑哧地掉了下来……

心灵感悟：

　　爱一个人有时候的确很难说出口，但要想得到真正的爱情，要想得到真正的幸福，就必须勇敢地说出"我爱你"，这样对方才能明白你的心，你们才能在两厢情愿的爱情中，享受甜蜜与幸福。

第四章
幸福在成熟爱情中

　　成熟的爱情是在能爱的时候，懂得珍惜；成熟的爱情，是在无法爱的时候，懂得放手；成熟的爱情，并不一定是他人眼中的完美匹配，而是相爱的人彼此心灵的相互契合，是为了让对方生活得更好而默默奉献，这份爱不仅温润着他们自己，也同样温润着那些世俗的心。

爱的距离

从前，在深山里生活着两只刺猬，他们总是一前一后地在松林下、草丛里快乐地寻觅食物。她总比他运气好，会毫不费力地找到那些松子、野果之类的东西，补养得越发光鲜美丽，她于是暗暗嘲笑：那个笨家伙为什么总要走到很远的地方去呢？她渐渐地习惯了这小范围的生活，以至于懒得跨过不远处的小河。不久她发现附近可以吃的东西越来越少，不得已跨着养尊处优的小姐身子笨拙地爬过河上的石头，却意外地发现了那只令她鄙夷的他奄奄一息地躺在对岸的大树下，旁边有许多松果。当她走近他时，那一丝微弱的声音，却已让她泪流满面。"对不起，我再也不能在你的路上丢下食物啦！"于是他们相爱了，但当他们走近时却发现他们之间是那么不适应，每一次拥抱都会被身上的刺刺伤彼此。他仍然那样宽厚地待她，她仍然不愿意走过小河。他把她溺爱到四肢更加短小，她爱他使他更加愿意为自己的所爱多积备些食物。以至于最后他们分别因累因饿倒在小河的两边，彼此相望。"我们来世做两只相爱的鸟吧！我们一起自由自在地飞翔。"

来生他们果然转世成了鸟，可天意弄人，他们都只长了一只翅膀。他们前世曾经是那么相爱，可现在又成了不会飞的鸟，多少次险些丧身于狡猾的黑猫之口。他们爱怜地看着彼此，忽然同时惊喜地喊：我们利用两只翅膀一起飞吧！于是他们学会了低飞，尽管不能保证完全躲避地上动物的袭击，但总算增大了安全系数，起码对黑猫这个嘴灵而捕技差的家伙还是有作用的，可还是有几次险些让狼吃掉。一天黑猫悄悄对雄鸟说："你爱她吗？""当然！"雄鸟不知道这个家伙有什么鬼点子。"如果你爱她，为什么不把你的翅膀给她呢？如果像现在这样，你们迟早会都没命的！我说你也不信。"说完黑猫掉头走了。几天后两只鸟捧着各自的翅膀哭得死去活来。原来黑猫也对雌鸟说了同样的话。看着走得越来越近的狐狸，他们伤心地说："如果还有来世，我们一定要做人，永远在一起！"

来生他们果然转世成了人，他们真的永远在一起了，同床共枕，形影不离，每时每刻都如胶似漆地粘在一起。可是他们真的想分离，知道为什么吗？因为他们成了连体人。

心灵感悟：

"幸福，就是和喜欢的人，在喜欢的地方，做喜欢的事情，无论是相爱还是争吵。"无论走到何时何地，都在为了对方而默默付出，两个人的心永远贴合在一起，享受一生的幸福。

百年幸福路

有人把弯路走直了，惊喜于找到捷径；有人把直路走弯了，欣喜于感叹美景。

那年月，她和他同生活在这座小城里，她在纺织厂上班，他在印刷厂工作。他幼时玩耍折了腿，治愈后落下腿疾，走路总是一瘸一拐的。每次她上完夜班，他已静候在厂门口，向她轻声地咳嗽示意，然后跛着脚在前头引着走。有条宽敞的正街直通她家，他却从来不走，非要领着她沿另一条由几段附街组成的弯路走。两人一前一后地走着，将原本10分钟就能走完的路，走成了半小时。

她嘟囔着问："为什么你摆着正道不走，非要走弯路？"

他眨巴着眼睛，狡黠地说："我要带你去看栀子花。"

3月，他在印刷厂前种下一棵栀子树。一年四季，那栀子树抽芽长叶吐蕾开花落叶，生生不息地变换着，所以他总有借口领她去看不同的栀子树。有时

她觉得累，他便择块空地陪她坐下，伴着浓郁的芳香谈理想谈人生谈工作，却很少涉及两人的感情。

终于在月满之夜，栀子花也开了，他在树下踯躅了许久，茫然地望着她，认真地说："我要去南方闯闯，或许在那里能混出点名堂来。"然后，猛地拥抱了她，连句告别的话也没有，就走了。留下她一个人，对着芬芳的花，惆怅地想，失落地望。

其实，她真的不在乎周围的人怎么看自己与他在一起，亦不在乎他从未说过爱，甚至不在乎将来跟着他会过上什么样的生活，她只是知道，只要上夜班时他会来接，两人能够一起走着弯路回家，那幸福就迟早会来。可是，她心里的话还没来得及说出口，他就走了，留下孤单单的她，陪着一棵独自芳菲的栀子树，在月下空守着，守望着没有承诺的寂寞。

那以后，她就再没遇见过他，甚至连他确切的消息也没有，只是零星地从朋友那儿得知他去了深圳，在那边开了饭馆，干得很卖力却挣得不多。再也没有人陪着下班，她习惯了孤单地走那条弯路回家，习惯了看过那棵栀子树，才寂然入睡。

一年又一年，栀子树长高了，她却等不到他回来，哪怕是他回来的消息。在别人的撮合下，她很快认识了另一个男人，随意地把自己嫁了。

结婚后，她见过他一面，是他专程回到小城，在纺织厂门口候了整个下午，执意要见到她。见面后，两人只是对望着，什么也没说就散了。他选择从正街离开，仓促地去赶车，她则默默地沿着那条弯路回家，不自禁地回忆起从前。令她始料未及的是，路边竟然新种了一棵又一棵的栀子树，像在召唤着什么，又像在告白着什么。于是她知道，他这次回来不只为了看她，还为了种下这一路的芬芳。一路的栀子树，代表了他一路的心意，洁白无瑕，只是这路弯曲地延伸着，她无法看到尽头。

时光流逝，转眼数年，她终因与丈夫性格不和而离了婚，复归到单身的生活。每天上下班，她无处可去，就沿着那条飘满栀子花香的弯路静静地走着，一棵接一棵地欣赏着它们，直到花开了又谢，花谢了又开。那一路的白花，成了她唯一牵系的美景。

在一个宁静的午后，她因身体不适提前回家，路过那棵最早种下的栀子树，在树下见到了他。他明显地老了，两鬓尽是白发，只是他的声音没变，他的心也没变。他显然知道了她离婚的消息，见到她过来便激动地迎上去，支吾着说："我一直忘不掉你……我要娶你为妻。"话音刚落，便不由分说地将她拥入怀中。

她不知道说什么好，只是紧紧地扣住他的腰，这次不想再让他离开。他挽着她，静静地往回走。错过了花期，沿路没有花香，她想起这些年经历的坎坷，忍不住问："既然你一直爱我，为什么当初不跟我说，为什么当初不让我等，偏偏要我吃尽了苦头？"

"因为我对你的幸福太在意。"他苍凉地笑，"那些年，我的人生还漂泊不定，总担心终生将碌碌无为，会辜负了你的一往情深，辜负了你的锦绣年华。而今，你我都曾走过了一段弯路，都曾错过了圆满的幸福……也不尽是坏事，至少懂得了彼此忘不掉，彼此分不开。"

他攥紧她的手，与她一遍遍地在弯路上走着，似乎没有尽头。她恬静地依偎着他，幸福得泪雨涟涟，终于明白，原来把路走弯了，可以把行程走长，把时光走长，也把幸福走长，短短几十年的人生路，会被两个相爱的人走成百年长的幸福路。

心灵感悟：

人在一生中不如意之事十有八九，会有许多的弯路在等待着我们，但并不一定走弯路就是一种不幸，只要我们认真体会其中的幸福，幸福将永远陪伴我们，一直到终老。

童话般的爱情

一天，一个男孩对一个女孩说："如果我只有一碗粥，我会把一半给我的母亲，另一半给你。"小女孩喜欢上了小男孩。那一年他14岁，她12岁。

过了10年，有一天村里突然山洪暴发，所有的人都在逃命。他不停地救人，有老人，有孩子，有认识的，有不认识的，唯独没有亲自去救她。当她被别人救出后，有人问他："你既然喜欢她，为什么不救她？"他轻轻地说："正是因为我爱她，我才先去救别人。她死了，我也不会独活。"于是他们在那一年结了婚。那一年他24岁，她22岁。

后来，全国闹瘟疫，他们不得不逃出了村，沿途乞讨为生。那天正值下大雪，很多人家都关门闭户，他出去讨了好久才讨到半个馒头。他舍不得吃，让她吃；她舍不得吃，让他吃！推让中，馒头掉在了地上，骨瘦如柴的大黄狗忽然跑过来叼走了馒头。两人笑了。当时，他44岁，她42岁。

因为祖父曾是地主，他受到了批斗。在那段年月里，"组织上"让她"划清界限、分清是非"，她说："我不知道谁是人民内部的敌人，但是我知道，他是好人，他爱我，我也爱他，这就足够了！"于是，她陪着他挨批、挂牌游行，夫妻二人在苦难的岁月里接受了相同的命运！那一年，他54岁，她52岁。

许多年过去了，他和她为了锻炼身体每天去练剑。这时他们住到了城里，每天早上乘公共汽车去市中心的公园，当一个青年人给他们让座时，他们都不愿坐下而让对方站着。于是两人靠在一起手里抓着扶手，脸上都带着满足的微笑，车上的人竟不由自主地全都站了起来。那一年，他74岁，她72岁。

她说："10年后如果我们都已死了，我一定变成他，他一定变成我，然后他再来喝我送他的半碗粥！"

心灵感悟：

　　童话般的爱情人人都向往，人间也确实有这种真正的爱情。男孩和女孩在点点滴滴中一起变老，他们享受着彼此的呵护，享受着深爱对方的幸福，用时间证明了他们的坚贞不渝，童话里的爱情不就是如此吗？

幸福有时需要等待

　　一对情侣在咖啡馆里发生了口角，互不相让。然后，男孩愤然离去，只留下他的女友。心烦意乱的女孩搅动着面前的那杯清凉的柠檬茶，泄愤似的用勺子捣着杯中的新鲜柠檬片，柠檬片已被她捣得不成样子，杯中的茶也泛起了一股柠檬皮的苦味。

　　女孩叫来侍者，要求换一杯剥掉皮的柠檬泡成的茶，侍者看了一眼女孩，没有说话，端走那杯已被她搅得很混浊的茶，又端来一杯冰冻柠檬茶，只是，茶里的柠檬还是带皮的，原本就心情不好的女孩更加恼火了，她又叫来侍者："我说过，茶里的柠檬要剥皮，你没听清吗？"侍者看着她，微笑着说："小姐，请不要着急，柠檬皮经过充分浸泡之后，它的苦味溶解于茶水之中，将是一种清爽甘冽的味道，正是现在的你所需要的。不要想在三分钟之内把柠檬的香味全部挤压出来，那样只会把茶搅得很混，把事情弄得一团糟。"

　　女孩愣了一下，心里有一种被触动的感觉，她望着侍者的眼睛，问道："那么，要多少时间才能把柠檬的香味发挥到极致呢？"

　　侍者笑了："十二个小时。十二个小时之后柠檬就会把生命的精华全部释放出来，你就可以得到一杯美味到极致的柠檬茶，但你要付出十二个小时的忍耐和等待。"侍者顿了顿说道："其实不只是泡茶，生命中的任何烦恼，只

要你肯付出十二个小时忍耐和等待，就会发现，事情并不像你想象的那么糟糕。"侍者说完就离去了。

女孩面对一杯柠檬茶静静沉思，回到家后，她自己动手泡制了一杯柠檬茶。她把柠檬切成又圆又薄的小片，放进茶里，静静地看着杯中的柠檬片，她看到它们在呼吸，它们的每一个细胞都张开来，有晶莹细密的水珠凝结着。十二个小时以后，她品尝到了她从未喝过的最绝妙的柠檬茶。这时门铃响起，女孩开门，看见男孩站在门外，怀里的一大捧玫瑰娇艳欲滴。后来，女孩将柠檬茶的秘诀运用到她生活中的各个层面，她的生命因此而快乐生动。

心灵感悟：

　　幸福有时也需要等待，当你越急切地想得到它时，也许它会离你越来越远。这时候，我们就要静下心来等待，更美丽、更幸福的瞬间即将来临。是的，爱情真的很像柠檬茶，要想使茶的香味发挥到极致，就必须付出等待。而当浓浓的飘香来临之时，我们一定要紧紧地抓住它，体会它的香味，享受其中的幸福。

懒惰女友带来的幸福

　　她是个所谓的作家，就是天天坐在家里的那种。她是我的女朋友，一个脑子里总是充满幻想，嘴巴里经常胡言乱语的"疯子"。

　　我是一位电脑工程师，就是朝九晚五的上班族。我是她的男朋友，一个理工大学毕业从事理性工作的理智人士。

　　我的每一天都是在一种非正常状态的"折磨"下度过。星期一至星期五，我很辛苦地上班，忍受着更年期的女上司与电脑白痴的客户的双重刁难。下班后，我从车站出来，就直接奔入菜市场，按前一天晚上疯子女友的交待，买上若干菜蔬肉类。然后自己开门，做饭。做好饭，还要连哄带骗拿出糊弄三岁小孩的本事让她把饭给消灭掉。

在每天晚上洗碗的时候，听着客厅传来的电视声音，我总会想：我当初会看上这么一个懒得要命的疯子，并且现在天天为她做牛做马，这真是一个双重奇怪的事情。但按照数学理论，否定加否定等于肯定。那么奇怪加奇怪应该等于不奇怪。所以，我总是很会安慰自己，既然现在连狗都能跟人做爱，猫都能获赠人的百万财产，那么比起那些喜欢猫狗的人来说，我还是要幸运得多。

我们的认识非常之老套，是哥们儿陷害的结果。那天，我的一个铁哥们儿，神神秘秘地打电话给我，说有一特别可爱的MM要介绍给我认识。害得我推掉了双倍的加班工资，并花掉三十元的打车钱往他家赶。谁知道一进门，可爱的MM倒没见到，只碰到一位傻妞在哪里大声嚷嚷。那时，电视里面正在放一个娱乐节目，就是那种现在特别时髦的知识竞猜的节目。她在那儿大声喊着：答错了，答错了，光速是时间单位！还一脸恨铁不成钢的模样。我当时就笑得直不起腰来了。这，这个傻瓜，丢脸都丢到别人家来了。

就这么认识了，小妮子倒也长得眉清目秀。在我一通的物理天体数学知识围攻之下，她脸羞红羞红地进厨房给我们做了一道酸菜鱼。

小妮子物理学得不好，菜倒是做得不错，说错话时的脸红也有一些可爱。所以，当我吃完那道菜，我决定追她。

追她占尽了天时地利人和。她当时没有男朋友，她住得跟我很近，她的最好的姐们儿是我最好的哥们儿的女朋友。

在我为她换了N次灯管，修了N回电脑，疏通了N次下水道，并打了N次车把迷路在外找不着北的她护送回家以后，她就升级为我的女朋友。

可在升级前，我还N次品尝到了她不俗的做饭手艺，还N次看见她羞红的小脸蛋。可在升级之后，这所有的N＋1次，都像超光速理论一样难以实现。

唉，都怪追她的时候，我装模作样，信誓旦旦地说以后不会让她的小手再

沾上半点油渍，并且说了太多可以把天上飞翔的鸟麻晕的话。

以致于现在，不管我是甜言蜜语哄骗，还是可怜兮兮地装可怜。她老人家都不再做半点家务。就连她的口头禅也由以前的：我很丑但我很温柔，我很坏但我很会做菜，改为现在的：我很丑我也很穷，我很坏但我很可爱。

唉，拿她没办法，只好认命了。现在，后悔也来不及了。什么！你说一切都来得及？来得及我也不后悔！！

如果我后悔了，在下班打开门的一瞬间，就没有那么热情的吻在等待着我。没有人会大声喊，"宝贝，你回来了！我今天想了你一整天"。我做饭的时候，就没有人会环抱着我的腰，跟我絮絮唠唠地讲笑话，逗得我笑开了花了。

如果我后悔了，一年四季，没有人会关切地为我添置衣物，让我如此衣着光鲜地出现在众人面前。也没有人，会时时刻刻提醒我注意身体，并且会在寒冷的冬夜，用她的温暖来火热我一向冰凉的身体。更不会有人，会用她难得的稿费，全部用在为我买一条好看的领带上。

如果我后悔了，就没有人，会有如此耐心每周跟我那说着重重乡音的父母聊上大半个小时的长途电话。也没有人，会在每个不能回家的节日细心地给父母寄上大包小包的物品。更没有人，会衣不解带的守候着住院的未来婆婆面前长达一个月之久。

如果我后悔了，就不会有人在我失业在家的时候，不给我任何压力。而只是自己默默地写更多的稿，还拿出自己所有的积蓄，陪我到秦皇岛散心。

如果我后悔了，就不会有人，引导我在烦琐的生活中寻找出绚烂的细节，长得像狐狸的狗，呀呀学语的小孩，满头银色的老人，院子里结出了果实的树，开出两种不同花的盆景……现在都成为我快乐的源泉。

是的，我不会后悔。因为她是如此的率真、善良、可爱。我喜欢她的真性情。

所以，虽然她很懒，但我还是幸福的。

心灵感悟：

　　也许我们会觉得和一个如此懒的人一起，哪能谈得上幸福？但有人却宁愿接受她的懒，而且还觉得幸福无比。幸福是什么？幸福就是一种感觉，每个人都有自己的幸福，就是看我们能否抓得住幸福。

放弃，也是一种幸福

　　昨天，偶遇好友，她邀我去茶吧坐坐。喝着有点苦涩的咖啡，好长时间我们都默默无语。友明显地憔悴，一直让我们嫉妒的白嫩的脸颊此时却如"风乍起，吹皱一池春水"了。瘦弱的身体被裹在一件紫罗兰的呢子风衣里，看上去是那么的单薄。

　　我正寻思着说些什么，她却开口说："我和他已经结束了！"

　　我愕然："怎么可能？"

　　"真的，我们已经整整一个月没有任何往来，哪怕是一条短信。"她幽幽地说。

　　"可你们为了这份情感付出了多少代价？你怎么轻易地放弃了呢？是他反悔了吗？"对我一连串的疑问，她苦笑了笑："许多的事情，总是在经历过以后才会懂得，一如感情，痛过了，伤过了，才知它是那么的脆弱，不堪一击。唉！天意弄人，也许相聚不容易，也许分开是最好的选择。"此时的友是含泪的芍药，无力的蔷薇，可以看出她内心承受着很大的痛苦。

　　友和他是同学，一次友遇见了在生意场上失意的他，出于同学情谊，友帮他一把，两人合伙做生意，通过几年的拼搏，生意终于有了一定的规模。他们

的情感也渐渐加深，但为了彼此的家庭，他们把这份不能拥有的爱深深藏在心里，有一天他向把他整天当犯人一样看着的妻子提出了离婚。他的妻子可不是省油的灯，三天两头跑到店铺去闹。好事不出门，坏事传千里，友的丈夫不能原谅她红杏出墙，婚姻勉强维持到去年下半年，她终于被他的丈夫理直气壮地退回，又成了孤家寡人一个。

"你们经过了几年的坎坎坷坷，现在完全可以在一起生活了，为啥又分开呢？"我不解地问。

"因为爱，我们分手。唉，爱情就好比坐飞机，起飞的时候会觉得很困难。一旦飞行起来就不能乘坐另一个航班，当降落的时候，你就会知道也体会了这次飞行的感受了。"友眼角的泪告诉我她爱他。既然彼此相爱为何不今生牵手？我真的不明白她。

"喜欢一个人，就要让他快乐，让他幸福，不能让他生活在自责里，痛苦里。对吧？"

"可是你们已经经历了太多的磨难，难道你就此放弃？""痛苦是难免的暂时的，"友打断了我的话，"你知道吗，他们决定去离婚的那天，天空下着小雨，他们默默地走着，冷不防一辆小车斜刺冲出，他的妻子把他推在路边，自己却倒下了。"当他用轮椅推着失去双腿的妻子出现在她面前时，友知道除了伤痛别的什么也没有了。

"喜欢一样东西，就要学会欣赏它，珍惜它，使它更弥足珍贵。因此，放弃也是一种幸福。只要两情久长时，又岂在朝朝暮暮，只要我们彼此拥有，又岂在天长地久。"

外面的风已经不再寒冷，和煦的春日送来阵阵温暖。学会放弃，将昨天埋在心底，留下最美好的回忆；学会放弃，让彼此都能有个更轻松的开始。曾说过爱你的，今天，仍是爱你。只是，爱你，却不能与你在一起。一如爱那原野的百合，爱它，却不能携它归去。一路上想着友的话，我觉得不再为友忧伤。

是的,每一份感情都很美,每一程相伴也都令人迷醉。是不能拥有的遗憾让我们更感眷恋;是夜半无眠的思念让我们更觉留恋。感情是一份没有答案的问卷,苦苦的追寻并不能让生活更圆满。也许一点遗憾,一丝伤感,会让这份答卷更隽永,也更久远。

友,带着爱上路,你一定会收获自己的幸福!

心灵感悟:

放弃痛苦的,找寻另一种让你快乐的,正如这句话说得好:"收拾好你的心情,继续走吧,错过了太阳,你将获得星星;错过了他,我才遇见了你。继续走吧,你终将获得自己的美丽。"是啊,有时候放弃也是一种幸福。

幸福的微笑

在最窘迫的那段日子,他们只能租住在一处破旧的平房里。阴暗潮湿的平房不仅窄小,而且到了夏天,虽然屋内没有阳光的照射,却闷热得像被火烧似的,连床上的凉席都摸着发烫,人躺在上面感觉像蒸馒头。这种情况让女人心乱如麻。

半夜突然下起了暴雨,雨水顺着半开的窗户流溅进来,打湿了被子。男人被惊醒了,他看了女人一眼,说,雨真大。然后翻了一个身,继续睡。女人蹑手蹑脚地起来,轻轻把湿的那一边被子盖在自己身上。

一张小小的单人床,承载着男人和女人的北漂梦。每天晚上,女人总是睡在挨着窗户的位置。无论窗外是狂风暴雨还是清风冷月,女人总是倦着身子睡。半夜她会惊醒好几次,给男人盖盖被子,或者移移被子。女人像老鼠一样

警惕，唯恐男人休息不好。

3年过去，一千多个夜晚，女人一直睡在窗边为男人遮风挡雨。她每天起大早忙碌早餐，常常因为摸黑而摔倒在地上，刚要发出惊叫，忽然想起了还在熟睡的男人，于是赶紧捂住嘴，生怕惊扰了男人。

后来，男人的工作稳定了，收入也多了，他们租了一室一厅的房子，在3楼。尽管房子里什么东西也没有，女人还是迫不及待地搬到新房去住。她说，她得看着新房，心里才会踏实。那一夜，女人睡得特别香甜，半夜也没有惊醒。

虽然住的房子舒适宽敞了，女人依然睡在靠窗户的位置，依然倦着身子睡，她已经习惯这种睡姿，习惯让男人睡得舒服。深夜，女人依旧惊醒，为男人盖盖被子，看看男人熟睡未醒，她才放心地睡下。

再后来，女人病倒了，风湿病，全身的骨头像碎了一样，站不起来，只能坐轮椅。男人惊呆，不知所措，一个劲地流着泪说，好好的，怎么就不能走路了呢，是不是因为那些风雨？女人拉着男人的手说，我还能为你做些什么呢，只要你快乐健康，我牺牲一点，挡点风雨又有什么关系呢？

男人没再说什么，紧紧地抱住了女人。

男人把女人带回家，决心好好照顾女人。晚上，女人提出睡在靠窗户的位置，被男人拒绝了。男人说，从今天起，这个位置让我来睡吧，这样我早上起来做饭也方便。女人点点头。

半夜，突然起了大风，女人立刻惊醒，男人也被呼啸的风声吵醒。女人说，我们换换位置吧。男人摇摇头，他说，现在该我为你遮风挡雨了。

女人没说话，紧紧地抱住男人。黑暗中，女人似乎看到男人脸上，浮现一缕幸福的微笑。

心灵感悟：

爱是关怀而不是宠爱，爱是包容而不是放纵，爱是百味而不全是甜蜜。真爱是一种从内心发出的关心和照顾，没有华丽的言语，没有哗众取宠的行动，只有在点点滴滴一言一行中你才能感受得到。

一束玫瑰的幸福

最近心情不太好，下班回到家，到了家门口，她还在犹豫着要不要开门进去，母亲总有那么多的唠叨。开锁的时候，门却砰的开了，母亲一脸怒气地站在面前，一封信重重地摔到面前，"你还在跟他来往？"她知道母亲指的他是谁。她慢慢地弯下腰把信捡起来，回到自己的屋里，把信扔到床上，望着天花板，泪水顺着脸颊流了下来。

她遇见他的时候，他在一家电脑公司当网管。而她，还在读研。母亲知道后，极力反对他们交往，因为母亲把一切希望都寄托在她的身上。母亲是一位很要强也很世故的女人。也许是因为父亲的背叛，母亲眼里已经没有了真正的爱情。她目光落到那封惹母亲生气的信上。原来，他还是那么让她心疼。现在已经很少有人用这样的方式来传递感情了。可他们，曾经还是那么喜欢写信，写一些纸片。现在，她珍藏着那每一张纸，舍不得丢弃。可他却在一夜之间消失了。他们在她母亲的坚决反对下好了那么久，可还是无疾而终。她从此关闭了她的心，不愿再为谁敞开。眼看着女儿的云淡风清，母亲却着急起来，其实，她也知道母亲是为她好，要让她一辈子过得幸福安心。后来，她才知道他的出走，是为了她。是母亲去找了他，告诉他，一个乡下穷小子，能给她的女儿带来什么？

她轻轻地把信打开，一股香气扑鼻而来，信封里除了那一瓣瓣的玫瑰花以

外，只有一张他笑眯眯的笑脸，帅气而青春。她呆呆地坐着，她心说，你在哪里？她只是闻着那花香。那一次，他带着她去了他的姐姐家，他说他姐姐是一个花老板，在他姐姐家什么样的花都有，而他特地带她去了玫瑰园，他当时还亲自去摘了十一朵玫瑰花朵，扎成一个心送与了她。他告诉她他这一生最大的愿望就是娶她为妻。后来，她常常悄悄去那片花地坐坐，也许有一天，他就会出现。

这时，手机响了，她没理。可是手机依然固执地响个不停，她看了看号码，是一个陌生的，她接听，是一个熟悉的声音，喂！喂！是燕吗？那边急切地喊着她的小名。这声音仿佛是几千年前听过的，如今听起来是那么的近，那么的真实。他说，你站到窗前来。

她从窗口探出头去，看见他立在黄昏的余晖里，手里捧着一束玫瑰花。像那年他在他姐姐家一样的一束扎成心形的玫瑰花。他在那里向她招手，一阵凉风吹来，她下意识揉了揉眼，幸福的眼泪掉了下来。

心灵感悟：

　　玫瑰的花语是我爱你，给自己爱的人送玫瑰是一种浪漫。因此，女孩都喜欢自己爱的人能送玫瑰给自己，男孩也乐于用玫瑰带给爱的人快乐与幸福。作为女孩的妈妈，其实真不应该反对女孩的这段爱情，因为他们是如此地深爱着对方，要想让自己的女儿获得幸福，就必须学会放手。

牛肉干的味道

　　他和她开天辟地第一次肩并肩，看电影。她二十岁，他二十二岁。清楚地记得电影院门前偌大的宣传画上，《滴血黄昏》的影片名特别醒目。

电影开始前，他在百货商店精挑细选了两包袋装牛肉干，一人一包。并肩端坐，她拿着那包牛肉干不知所措。影片中的情节已不重要，也都忘记。她始终在为如何在他面前消灭牛肉干而惶惶然。一个女孩第一次与一个男孩肩并肩地坐在一起看电影，局促而窒息，更何况是吃东西呢！她怕她不能准确地撕开牛肉干的包装而遭遇尴尬，还怕没有纸巾擦试弄脏的手，更怕他看到她狼狈的吃相。她总是目不转睛的假装看电影，脑子里却全是一派如丝如麻的胡思乱想。

他小声地问他："你看电影怎么那么认真？好像在听教授的讲座一样，聚精会神，目不斜视。"她轻轻地低下头，浅浅地笑。其实，只有她自己可以听到自己心跳的声音和频率。

他总是悄悄地偷看坐在自己身边的她，窃窃地用眼的余光窥视她的一举一动。但是，整场电影，她始终丝毫未动。借着微弱的灯光，他好想好想去握住她葱白般的小手——那双一直握着一包牛肉干的手。

过了一会儿，他又小心翼翼地问："你不喜欢牛肉干的味道？"

"嗯。不，挺好的。"她紧张地答非所问，像一头受惊的小鹿。

他于心不忍，感觉自己像一名追赶小鹿的猎手。于是，放弃了那个想握一握她手的念头，假装知趣地也专注于影片，不再正视紧张害羞的她。

从那刻起，他暗暗在心中发誓，要好好保护她，守候她，一生一世。

"牛肉干味道不错。我帮你撕开？"电影中场换片休息时，他征求她的意见，很有助人为乐的侠义之美。

"不，不用。"她躲闪着，牛肉干不小心掉到地上。弯腰捡拾时，他的大手不小心碰到了她的小手。她的脸腾地红了，羞怯地稍稍将身子歪向远离他的一侧。

他悄悄地把掉在地上的那包未开启的牛肉干留给自己，把自己那包一尘不染的牛肉干递给了她。也许她真不喜欢牛肉干的味道。他甚至后悔来时没有征求她的意见，或许她喜欢果脯和瓜子之类的小零食。

牛肉干的味道和他身上的味道混合在一起，萦绕着，她有些眩晕，更有些痴迷。

那包牛肉干在她的手中紧紧地握了一小时零四十五分钟，她一直没舍得吃，直到影片结束。寒冷的冬季，她的手中有细细的汗渍。回家后，她写了一篇长长的日记，记录下了自己点点滴滴的感受，一直折腾到深夜。妈妈再三催促她熄灯休息，她才恋恋不舍地合上了厚厚的日记本，拥它入眠。

从此以后，她爱上了牛肉干，爱上了牛肉干的味道。

许多年后，他和她带着他们十岁的女儿一起去豪华影院看《英雄》，又一次谈起那场电影，谈起那包牛肉干。

他疑惑不解地问她："当时，你为什么不吃那包牛肉干呢？"

人到中年的她仍旧羞涩，告诉他："我妈说，吃人家的嘴短，不能随便要男孩子的东西。"

他狂笑不止……

心灵感悟：

人生如花美眷，终究躲不过似水流年的侵袭，有多少爱的回忆值得珍藏。往日甜蜜如歌的爱情岁月，陪伴我们度过多少个春夏秋冬，仿佛就像发生在昨日一样。每当想起时，心中还是那样的激动不已，暖人心扉，幸福就在此刻悄悄来临。

"借"来的幸福

直到现在，我仍不明白我怎么就稀里糊涂地把自己"借"给了他，似乎是从那次"借钱事件"开始，我就不知不觉地一步步踏入他所设计的"爱情圈套"。

那是我读大二的时候，他高我一个年级。当时他是校学生会体育部部长，为人风趣幽默，沉着老练，颇有人缘。而我只是他手下的一个部员。他是个体育全能，跳远、跑步、铅球、篮球样样在行，每次校园运动会都能风光一把。

有一天晚上，他约我出来，说是有事找我商量。我们沿着林荫小路走了很远，然后才在一个石桌旁坐下。我问他有什么事，他清了清喉咙，一本正经地说："经过这段时间的相处，我发现你是一个善良可爱的女孩子，而我的诚实可信想必也给你留下了深刻的印象……"

我满腹狐疑地看着他在月光下略显清秀的脸庞，等待下文。

"所以我今天鼓起勇气向你说三个字……"

我的心开始激动起来，赶紧把目光从他的脸上移开。

"如果因为这三个字使我们之间这种美好的关系归于破灭，我会非常的遗憾；但是如果因为这三个字使我们之间的这种彼此信任的关系更进一步，我将非常高兴……"

我的脚在地上蹭来蹭去，右手拼命地抠着左手的大拇指，脸十分不争气地发着烧，眼睛极不自然地东张西望。我相信情窦初开的女孩子听到这段话，都会有和我一样的反应：不安而又憧憬。

而他的下句话差点让我气得吐血，恨不得一刀杀之以图后快。

在我的极度窘迫中，他不紧不慢地说："那就是——借点钱！"

我猛地抬起头来，正看到他因极力忍住爆笑的冲动而涨得通红的脸，以及那满是戏谑的双眼。一想到我的窘态被他尽收眼底，我忍不住火冒三丈，"腾"地站起来冲他就是一拳，而他在我出手的同时，敏捷地向后一闪，终于大笑出声。

"谁叫你一听是三个字就想到那三个字呢！"

"哼！有钱也不借了。"我气急败坏，转身就走。

"喂喂喂喂，我不过是给你开个玩笑，别那么小气嘛！"

　　我想了想确实是自己犯傻，也忍不住笑了，一切的不愉快顿时烟消云散了。

　　我真的借钱给他了，而且我们的关系真如他所说的那样更进了一步，我们成了无话不谈的好朋友。

　　他离校的时候，我非常难过，而他只是洒脱地握了握我的手就走了。

　　之后我们就通过电话联系，他给我讲求职和工作中的趣事，而我也将自己不开心的事说给他听，每次他总能让我大笑一场。不知不觉中，我越来越渴望听到他的声音，我不禁惊讶于自己的反应了，也发现了一个无可奈何的事实：我喜欢上他了。

　　毕业后，我义无反顾地来到他所在的城市。

　　一年来的时空距离并没有在我们之间留下隔阂。接下来的日子，我们像在大学里一样平静而和睦地相处，我们的闲暇时间几乎都是在一起度过的。

　　半年后的一天晚上，我们吃完晚饭，沿着大街一路走下去，有一搭没一搭地说着话。

　　"我们认识快三年了吧？三年来我们彼此已经很了解了……"他有点突兀地说。

　　我下意识地联想起三年前的那个夜晚，忍不住笑着打断他的话说："是不是想借钱了？直说吧！"

　　"不，你听我说完。"他一本正经的样子一如当年。

　　"好了，好了，你想对我说三个字，如果因为这三个字使我们之间这种美好的关系归于破灭，你将会非常遗憾；但是如果因为这三个字使我们之间的这种彼此信任的关系更进一步，你将非常高兴。对不对？说吧，多少？"

　　他没有像我预料的那样大笑出声，只是淡淡地说："这次我不想借钱。"

　　"那你想借什么？我可是身无长物。"

　　"借你！"看着他坚毅的脸庞，我一下子蒙了。

"我想先借你做我的女朋友，再借你做我的妻子，然后借你做我孩子的妈妈，最后借你做我的老伴儿，可不可以？"他温柔的眼神深深地看进了我的心。我呆住了，丝毫没有发觉自己点了头，直到他一把抱住我，我才惊醒。

婚后，我过着平静而幸福的日子。我老爱想起那个夜晚，想起月光下他一本正经的脸，想起他抑制不住的大笑声。有一天，我对他说："普天之下，恐怕只有你一个人的妻子是借来的，哼！说，当初你向我借钱的时候是不是故意的？"他说："不管是不是，我们是周瑜打黄盖，一个愿打一个愿挨！"

心灵感悟：

> 幸福总是在不知不觉中就来临了，这"借"来的幸福，让他们成了一生中最幸福的伴侣。是啊，幸福其实很简单，只要两个人敞开心扉，学会付出，学会关心，学会照顾，学会经营，幸福将永远属于自己。

幸福荷包蛋

现在，每个星期天在珍的店里做荷包蛋，算是一种纪念他的方式吧，以及那一生只有一次的爱情。

又是星期天。我系着一条围裙在做荷包蛋。说出来没人相信，对家事一窍不通的我，做的荷包蛋却一流，架起油锅，打蛋，起锅。单面六秒，双面九秒。摊出来的鸡蛋，白是白，黄是黄，吃得几乎连舌头都想吞下去。

这不是我的自夸，我那个开西式早点店的女友珍不只一次和我说，好些客人老是追问，老板娘老板娘，为什么只有星期天早上才有好吃的荷包蛋？

不做家务的我练就的荷包蛋绝活，原是为了他。与他相遇，是我一生最灿烂的日子。

即使是天天速食面，他也吃个精光。然而我已决定努力学做菜，从荷包蛋开始。为此还买了一口平底锅，趁他不在时偷偷试，我要做最好的荷包蛋给他。

笨手笨脚地叫滚油烫伤了手，他捧着我的脸说，别勉强自己，会不会做都不重要，重要的是我爱你。啊，那时我真的相信爱情超越一切，也真的相信我们会这样白头到老。可是最终，我虽然做出了最好的荷包蛋，却还是失去了他。

唉，20岁，好像已经是上个世纪的事了。那时我多可爱，一心一意地为他做点什么。明明是极厌恶极无趣的事，但，因为他，甘之如饴。有些事，有些心情，一生只一次，像是种过牛痘了，就不可能再发生了。

平静提出分手的，是我。理由是：性格不合。当时大家年少气盛，为一些小事，谁也不肯退让。

后来毕业了，他去了欧洲，我仍然常常做荷包蛋，只是再也不吃了。

仍然会想起那些日子，那时再爱睡懒觉，也总惦记着起来给他煎荷包蛋。一个双面，一个单面。

现在，每个星期天在珍的店里做荷包蛋，算是一种纪念他的方式吧，以及那一生只有一次的爱情。

看看钟，已经站着煎了四个钟头的荷包蛋了。我停止胡思乱想，低下头收拾东西。身后服务生叫道：白姐，还有一个双面，一个单面。

SHIT！我心里骂道，头也不回地说，告诉客人我下班了，下次请早。

"但我坚持，小姐。我已经等了六年，而我再不想多等一分一秒。"

我霍地回头，泪盈于睫。

心灵感悟：

爱一个人通常是刻骨铭心的，而那和自己爱的人走过的岁月，也总是不能忘怀。就像故事中的男孩和女孩，虽然当时因为年轻气盛提出了分手，但他们都没有忘记对方，六年的苦苦思念，让他们找回了曾经的幸福。

幸福白糖水

医生单独把她叫出病房，把他的病情告诉她时，她就如听到了晴天霹雳，那湛蓝的天空一下子变得灰暗灰暗的，挤走了最后的一丝阳光，仿佛那倾盆大雨即将来临。她不敢相信年纪轻轻的他会患上这种令人恐惧的疾病，但医生却是明白无误地告诉她，他只有一个月的时间了，还是好好地待他吧。

她哭得梨花满面，那病魔正在肆无忌惮地掠夺她的幸福，或许一个月后那丝曾经的温柔和幸福就会化作一缕清风伴随着他走进另一个世界。但医生接下来的话却给了她些许希望。医生说，一种进口的特效药可以延长他的生命，但也只有半年时间，而且这种特效药很贵。就像落水的人抓住了眼前惟一的游泳圈一样，她忽然觉得阴霾的天空里有一道曙光出现，她是一个乐观主义者，为了那多半年的幸福也是值得投入的，而半年后或许他的病情会好转。

她努力装出笑脸走进病房，想让等待消息的他放心。可一见到他那张熟悉的面庞，不争气的眼泪就不由自主地流了下来。他连忙走上前，装着笑脸一把搂住她："生死有命，这又有什么好哭的。"仿佛患了重病的是她而不是他。她只是在他的怀里剧烈地抽搐着，说："医生向我推荐了一种特效药，治好你的病有很大希望。"本以为他会反对，说这样把钱用在他身上纯粹是浪费，但人都是怕死的，他只是轻轻地点了点头，那本来浑浊的眼里也透出一丝光芒。

就这样，他们去配了几瓶特效药。药真的很贵。一瓶药就是她一个月的工资，而且只能喝几天。但她却盘算过了，家里的那些存款，刚好能买上半年这种药，要是真的能把他的病治好，她就是砸锅卖铁也是心甘情愿的。

药是一种装在小瓶中的液体，无色透明的。他按照医嘱喝了一小口，露出

孩子般天真的笑容："好甜啊，就像是白糖水。"她却是笑不起来，本来他们的生活就如这白糖水一样甘甜无比，现在却变得如同咸碱水，那么的苦涩又那么难以下咽。她擦了擦眼角的泪水，转身从衣柜里找出那张他们曾经为之兴奋的存折。他把家里的一切收入都交给她打理，说是钱赚多了去买一套更大一点的房子。她抹着眼泪把存折递给他："咱们的房子以后再说，得先把你的病给治好。"他调皮地笑笑："会的，病能好的，钱也可以再赚嘛。"他的笑亲切自然，可却像一把刀子扎在她的心头，疼痛无比。

以后的日子里，她总是监督着他按时服药。看着他把药喝下去，她的心里有些欣慰，毕竟这是她的希望所在。她也会在药吃光时及时到医院去买药，可每当这时，他总是拉住她，说还是让他去吧，顺便可以去外面散散心。她想想也是，反正存折也交给了他，就让他自己去取钱买药吧。不过，每次他买来药，他总是容不得她细看，就先拧开瓶子喝上一口，说是出去这么久口渴了，就喝口药水解解渴吧。本来，她都会被他的这种冷幽默逗笑，可现在她无论如何也笑不起来，她只是盼着他的病情能有好转，除此之外，再没有可关心的了。

日子就这样一天天地过去，就在刚过了一个月的时候，他的病情突然恶化，来不及抢救便离开了人世。病床前的她悲天恸地嚎啕大哭，为他的这么早离去。忽然她意识到什么，便从他的身边拿起那瓶刚吃了不久的药水直奔医生处。悲伤的她并没有失去理智，她想着医生还说这种药能让他有半年的生命，那样她也可以多感受一些他的音容笑貌，而现在这医生的诺言却使她失去了半年的快乐，她得向医生讨个公道。

当她愤然站在医生面前时，见惯了风浪的医生却显得极为平静，接过她手里的药一看，便极为肯定地说："这个药瓶是旧的，打开已好长时间了。"的确，瓶子外面的标签上有好些污迹，一眼便可以看出是个旧瓶子。

处理完他的后事回到家，她抱着他的枕头大哭起来，为他这么脆弱的生命。可忽然，她却感觉到枕头下面有些异样。掀开一看，是一张存折和一张纸条。存折上的钱还是当初她交给他的老数目，钱根本没有取过，而纸条上的字却更让她极度悲伤。纸条上写着：我知道我的病是治不了的，喝那种进口药也是浪费钱，还不如多留点钱给你，所以每次我出去买药只是在空药瓶里装满了白糖水……

字条中的字透露出他在世时的调皮，一如当年时的样子，可现在他却不在了。想到这里，她拧开瓶盖，喝了一口，果然，里面是白糖水，甜甜的，一直甜到她的心里，恰如他对她的温柔。

心灵感悟：

他走了，但他并不孤独，因为在他走之前爱他的女孩一直在身旁陪伴着他。那甜甜的白糖水，留下的是男孩对女孩的爱，同时也是女孩对男孩的情，虽然相隔两世，但他们的心里却都因为有这么一段轰轰烈烈的爱情而感到幸福。

背后的幸福

她原来只是我的朋友的朋友。她的母亲常逼着她去见不同的人，不断地相亲，让她不胜其烦。她的朋友是个两肋插刀的热心人，就把我拉来替她挡驾。这样我和她才相互认识。

在双休日的时候，她就把我领回家，目的是向母亲宣布她有男朋友了，不必劳烦她老人家整天担心她嫁不出去。那天我在她的母亲面前表现得极好，我衣着光鲜、谈吐得体，一切都进行得挺顺利的，只是在临走之前，她的母亲对

我说："我们家住得比较偏，小婷要常上早班和夜班，我怕她不安全，你能不能抽空来接送她？"她是医院的护士，上早晚班是常事，而她们家又住在城边近郊，小街小路的，有一段地方还荒废着没有建房子，晚上也没有路灯，黑漆漆的。我马上点头答应："这以后就是我的责任了。"

从她家出来，她满是歉意地说："真是对不起，又让你揽了一件苦差。看来我要欠你越来越多了。"我却微微一笑，说没什么。其实，我还求之不得呢，我早就已经对她有好感了。

从那天起，我就成了她的专职司机，常用我那辆益豪摩托车载她上下班，有时是早上，有时是晚上，好在我是做家装设计的，时间由自己来支配。我最喜欢早晨去接她了，因为那时可以看见最清鲜的她，一尘不染的像个天使。还有，我也喜欢通向她家的那条小路，两旁种满了花花草草，尤其是夏天的晚上，骑车带着她掠过开满茉莉花梢枝蔓边，有一股清透的香味沁人心脾。

可是，茉莉花给我带来馨香的同时，也给了我一份迷茫：她也会像我爱她一样爱上我吗？我帮她在她母亲面前演戏，如果我要再进一步的话，就好像是帮过人家就要人家有所回报，太有点乘人之危的意味了，所以我根本就无法主动表白。而她似乎是一个腼腆矜持的女孩，也不会把爱说出口。难道我与她之间，永远就只能是假恋人的缘分？

我向一个知心朋友倾诉我的苦恼，朋友试着帮我解迷："你用摩托车带她的时候，会不会感觉到背部暖暖的？"我不解："这有什么关系？"朋友说："有点说头，如果你感觉到背后空空没感觉的话，那就证明她离你的身子远远的，表示她要与你分清界线。如果你感觉到背部有暖意的话，嘻嘻，就有戏了，她把她的身子和脸往你背上肩上贴呢。"

听了朋友的这番话，我茅塞顿开。在一次我接她回家的晚上，我清楚地感到背上肩上暖暖的，那股子暖流，渗进体内，直达我的心间。在经过茉莉花丛的时候，我把车停了下来。她轻问："怎么了？"我说："你看，今晚的月色真不错，我们到那边的草地上坐一坐好吗？"她微笑着点头答应了。那一晚我们从假恋人变成了真爱人。后来她成了我的妻子。

原来，爱一直就在我的背后，等着我回头去发觉。

心灵感悟：

爱情就是这么的奇妙，当没有直接的语言表达时，通过对方的一个眼神，一个举动，就可以判断出她是否爱你。在爱的路上，只要我们肯回头看看，或许就会有意想不到的收获。

幸福棉袄

他追求她已经两年了。她没有答应他，她不喜欢他，她瞧不起他。

她是一个对爱情有很多梦想的女孩，她要的白马王子英俊、优越、强悍，她觉得男人就应该像道明寺那样。她不喜欢没脾气的男人，没脾气的男人如何可以承诺一个女孩幸福的一生？真正的男人最好有一些野性，甚至是邪气。

她实在太任性了，她不知道这样的男人在现实里是找不到的，试想要一个强悍的富豪美男子对你温柔怜惜、百依百顺，你自己觉得可能吗？她不管，她就喜欢这种男人。

她用两年时间找了一个"硬件"基本符合的男人，虽说"软件"还没有达标，她觉得凭自己一腔柔情，两分执著，三分美貌，四分心思，一定可以熔化这像钢丝一样的男人。

为了让这个"软件"像"Windows XP"一样美观、快捷，一点就开、所见即所得，她费尽心思，耗尽心血。她很满足，她觉得这样对一个自己所爱的男人是一种幸福。

幸福总是短暂的，"硬件"和"软件"原本就是两码事。最难的就是不能

完美搭配。她发现"硬件"一点都没有变，自己做了那么多，付出了所能付出的一切，但他的"软件"却天生就带病毒。她于是只有离开。

他对人很真诚，没有火气，给身边的人许多帮助，他人缘好极了，他太温和了，像棉袄一样柔软。但她却认为他像棉袄一样懦弱。对于她的评价，他不知如何是好。他知道她不喜欢他，他怕她生气，不敢靠她太近。

他和她的老家都在北方，每年中秋都可以坐同一趟火车回家。他在武汉下，她在郑州下。坐一晚上的火车，她总觉得有点不安全，所以她常和他一起走，他至少是个同伴。他也不多说话，帮她拿着行李，到了汉口站该下的时候，就说一声保重。这一次，他和她坐在一起，不说话，各坐各的，和上次一样。

人在无聊的时候总爱想一些往事，尤其是伤心事。她在迷迷糊糊中回忆着和"硬件"的一点一滴，伤口在心底一寸一寸地撕裂。她想，钢丝的个性是可以伤人的。她不知不觉中睡着了，头慢慢地滑到了他的肩上。

他满心爱怜地看着她，她的嘴角抽动了一下，他感觉她很累，不知道什么时候她可以醒过来。她曾经是那样阳光明媚的女孩，他看着窗外无边的黑夜，苦涩地微微一笑。她已经倾斜过来，重量全都靠在他身上。汉口站到了！他准备站起来，终于还是没有动。

她醒来的时候，灯火通明，他叫着她的名字。郑州到了。她有点不好意思地坐直了身体，习惯地拿起行李就要下车，又停住了。他知道她是惊讶于他的存在。

"我没有告诉你，我刚接到一个电话，有个北京的朋友住院了，很危险，我要去看看他，所以我补了票，你先下吧，多保重。"

再回到深圳，她和以前不一样了，她开始对他好起来。她找他一起去迪厅，和他一起吃饭，有事也找他帮忙……他高兴得像孩子一样。她突然想起以前，他在她的呵斥下手足无措得像个孩子。

他也觉出她对他的好，忍不住去问她。她说那次中秋坐车回家，我知道你根本没有去北京，你到了下一站新乡，是吗？他惊讶地望着她，有点心虚。我还知道你在新乡就下了车，马上赶回武汉……你怕弄醒我，就一动不动地陪我坐到了郑州，却骗我说要去北京……

他僵硬着两只手，有些受宠若惊地看着怀里的她。

你是我的棉袄！是世上最好的棉袄，我也要做你的棉袄。她的鼻息吹到他的耳朵里，暖融融的。

心灵感悟：

爱需要付出，没有付出的爱，不是真正的爱。为爱付出，为爱人付出，得到的是爱对你的回报，是爱人对你的回报。没有付出的爱，永远不会长久。只要你付出，爱就会永久，只要你付出，你得到的就越多。

第五章
幸福婚姻充满美好

　　甜蜜恋人总是对婚姻充满无限美好的憧憬，真正步入婚姻殿堂的他们，究竟能否得到幸福呢？这取决于他们对婚姻的理解和经营。婚姻如同粘合剂，把本不相干的两个人用一纸婚书粘合在一起，然后互相渗透，慢慢地你中有我，我中有你，就有了最初的牵挂和幸福。幸福的婚姻，少不了宽容、体贴、忍让、相互理解、相互支持、相互关心及相互忠诚的心。

平凡的爱情

和所有恋爱的人一样，经历了一番轰轰烈烈的爱情以后，她和他终于走进了婚姻的殿堂。可是和他结婚以后，她就觉得自己婚后的生活和想象的相去甚远。

婚姻不像爱情，往往是多了琐碎和枯燥，少了激情与浪漫。当她不得不每天都面对这种单调而又乏味的生活时，她感觉自己的心在一点点磨平，生活如同白开水一样索然无味。婚后他们彼此还算恩爱，但也经常吵架，常常是因为一点鸡毛蒜皮的小事就吵起来了。而且他也不像过去那样处处迁就她让着她了，她觉得男人真是虚伪，一结婚就变了一个人，根本就不像恋爱的时候那样宽容忍让。如今她对他使小性子，丈夫一般是置之不理或沉默，甚至有的时候还和她争执一番，再也不像从前那样宠着她了。虽然有许多情感她始终无法释怀，可是毕竟她对这种死气沉沉的婚姻的忍耐是有限的。

终于有一天，两人大吵了一架后，她忍无可忍地说出了那两个字："离婚。"他立即就说："可以，现在就去。"

她绝望了，于是起身去换衣服。想着和他的过去，心中有万般不舍，可是现在他对她全然不再迁就，也不再是那个呵护她的人。当找出前天上街时和他一块买的新衣服，发现商标还未去掉。她本想自己拿剪刀剪去，可她不知道剪刀在哪，这些东西被他视为危险物，一直都不许她碰。因为她是个太粗心的女孩，总会伤到自己。无奈她叫了他一声，他很快给她拿来了剪刀。他递给她的时候，是把刀尖对着自己的，刀把给了她。她忽然愣住了，站在那儿许久没接。刀口对着自己，一直以来他都是这样做的，这是他的习惯啊。

她慢慢放下了衣服，不再说话，回到自己的房间。她看到了那台电脑，那是她工作的伙伴。可是她只会用电脑打字，却总把程序弄得一塌糊涂，然后

对着键盘哭，每次都是他给她整理程序；她出门时总是忘记带钥匙，每次都是他跑回来给她开门；酷爱旅游的她在自己的城市里都常常迷路，是他每次拿着地图把她带回家。每月"老朋友"光临时她总是全身冰凉，还肚子疼，是他用掌心温暖她的小腹……想到这些，她哭了。她拉开门，她看见他系着围裙坐在桌子旁，桌上是她最爱吃的小菜。他向她伸出了手，他们的手紧紧地握在了一起。

心灵感悟：

爱情是什么？真正的爱情没有华丽的语言，但在生活的点点滴滴、一言一行中就能感觉得到。爱情是包容，是在能爱的时候懂得珍惜，在柴米油盐中体会幸福，在难过的时候给予安慰，在离别的时候懂得想念。爱情是美丽的，我们应慢慢体会其中的幸福。

幸福的"三个字"

珍妮弗和史提夫的婚礼定于明年春暖花开的时候举行，因为珍妮弗希望在自己的婚宴上能开满春天的花朵。婚礼的日子一天天地逼近了，她的心里充满了甜蜜的期待。

那天，珍妮弗和罗索太太约好了晚上去她的缝纫店，取回自己订制的结婚礼服。那天的天气不是太好，早上就雾蒙蒙的，到了中午，天空又下起了小雨。在罗索太太的小店里，听着小雨淅淅沥沥地敲打着窗玻璃，珍妮弗的心里突然有些不安起来：今天史提夫要到城里去购置一些结婚用品，可这样的天气，还有他那辆已经用了很多年的老爷车……

"但愿他不要出什么事才好！"珍妮弗担心地说道。

罗索太太刚从衣架上取下婚纱，她笑着安慰珍妮弗："不会有事的，姑娘，开心点，你们那么恩爱，一定会白头偕老的。"

珍妮弗从罗索太太手里接过那件洁白的结婚礼服：精致的剪裁，漂亮的蕾丝花边。她仿佛可以看到自己正穿着它走向婚姻的殿堂。"也许自己真的是太多虑了吧。"珍妮弗甩甩头，抛开那些无谓的念头。

就在这时，缝纫店的电话尖锐地响起，把她和罗索太太都吓了一跳。罗索太太转过身接起电话，她的表情瞬间变得很凝重。看着罗索太太的表情，珍妮弗的心提到了嗓子眼儿。罗索太太告诉了她一个不幸的消息：史提夫在回镇的路上出了车祸，现在已经被送到了医院。

当珍妮弗飞奔着赶到医院时，医生告诉她，史提夫的性命保住了，不过，他的下半生将在轮椅上度过。没有语言能够形容珍妮弗当时的心情，一个春天的梦想，就这样在这个冬夜里被击得粉碎，她的泪水顺着脸庞滑落下来。

在医院的病床上，珍妮弗看到了劫后余生的史提夫。他看起来是那么疲惫和沮丧，洁白的被单下掩盖着做过截肢手术的下半身，空荡荡的。珍妮弗走上前，想安慰他，却已是泣不成声。

医院为史提夫安装了假肢，但史提夫是脊椎受损，这两只假肢也只能是个装饰而已。当珍妮弗推着轮椅载着史提夫离开医院时，史提夫做出了一个惊人的决定：他要和珍妮弗解除婚约。谁都知道史提夫是怕连累珍妮弗才做出这样的决定的，珍妮弗自然也知道，可不论珍妮弗如何表白自己对他的爱，史提夫就是不为所动，他甚至拒绝再见珍妮弗。

看着自己的爱人失而复得，却又一次地得而复失，珍妮弗痛苦得不能自已。春天的脚步一步步逼近了，烂漫的山花在郊外灿烂地盛开，而珍妮弗的心却还活在冬天。

一天，史提夫坐着轮椅到镇上的医院复诊，在医院的门口，他看到了久违的珍妮弗。她正独自一人在医院的湖边哭泣，手里还拿着一张诊断书。史提夫有些担心，毕竟，他还深爱着这个善良的女孩。他转着轮椅上前，叫着珍妮弗

的名字。珍妮弗一看到他，立刻扑到了他的怀里伤心地大哭起来。原来，珍妮弗被诊断出喉咙里长了一个肿瘤，虽然是良性的，却必须切除，而且手术会破坏声带，也就是说，手术后，珍妮弗再也不能开口说话了。

一阵春风顺着湖面轻轻地吹到了史提夫的脸上，他却感到了一股刺骨的寒冷。原来，是珍妮弗的泪水在他的脸上被一点点地风干了。那一刻，当珍妮弗柔弱的身躯在他的怀里轻轻地颤抖时，他才发现自己竟是如此地深爱着这个女孩。他轻轻地拥着珍妮弗说："别难过，珍妮弗，等你做完手术，春天的花就都开了，那时，我们就结婚，好吗？"

珍妮弗的手术定于两周后进行，为了保障手术的安全性，她要到纽约市的大医院里进行这项手术。因为路途遥远，珍妮弗没有要史提夫一同前往，而是在镇医院医生的陪同下去了纽约。史提夫答应了珍妮弗，他会在他们将来的家里做好结婚前的准备，珍妮弗喜欢如霞般的窗帘，缀满小碎花的餐台布，还有满室的鲜花。

临行前，珍妮弗对史提夫说，她要在失声前对他说最后三个字：我愿意！那是婚礼上珍妮弗要回答神父的三个字，因为到了那天她可能已不能开口，她要提前把这三个字告诉自己的爱人。

心灵感悟：

　　在婚姻和爱情中，一提到"三个字"，人们第一时间想到的肯定是"我爱你"。其实，除了这三个字以外，还有三个字也是非常珍贵的，那就是"我愿意"。对于即将失声的珍妮弗来说，对自己的丈夫说出这三个字，更是她内心最最珍贵的表达。

无烟的世界最幸福

结婚前，我和妻子曾约法三章，第一条就是我必须戒烟，否则，她就不结婚。

婚后，约法中的其他各条我执行不误，可抽烟的毛病却改不掉。尤其是家里来了朋友客人，我们就吞云吐雾，神吹海侃。每每这时，妻总碍于朋友的面子不便说我，而我抽起烟来也更加肆无忌惮。一天晚上，我又右手执笔，左手夹烟，边抽边写，怡然自得。突然手中的烟不翼而飞，我抬头一看，妻杏目圆睁，正怒视着我：烟被她从窗口扔了出去。

"你究竟戒不戒烟？"妻子怒气冲冲。

"亲爱的夫人，烟应该戒，绝对应该戒！但我们也应该为国家考虑考虑。如没人抽烟，烟厂就要倒闭，工人就要下岗，社会就会不稳定，更何况烟草业是我国的利税大户……"我死乞白赖。

妻子气得满脸通红，转身进了里屋。听见她在里屋拨电话，我知道她肯定又去向她老爸告我的状了。

果然，没过几分钟，妻子就喊我："忠义，我爸要和你说话。"

我过去接了电话，只听老丈人说："小霍呀，怎么又欺侮菊子了？她不让你抽烟是为你好，对吧？再说啦，她不让你抽烟，你实在想抽就背着她抽嘛，这可是我多年来与你岳母周旋的经验呀。"

哇噻！真是知我者岳父也。我当时恨不得三呼"岳父万岁"。

岳父是个老资格的烟民，

记得婚前我与菊子回她家，岳父对菊子说："菊子，给小霍拿烟去。"菊子左右为难，我连忙说："爸，我不会抽烟。"老岳父吸了一大口烟，吐了几个漂亮的烟圈说："好，好，年轻人就应该不抽烟，别像我，抽了一辈子烟，

现在是没老伴可以，没有烟可不行啦。"我一缩脖子，幸亏岳母没听见这话，她正乐滋滋地在厨房做饭呢。

既然老岳父如此"体谅"小婿，我照抽不误，但妻子不再说我，却提了一个要求：每次抽完烟，将烟盒给她——只要让我抽烟，烟盒给谁都行。

一年后，我对妻子说："我们要个小宝宝吧！"妻说："不！"我很惊讶："难道你不想做母亲吗？"妻子轻轻地说："我只是不想让我的孩子来到这个充满烟尘污染的世界上。"我当时不及多想，只怪妻子考虑太多。

不久，我的文友们几乎都改用电脑写作了，我也打算鸟枪换炮。拿出全部的积蓄后还差2000元钱，我和妻子商量对策，妻子说："要是你一年不抽烟，省下的钱肯定够数了。"

我不以为然："算了吧，一包烟才多少钱？"

妻子将我拉到里屋，打开一个大纸箱，箱中整齐地排着各种牌子的烟。我疑惑不解："你不让我抽烟，怎么还买这么多烟？"

"这是你一年来抽空的烟盒。"我一惊：乖乖，这么多！"这一年你抽了728盒烟，总共价值2520元。"

我很震惊，没想到我能抽掉这么多钱。

妻子又打开一个上锁的大盒子，我一看，是满满一盒子钱，有五元，两元，一元，还有毛票。

我更惊愕，不知妻子搞什么鬼，妻子说："我收集你抽空的烟盒，每拿到一个盒子，我就从自己身上掏出你买这盒烟相同的钱放入这个钱盒，我想看看，是不是不抽烟可以节省一些钱。这是2520元钱，拿去买电脑吧。"

我惊喜交加，抱起妻子转了一个圈，又给了她一个热吻，妻子推开我说："讨厌，你口中有烟臭。"我连忙说话："我再也不抽烟了。"

几日后我去看老岳父，顺便给他讲了以上这个故事，听完后他沉思良久，将手中正燃着的烟掐灭了。

晚上回家，当我向妻子讲起岳父掐烟的事，妻满意地笑了。几个月后的一个晚上，妻子害羞地对我说："他在动呢！"我不明所以，说："谁？什么？"妻子用指头一戳我的额头，说："你真笨！"哇，我终于明白：我要做爸爸了。当我将耳朵贴在妻子腹部上时果然听到了声音。也许，我们的宝贝正在快乐地游泳呢！

我坚信，在无烟的世界里那一定是一个健康可爱的小宝贝！

心灵感悟：

人们都把烟称作"香烟"，烟抽起来的确是香，但抽烟不仅会影响到男人自己的身体健康，也会影响到夫妻生活，及家里的小宝宝的成长。因此，要想让家庭生活更加美满幸福，就应该为家人营造一个无烟的世界，无烟的世界最幸福。

双重幸福

10月24日是我和爱人认识3周年纪念日，照例，我们应该庆贺一下，当然，这对我俩有着双重的幸福含义，因为我们正处在新婚期。

记得去年纪念日时，女友要我给她买一束鲜花，而且非要昂贵的那种，在那时的她的眼里，越贵就说明我越爱她。如果鲜花真的能表达爱情真的能让她快乐高兴，我愿意倾我所能给她尽可能多的鲜花……尤其看见那花被她抱在怀中深情地亲吻深嗅时，我也深深动容。我们虽然清贫，可日子一样可以丰富多彩，只要我们愿意去创造。

"今年要什么？"我问。

"花，玫瑰花！"她几乎未加思索。

我们一块来到花店，并一家一家的观看。有服务小姐问："送给什么

人？"她一指我："送给他的女朋友，我是参谋。"小姐又问："要什么规格的？"她含笑看我，然后说："30块钱以内。"我暗叹她的狡黠并明了她的苦心，她有所有女孩子的虚荣：希望花越贵越好，可同时她又体恤我的拮据，自然不肯让卖花小姐知道她就是我的爱人，这么便宜的花就是给她的。

小姐显出一副颇为难的表情，的确，在古城，30块钱的花送给女友怎么能拿出手呢？我们又从一家店里转出，进另一家店，后面有小姐在喊："我们可以再给你便宜一点！"可她头都不回，只因为小姐刚才轻慢的表情伤及了我们的自尊，更伤害了我们纯美的爱情。

在另一家店里，她将所需的玫瑰数目减到最少：9只——一个可以表示爱情天长地久的数目，已经少到极致。就连小姐推荐的表示一心一意的11朵她都不肯接受，只因为那要贵几块钱。而且，在3元玫瑰和2元玫瑰之间她颇费踌躇，因为3元的的确漂亮，可2元的便宜！最终她选了2元的玫瑰。再加上一枝百合，几枝满天星，还有一些情人草，包饰上也有讲究，扇型便宜一点，但是不好看，圆型的虽好看，可是要多包几层装饰纸，自然要多一些钱——她最终选了扇型的……

"您给算算！"她对小姐说。

"40元！"她表情僵了一下，我正要掏钱却被她拦住并拉我出门。当时，天上正大雨如泼，我们站在离花店不远的街上，共撑一把伞，透过雨帘看花店里来来往往的情侣、如诗如梦的鲜花……花离我们很近似乎又很远。

她说："怎么这么贵？"我无语，不能安慰她也不便怂恿她。

停了好一会儿，她又说："要不，我们就站在这里看看算了——你看，可以看见那么多美丽的花，我也知足了。"

我的心猛一抽搐，拉她又到了另一家花店，也许，主人一直看着我们的窘态，所以，就格外卖力地向我们推荐那种最便宜的花，我看了看拉她就走：那

么衰落暗淡的花怎么能够表达爱情？

她拉住我，在雨里站定，我们对视，雨水将伞面打得噼啪作响，她的眼神明亮柔和得让我心碎，"嗳，要不，买一枝吧？也能表达一心一意，多好！"我不由分说将她拉回先前的一家店里，对小姐说："请给包扎刚才我们看过的那一束9朵的玫瑰，要包扎成圆形的。"小姐看我们的眼神怪怪地，我说："她是我的爱人，今天是我们相识3周年。"我转头看她，她脸颊红红眼圈也红红地低下了头。我对她说："有什么不好意思的，既然有人消费10万块钱的鲜花，就有人消费1块钱的鲜花，穷人也有穷人的快乐！"听到这里，花店老板赶紧过来亲自给我们扎花，仔细地像擦拭一件宝贝，扎完再洒些清水，顷刻之间，捧在她手上的已经是一个盎然的春天，而爱人的笑脸恰是花中一朵。

我撑伞她捧花，在回家的路上看她嗅花时那甜蜜的表情，我忍不住问她："以前你不是要很贵的花吗？"她说："以前我不知道你没钱，何况这次结婚我们欠了不少的账。"我一阵感动，心中暗暗发誓：我一定要让你过上天天似花的日子！

心灵感悟：

　　妻子渴望浪漫，喜欢浪漫，但却又心疼爱人，因为只有她知道，他为她付出了多少，也只有她明白，他对她的爱有多少。即便买不到上等的玫瑰，她对他的爱依然不会减少半分，但他却很心疼她，在这有着双重意义的幸福日子里，怎能缺少那些表达"我爱你"的玫瑰花呢？

甜蜜的幸福

本人郝吉珍，包钢天丰公司的司机，有幸娶个了"大力士"媳妇。

由于从小家庭条件所限，营养不良，长得比较"节约"。到了谈婚论嫁的年龄，我想，为了祖国的下一代，咱也要找一个"重量级"的互补一下，前提是对方一定要温柔。

1995年春天，朋友给我介绍了李瑞芳，说大芳由于患小儿麻痹症，腿略有残疾，但心地善良，吃苦耐劳，现在跟随国家残疾人举重队的李伟朴主教练练举重，在远南运动会上夺得过金牌。

第一次见面是在大芳家。大芳主动给我剥了个橘子，忸忸怩怩地走到我身边递给我。我感觉这姑娘会来事，对我有意。当时她家的"亲友团"都集中在家替她把关，哥哥姐姐们都比她腿脚方便，可没有一个主动走过来给我橘子。大芳虽然走路姿势不太优雅，但我感觉没什么，何况，我苗条，她丰满；我细腻，她粗犷，在我俩身上，总能找到互补的地方。她不嫌弃我是个司机，我也不觉得她是个冠军。

可惜好事多磨，结婚一波三折，"好日子"为了比赛一改再改又改。大芳2004年悉尼残奥会载誉归来后，李教练终于批准我俩成为"知心爱人"。这时我父亲已患上癌症，他极想抱抱孙子。

新婚之夜，大芳含情脉脉地对我说，之所以嫁给我，是因为我对她好，一次她的鞋带开了，她胖，蹲着不便，我看到后马上蹲下帮她系好。大芳很感动。这种小事我早忘记了，大芳还记得。她还说，类似这样的细节很多，自己离不开举重，我心里明明不乐意，但从不反对。婚后三天，我就放她归队了。从那以后，我俩过的是聚少离多的日子。

大芳是吃着避孕药怀上宝宝的。咨询妇科专家，认为影响不大。再说大芳已30岁高龄了。大芳对李教练说明了情况，并表示要坚持练下去。有一天，我去看她，大芳躺在举重台上练哑铃，我看见她的大肚子一会儿左边鼓起了大包，一会儿右边鼓起了大包，这时大芳已怀孕7个多月了。我叫她回家休息，她反过来劝我：我们每次去检查，医生不是说宝宝发育正常嘛，别担心。还说：让我多运动运动——我心里漫过一种心酸。我想这就叫"魔鬼训练"吧。

大芳可谓"走火入魔"，临产前9天还在训练。2002年元月3日，大芳剖腹产，产下3200克的健康女儿。

女儿迪雅出生10天后，大芳为了一心一意的训练，跟我商量给女儿断奶。我大吃一惊！但架不住她的软磨硬泡，我同意了。大芳在吃回奶药的时候，我看见她抱着迪雅哭了！15天后，大芳让李教练把哑铃拿到家里，开始恢复体力。李教练被大芳这种毅力感动了，为她制订了一套特殊的训练计划。31天后，大芳在济南比赛中拿到全国冠军。当时队员和其他教练都惊呆了，认为这是不可思议的。李教练却微微一笑：这是我意料之中的。

大芳的这种拼劲，可以说是绝无仅有的。大芳被誉为世界残疾人举重头号"大力士"。

练了14年举重，她共获得国际国内19枚金牌，25次打破世界纪录，蝉联两届残奥冠军。我父亲脑出血瘫痪后，家人都认不清了，但大芳偶尔休假回家，我母亲指着大芳问父亲：谁回来了？父亲含糊不清地笑着说：大芳。说着便颤抖着伸出一只手，意思是要看金牌。

大芳一拿上金牌，我的那帮朋友们就把我围住叫我请客。我给大芳打电话，骄傲地告诉她，你老公身边可聚集着一帮你的"粉丝"呢。酒不醉人人自醉啊！

大芳兴致勃勃地回来，迪雅却不理她了。难怪，大芳长年累月不在家，迪雅刚学说话，我是对着大芳的照片教她学叫妈妈的。以后，女儿上街看见胖女人就"对号入座"喊妈妈。为了快速加深母女之情，大芳每次回家休假，就擅

自给迪雅放假不上幼儿园，陪着迪雅玩。迪雅佩戴金牌，迈着小步，像个高傲的公主在屋里走来走去，大声说："长大了，我要像妈妈一样，当运动员，拿金牌。"大芳听了笑成一朵花。

心灵感悟：

很多时候，我们自己可能才是一个真正拥有幸福的人，只要我们善于发现生活中的幸福，幸福就会出现在我们的面前。让我们在幸福的日子里，感觉亲情的温暖，感受这浓浓的爱意。

幸福台阶

那年，她刚刚25岁，鲜活水嫩的青春衬着，人如绽放在水中的白莲花。唯一的不足是个子太矮，穿上高跟鞋也不过一米五多点儿，却心高气傲地非要嫁个条件好的。是相亲认识的他，一米八的个头，魁梧挺拔，剑眉朗目，她第一眼便喜欢上了。隔着一张桌子坐着，却低着头不敢看他，两只手反复抚弄衣角，心像揣了兔子，左冲右撞，心跳如鼓。

两个人就爱上了，日子如同蜜里调油，恨不得24小时都黏在一起。两个人拉着手去逛街，楼下的大爷眼尖，有一次见了他就问：送孩子上学啊？他镇定自若地应着，却拉她一直跑出好远，才憋不住笑出来。

他没有大房子，她也心甘情愿地嫁了他。拍结婚照时，两个人站在一起，她还不及他的肩膀。她有些难为情，他笑，没说她矮，却自嘲是不是自己太高了？摄影师把他们带到有台阶的背景前，指着他说，你往下站一个台阶。他下了一个台阶，她从后面环住他的腰，头靠在他的肩上，附在他耳边悄声说，你看，你下个台阶我们的心就在同一个高度上了。

结婚后的日子就像涨了潮的海水，各自繁忙的工作，没完没了的家务，孩子的奶瓶尿布，数不尽的琐事，一浪接着一浪汹涌而来，让人措手不及。渐渐地便有了矛盾和争吵，有了哭闹和纠缠。

第一次吵架，她任性地摔门而去，走到外面才发现无处可去。只好又折回来，躲在楼梯口，听着他慌慌张张地跑下来，听声音就能判断出，他一次跳了两个台阶。最后一级台阶，他踩空了，整个人撞在栏杆上，"哎哟哎哟"地叫。她看着他的狼狈样，终于没忍住，捂嘴笑着从楼梯口跑出来。她伸手去拉他，却被他用力一拽，跌进他的怀里。他捏捏她的鼻子说，以后再吵架，记住不要走远，就躲在楼梯口，等我来找你。她被他牵着手回家，心想，真好啊，连吵架都这么有滋有味的。

第二次吵架是在街上，为买一件什么东西，一个坚持要买，一个坚持不要买，争着争着她就恼了，摔手就走。走了几步后躲进一家超市，从橱窗里观察他的动静。以为他会追过来，却没有。他在原地待了几分钟后，就若无其事地走了。她又气又恨，怀着一腔怒火回家，推开门，他双腿跷在茶几上看电视。看见她回来，仍然若无其事地招呼她：回来了，等你一起吃饭呢。他揽着她的腰去餐厅，挨个揭开盘子上的盖，一桌子的菜都是她喜欢吃的。她一边把红烧鸡翅哐得满嘴流油，一边愤怒地质问他：为什么不追我就自己回来了？他说，你没有带家里的钥匙，我怕万一你先回来了进不了门；又怕你回来饿，就先做了饭……我这可都下了两个台阶了，不知道能否跟大小姐站齐了？她扑哧就笑了，所有的不快全都烟消云散。

这样的吵闹不断地发生，终于有了最凶的一次。他打牌一夜未归，孩子又碰上发了高烧，给他打电话，关机。她一个人带孩子去了医院，第二天早上他一进门，她窝了一肚子的火噼里啪啦地就爆发了……

这一次是他离开了。他说吵来吵去，他累了。收拾了东西，自己搬到单位的宿舍里去住。留下她一个人，面对着冰冷而狼藉的家，心凉如水。想到以前每次吵架都是他百般劝慰，主动下台阶跟她求和，现在，他终于厌倦了，爱情

走到了尽头,他再也不肯努力去找台阶了。

那天晚上,她辗转难眠,无聊中打开相册,第一页就是他们的结婚照。她的头亲密地靠在他的肩上,两张笑脸像花一样绽放着。从照片上看不出她比他矮那么多,可是她知道,他们之间还隔着一个台阶。她拿着那张照片,忽然想到,每次吵架都是他主动下台阶,而她却从未主动去上一个台阶。为什么呢?难道有他的包容,就可以放纵自己的任性吗?婚姻是两个人的,总是他一个人在下台阶,距离当然越来越远,心也会越来越远。其实,她上一个台阶,也可以和他一样高的啊。

她终于拨了他的电话,只响了一声,他便接了。原来,他一直都在等她去上这个台阶。

心灵感悟:

幸福是什么?幸福有时候只需要一个台阶,无论是他下来,还是你上去,只要两个人的心在同一个高度和谐地振动,那就是幸福。

拿幸福做赌注

两个人每天面对面上班。她有时候会看着他走神儿。他有张好看而略微颓废的脸,看得多了,他会注意到她,便总是冲着她笑。她低下头,脸突然就红了。很快,周围的同事也窥测出她的心事来,频繁开起他俩的玩笑。一来二去,他和她竟真成了恋人。

他们都到了结婚的年龄。那天一起吃饭的时候,她犹豫着,提到了婚事。当时他愣了一下,没有作答,半天才嗫嚅着说,只怕……只怕以后,你跟着我会吃苦。

不怕的。她小声说。

他不再说话，轻轻叹了口气，在她看来，他算是答应了。

回到家，她把两人的事告诉父母，遭到强烈反对。父亲和他们是一个单位的，对他的印象不好，一直就反对他们交往。理由是，他是不上进的男人，懒散，没事业心，还跟外面社会上一些不务正业的年轻人来往，女人跟了他以后，以后绝对没有好日子过。尤其现在，工厂效益每况愈下，有能力的人都自己出去单干，而他还在流水线上混着，一个月只有几百块钱。这样的男人，没前途的。

不仅父母，当初开他们玩笑的同事中，和她关系走得近的，也反对她嫁他，理由和父母一样，说这样的男人喜欢可以，绝对不能当丈夫。

她却铁了心一般，不管谁劝，就是一句话：我就要跟他。

父母失望至极，母亲冲她嚷：你这是拿自己的幸福做赌注！

她抬起头，斩钉截铁：就算是赌博，就算会输，我也认了。

所有人的阻止都无济于事，24岁，她嫁他为妻。租了套小房子，从家里搬了出去。这也似乎更证明了大家的猜测，他是她本命年的劫。

可事实却出乎所有人的意料，结婚后的他像换了个人似的，分外刻苦努力起来。他先是离开半死不活的厂子，断了外面那帮乱七八糟的朋友，去一家私企跑起业务。开始时没底薪，他又是外行，不知道走了多少弯路，费了多少心思，总算艰难地在那家公司站住了脚。那一年，她看着他变得又黑又瘦，大夏天顶着太阳走在快被晒化的柏油马路上，汗都顾不上擦。晚上几乎没有在10点之前回来过，一回家，倒在床上，衣服不脱就睡着了。

一年后，他的工作走上正轨，业务提成渐渐多了起来，而她却下岗了。索性，他不让她再出去工作了，安心呆在家里，等着做母亲。

孩子出生的时候，他做了业务经理，手里有大把的客户，还在业余时间重新学了英语和日语。公司给他配了车，他们按揭买了新房，每个人都看见了他的大好前途。

这时的她，因为生孩子胖了许多，又总不出门，穿衣服随意起来，和他站在一起，竟有种不相配的感觉。此时，当初替他担忧过的人又开始有了新的担忧，担心长着一对桃花眼的男人，会在这个时候离她而去。这个年头这样的事，简直就是数不胜数。

但这次，大家又看错了他，在他人生和事业不断攀升的日子里，他爱她始终如一。那爱，不知比恋爱时扎实了多少倍，是贴心贴肺的呵护。从衣食住行的大事到心情喜好的小事，他面面俱到，从来没有忽略过。从她坐月子起，每天晚上，都是他给她洗脚，这个习惯一直被他保留了下来。

他从来不隐瞒对她的感情，有时同事和朋友开玩笑说：什么都换了，现在该换老婆了吧。他摇头，认真地说：这辈子，就是她了。

她的幸福，让所有人无话可说。其实当初她也不确定会拥有这样的幸福，那时她只是爱这个男子，舍不得离开他。哪怕跟着他吃苦，像她说的，她认了。

那天晚上，他又给她洗脚，温暖在水中，他一如既往，把她的脚握在掌心。她忽然笑着问：怎么会对我这么好？这个问题其实已经在她心里存了很久，她甚至还想问：如何会在婚后，变了一个人？只是觉得不妥，所以只问了这一句，半开玩笑的口吻。

他依旧蹲在她的面前，握着她的脚，抬起头来，看了她片刻，然后认真地说：因为当初，你拿了自己一生的幸福做赌注，要跟着我，你是这个世界上唯一这样信任我的人，我怎么舍得让你输。

她看见，向来爱说爱笑的他，说完这句话，眼圈红了。

那一刻幸福的泪水盈满了她的双眼，她知道她在这场赌博中是真的赢了。

在现今这个物欲横流的社会里，这只是一个浪漫的爱情故事，一个趋近完美的爱情故事。

心灵感悟：

男人们，心疼、深爱自己的爱人吧，因为自从她嫁给你那一刻起，就已经拿了自己一生的幸福做赌注。不管你们以后是否拥有数不尽的财富，请记住，不要让自己的妻子受苦，因为只有你们的真心和关怀，才是她最大的幸福。

中秋之夜幸福涌上心头

一年一度的中秋就在人们的欢笑中度过了，今天还留有一点中秋的余味。

回想起昨晚，我们过了一个平淡得不能再平淡的中秋，老公比平时要回家得早点，看得出来，他很在乎这个特别的日子，在乎这个家。平日里，他是很少在家吃饭的，在那一刻，幸福也涌上我的心头。不爱做家务的他，昨晚竟忙了一个晚上，从房间到厨房，从客厅到卫生间打扫得干干净净，看着他忙碌的身影，我对自己说：一个男人真的不容易，不要要求太高了，有这样的老公也知足了！真的。我也忙得不亦乐乎，准备好晚餐，一顿简单的晚餐。随后准备了一点月饼、柚子、点心什么的放在桌上。儿子在一旁开开心心地玩着，看得出来，连儿子都知道今天是个好日子。原以为这个中秋我会很失落，因为我会想我身在远方的妈妈、亲人。此时，看到忙碌的老公，玩耍的儿子，才明白过来，这就是我的家，我永远的家。

虽然在这特别的日子里，很想很想我的亲人和朋友，但我会送上我的祝福，祝福他们一切平安、幸福！电话声响了，他放下手中的活，提着包，牵着我的手说："老婆，我先出去办点事，马上回家。"我有点不忍，不忍他在这种时候还得去忙。一个小时过去了，准备好的饭菜已经凉了，还不见老公回家。拿起手机拨通了那串熟悉得不能再熟悉的号码，电

话通了，响了两声，就挂了，呵，我知道，他一定到了家门口，就是我们一直以来的暗号。

老公，到现在，我们结婚已七个年头有余了吧，这么多年来我们风风雨雨一起走过……昨天和你一起去电脑维护，看到还有许许多多的人过着在外租房住的日子，想起了我们曾经也是这样过来的。现在好不容易有了自己的房子，对于现在的成就我们应该感到满足。这都归功于你的功劳。记得你曾说过"安居才能乐业"，看样子这句用在我们身上最适合不过了，想想我们刚结婚的时候，清贫如洗，所有的亲人、朋友、邻居甚至都看不起，当时的心酸你我到现在未曾忘记过。在以后的生活里你是那样的努力，拼命地挣钱。虽然我们现在的生活还是很困难，但比起当初，我已经知足了，真的，在内心我真的很感激老公你给了我家的感觉，是你给了我快乐！有了可爱的儿子、有个会关心自己的老公，有个温馨的家。一个女人活在世上还求什么呢，还有什么比这更值得去珍惜的呢？

心灵感悟：

幸福就是一种满足，一种相濡以沫的陪伴。勇敢地和自己爱的人结婚吧，和爱的他共同奋斗，互相鼓舞，相互宽容，相信通过两人的携手努力，不久的将来，你们一定会告别租住，拥有属于自己的一片天地，哪怕只有很小，也会感到温馨而幸福。

平淡的日子里感受幸福

在相爱的时候，两个人是幸福的，如果不相爱了，两个人在一起就是折磨，就是煎熬！同样是两个人，感觉不在了，所有的都变了！

窗外，天气晴好，微风中嫩绿的杨柳轻轻摆动，看到一篇文章《不会甜言蜜语的男人》，心灵的花朵在这春暖花开的时节悄然绽放。因为自己的老公就着这样的男人。

结婚以来，对他最多的抱怨就是：你这块儿大木头，真是没情趣。因为这些年来，几乎听不到他说我爱你，听得最多的就是：老婆，你想吃什么？他炒得一手好菜，总是按照我们的喜好做菜，看到我们吃得很开心，他就笑得很开心。

结婚以来，几乎都是他做饭。就像昨天他电话说要加班晚一点回来，我就先把黑米粥煮好，把青菜豆腐等准备好，快七点了，想着他快回来了，就尝试着炒了个青椒土豆丝，知道自己的水平，炒得不怎么样，他回来看到后，小眼睛里闪烁着喜悦的光芒，高兴地说：老婆，你行呀，会炒土豆丝了。还夸我炒的很不错很好吃呢。其实心里是有愧疚的，连女儿都说：妈妈，我去同学家，看到她妈妈在做饭，他爸爸在看电视呢。他却说：你妈妈进步很大，现在都会做饭了。

结婚以来，尤其是到了冬季，总是手脚冰凉。婚前他就说：嫁给我吧，我会一辈子给你暖脚。他真的是一直这样做。不管再冷的夜里，不论我的脚有多么的凉，他都会给我捂热。有时外出一天觉得劳累，还会给我做足底按摩。每月特殊那几天，看似粗枝大叶的他却会给我冲好红糖水、插好电热宝，让我安静地躺着。

结婚以来，对于衣服，给他买什么他就穿什么，从没有要求要什么牌子的衣服。反倒是常说：老婆，喜欢穿什么就买，把自己打扮得漂亮点哦。我故意气他说：不怕你老婆那么漂亮，被别人抢走了。他就笑着说：我老婆是谁呀！是的，你老婆知道你是爱她的人，你是爱在心底不言说的人，你是很有责任感的人。

爱，在平淡的日子里，不远不近，不深不浅，就在我们身边，似有若无，恬淡温暖。

珍惜拥有，幸福长久！

心灵感悟：

　　当一个人拥有一颗平淡的心，便能找到真正的自我，便能品味到人生的种种滋味，便能拉近与幸福的距离。平淡的生活，简单而不枯燥，宁静而不乏色彩，令人安慰而又不是止步不前。这种平淡的幸福，宁静而让人回味无穷。

幸福也是一种财富

　　男人和女人是一对很平凡的夫妻。结婚几年来，一直很恩爱，也很努力地生活，刚刚在一处花园小区按揭买了房子，从出租屋搬到了简单漂亮的新居。

　　但是好心情没有持续几天。搬进来后，男人和女人发现，前后左右十个人里面有九个都是富人。抬头看别人，低头看自己，女人开始经常看着自己光光的脖子和手指发愣，早上坐公交车的时候望着那些锃亮的私家车发愣，转头看男人的时候会非常郁闷地叹气。

　　他们开始为一些小事争吵。男人说她不可理喻，是不是更年期提前了，女人却说，如果他是个百万富翁，她会马上从更年期返回青春期。

　　男人被噎得哑口无言。只不过，他不是百万富翁这个事实早已经存在，她曾经忽略了这个事实，只不过最近才意识到这个事实给她的生活带来了多么大的困扰。当初两个人相爱的时候他也就是个穷小子，她还不是乐得屁颠屁颠的。住在出租屋的时候，男人总是愧疚，女人那时总宽慰他说不怕穷，两个人在一起就是幸福。

　　其实，他们现在的生活已经好很多了，男人头上顶着个某某公司业务部经理的头衔，薪水也翻了番，但是，曾经如花儿一样怒放的幸福却开始凋谢了。

　　女人开始了喋喋不休的抱怨，抱怨每天挤公交车上班挤得一身臭汗，隔壁的小女子却是自己开着本田去上班；抱怨最新款的珠宝首饰只能看不能买，谁谁却面不改色心不跳地刷卡。抱怨和不满像雪花一样飘飘扬扬，男人的心情也渐渐烦躁，争吵和冷漠取代了往日的温馨。

男人无限怀念和女人住在出租屋的那些日子。没有抱怨，没有争吵，有的只是两个人互相鼓励，互相支持。一盒酸奶，她吸一口他吸一口，吸得两个人都眉开眼笑。刚上市的枇杷，贵得要命，男人还是买了几个给女人尝鲜。问女人甜不甜，女人说，甜，一直甜到心里去了。结婚纪念日做总结陈述，女人说：老公，我觉得很幸福，你呢？男人说：我也很幸福，因为我有一个可爱的好老婆。

其实，人还是那两个人，变了的只是心境，当一个人的眼睛只看到别人的财富时，就再也看不到自己的财富了。

当女人又一次抱怨自己的生活处处不如人家时，男人很严肃地说：其实我们自己也曾经是百万富翁！

女人吃惊地看着他。男人说，美国一个权威机构曾经做过一个调查，调查的结果是和谐美满的家庭带给人的幸福感觉相当于20万美元，换算成人民币的话，该是多少钱呢？

我们幸福过吗？男人又问。

女人点点头。

那现在呢？最近你觉得幸福吗？男人问。

女人迅速地摇头。

我们为什么要让自己从百万富翁成为穷光蛋呢？男人温柔地把女人拥入怀中，你难道不觉得自己是个幸福的女人吗？我们没有别墅，但我们有温暖的家；我们没有多少银行存款，但我们有很多爱。老公虽然不是大款，但我的一颗心永远属于你呀。老婆，我把你当成我能拥有的最大财富，难道你不把我当成你的一笔财富吗？现在告诉我，你是愿意当百万富翁呢，还是当个穷光蛋？

女人啐了男人一口，谁不想当百万富翁啊！

其实人生的财富有很多种，金钱是财富，幸福也是一种财富。金钱这种财富不是每个人都能拥有的，但幸福这种财富却是我们每个人都能抓住的。男人说。

女人思忖良久，愧然笑了。她说，猛然发现自己原来也是个百万富翁，心情一下子豁然开朗了，其实我们都是富有的人，只不过，我们拥有的财富不同罢了。

相对于金钱这种财富，她更喜欢幸福这种财富，在感受幸福的同时，用平和的心态去创造更多的物质财富，这样的人生不是更完美吗？

心灵感悟：

人们都说金钱是一种财富，其实不然。财富的种类很多，不单单只有金钱，还有知识、时间、经历等等，都可以算是一种财富，这主要取决于一个人的心态。幸福更是一种财富，只要我们用心去创造，用心去体会，这种财富将取之不竭。

嫁给他才幸福

我们相识在两年前的暮春时节，一次很偶然的机会。

他，中等身材，英俊而结实。那略带沧桑的脸上写着许多同龄人不一样的境遇：从小思维敏捷，十岁时一手流畅的行书让多少老师都甘拜下风。初二那年，突发的家庭经济危机让他毅然辍学独自去北京谋生，半年后回到武汉，一直从事维修装饰至今。当家境好转的时候，早已错过上学的机会。

她，一个来自武汉郊区的倔强女孩，普普通通，坦率而矜持。刚念完初二就跟着姐姐来汉正街打工，平时自己舍不得买双红蜻蜓皮鞋，却把每月的大部分工资寄回老家。

两个人白天都很忙，没有周末，晚上加班是常有的事，而且很难凑到一块儿，约会的地点往往是在廉价的网吧或者家乐福超市，哪怕是一起吃上一根一元钱的冰激凌，也会你一口我一口的开心万分。

偶尔有机会，他们晚上会相约逛逛江汉路步行街、中山公园，徒步去江滩看看夜景。

这一切都留给他们许多甜蜜的回忆。

那一年，他们刚刚20岁。

人常说：好事多磨！爱情似乎也是这样。

两三个月的地下爱情，终于还是让精明的母亲发现了。

妈妈让他带女朋友回家的时候，他满口答应。

见到她的那一刻，他的家长露出失望的神色。几番谈话过后，家长基本知道了大概。

见过她一面后，他的母亲就对她投了否定的一票。善良的母亲希望自己的儿子找一个门当户对的媳妇。毕竟婚姻问题是终身大事，岂能草率。

尽管父母百般阻挠，可他一点也不在乎。相反，他们更加坚定相爱的决心。他们都非常珍惜生命中这次难得的际遇。也许是他们的真诚感动了他的爸爸妈妈，渐渐地，二老越发喜欢乖巧的她。同样，她的父母对未来的女婿也很满意。

终于，他们可以公开甜蜜地恋爱了。

过年回老家的时候，他把女朋友也带去了，他们甚至都盘算好了结婚的日子。

当"婚姻"二字摆上桌面的时候，她的父母显得异常的谨慎。

多少万元的礼金，多少桌酒席，多少克拉的钻戒，多少K的铂金项链……

强硬的态度，过于繁杂的礼节，让他心力交瘁。

爱美是女孩子的天性，面对自己一生中最重要的时刻，她也不免有普通女孩的虚荣心。

开始在婚礼面前与别人攀比：谁谁穿上多少钱的婚纱，谁谁的钻戒是多少克拉的，又谁谁结婚那天有多少婚车排队迎娶……

在接下来一个多月的时间里，两个人为着结婚的条件相持不下。那时候，他的父母已年过五十，早就盼望着孩子成家后能抱上孙子。对于准亲家提出的一系列条件几乎完全接受。但他不想因为一次体面的婚礼而变得倾家荡产，他更因为她的虚荣心而黯然神伤。当这种矛盾无法合理调节的时候，他提出了分手。

他是个性格开朗且感情专一的人，在他们相处的日子里就不乏示爱的漂亮女生。分手后，追求他的女孩更是络绎不绝。在相当长的一段日子里，女孩子约他吃饭、上网，甚至一起游览连当初恋爱都没来得及去的东湖磨山、沙滩浴场。

甚至有一次，一个女孩主动到他家里来找他，硬是在家玩了两天还舍不得离开，他没有接受那份热情，因为他还放不下她。

终于有一天当两个人耐不住相思而见面时，爱情的感觉依然熟悉。她不再在他面前提三金，也不再这样那样的爱慕虚荣。他爸爸妈妈的善良、热情深深地打动着她。

心灵感悟：

只要两个人真心爱着对方，哪怕没有金银首饰，哪怕没有房子，哪怕没有豪车，只要两颗相爱的心紧紧连在一起，这些所谓的爱慕虚荣都应该抛之九霄云外。因为这些东西都可以没有，但唯独不可以没有的是那个爱自己的人。只有嫁给他，她才能感觉到幸福。

最大的幸福

他什么都好，是的，他就是她心目中所要的完美情人，有才情、幽默、开朗，把爱她当成终生的事业。他说，有了你，我这一辈子就有理想有追求了。他还说过，你是我的爱情偏方，看到你，所有的忧愁和烦恼就全部消失了。可是，唯一的遗憾是，他的个子矮，比她还矮。

这让她无法接受。她想，怎么能喜欢一个个子矮的男人呢？她的自尊心受不了，再说，别人会说什么呢？她周围有的是高大英俊的男人，她不缺乏追求者，她斗争过很长一段时间，也和别的男人去约会，那些男人比他都要高，但给她的感觉却那样一般。她不爱他们。

是的，爱情是很奇怪的东西，当它来了时，你只对这一个人有感觉，其他的人再也进不来了。

人的心是一所房子，只能把钥匙交给一个人。

有时她想，如果他再高一点多好啊，只要再高那么一点点，他就是她心目中十全十美的那个男人。

那时他们初识不久，她心中始终存着这个遗憾。有一次他带她出去玩，她猛然发现，他好像是高了。

是的，和她站在一起很般配，看着顺眼多了。但他们越走她发现越不对劲，他走得很慢，一个劲站住歇着，然后看着她笑，再走。

你怎么了？她问。

我脚疼。他说。

为什么啊？她不解。

我穿了增高鞋。他说。

她蹲在地上笑起来，笑得喘不上来气了。怪不得呢，怪不得他显得高了一

些呢。突然，她又一阵微微的心酸，是啊，如果不是为了她，他一个大男人，穿什么增高鞋啊。她心里感动极了，对他说，以后别穿了，脚多难受啊。

那时，她就下定了决心，就跟定他了，这一生，这一世，一个肯为自己穿增高鞋的男人应该是很爱她吧。

接着是公司的Party，她穿了五厘米的高跟鞋闪亮登场，她的美丽和气质让她成为全场的焦点。她也看到了他，他还是那样矮，在人群中差点儿被淹没。

很多男人想请她跳舞，她拒绝了他们，然后走到了他面前，接着，她做了一个让所有人意想不到的动作，她脱掉了高跟鞋，然后弯下身说，能跟你跳个舞吗？

她的手里，有一双高跟鞋。

所有人都看着他们。他的眼里闪现出动人的光芒，那是因为爱情而发出的光芒！她偷偷靠近他说，你能为我穿增高鞋，我就能为你脱掉高跟鞋。

大家为他们鼓起了掌。那天，他们跳了一支又一支，因为她的宠爱，他成了舞会的王子，成为了男人们嫉妒的对象。

她说，以后，和你在一起，我会穿平底鞋。

他说，没事，你穿高跟鞋我会更自信，别的男人会更嫉妒我，他们会说，看，这么矮的男人找了这么高个的女友！你说是不是？

她听了就笑了。是的，她没有爱错人，自始至终，他是自信的。正因为自信，他才得到了她的爱，她喜欢这样有自信的男人，而穿上那双增高鞋，是为了讨自己的欢心而已。

那个脱掉高跟鞋的舞会结束没多久，他们结婚了。婚礼上，有人说，新娘子个子好高啊。他就得意地说，为了下一代，我一定要找个高个的媳妇。怎么样，能耐不小吧？

他是抱着自己的新娘上的楼。在上楼的时候她问，下一辈子我们换换角色吧。他说，不，我还愿意再追你，因为爱上一个喜欢的女人是男人最大的幸福！

幸福是人内心的一种感觉。很多人经常这样问：这个世界上到底有没有真爱？其实真爱就在你心中，只要你真心地付出，执着地追求，爱上一个喜欢的人就是你最大的幸福，你们也可以在爱的呵护下天长地久。

伤不透的幸福

男孩和女孩恋爱两年，感情日深，虽然也有吵吵闹闹，但每次男孩都首先屈服，没有错也会主动道歉，尽量呵护着女孩，呵护着他们的爱情。就这样，两人一直走到了谈婚论嫁的年龄。单位给男孩分了一套40平方米的套房，对于这个大单位这真不是件容易的事情。男孩请人将房子粉刷一新——花了1个星期的时间，花了300元钱。工作之余，男孩将每一块地板都擦得干干净净，虽然累得腰酸腿疼，可是看见向阳的屋子窗明几净，心中就有说不尽的愉悦，赶紧将女孩邀过来看看。女孩很高兴很满意，站在阳台上眺望，美景尽在眼底，户外的阳光似乎更加明媚，边转过头来，在男孩满是汗水的脸上亲了一下，男孩仿佛受了鼓舞，布置起家来更是尽心尽力。

只是，男孩对墙壁的爱护让女孩觉得可笑，如果墙壁有点脏，男孩马上拿一片砂纸，擦拭脏处，轻柔细致，像在擦价值连城的瑰宝，一直到干净为止。夏天时，屋中有蚊子，男孩都不敢打，因为一打，墙就被污成红色。一次，女孩的哥哥代表父母过来看房子，发现墙上有一只蚊子，下意识地用报纸拍打，男孩要阻止又不好意思，不阻止又于心不忍，表情怪怪的，女孩看在眼里，掩嘴而笑。果然，墙上污了一点，哥哥刚出门，男孩就赶快拿了砂纸打磨，十分心痛的样子。而接下来的日子，男孩更是不遗余力。到家具城看家具，到家电

城看家电，为了能与房子匹配，又为了能以尽可能少的价钱买回尽可能好的物品，男孩跑遍了西安的几乎所有的大商场。那一阵子，他马不停蹄，忙得像旋转的陀螺，可因为心中有梦、有爱，因此并不觉得太累。等所有的新家具搬回来布置停当后，男孩才松了一口气，仰坐到刚买的沙发里，脸上的表情松了一些，脸上的笑容多了一些。女孩回来一看，洁白的墙壁将阳光反射得满屋都是，家具也更加鲜亮，心情也随之一亮，又奖给男孩一个热吻。虽然工作6年的积蓄已全部花完，男孩还是高兴：有了家，爱才会有归宿，有了归宿，爱才会更稳固。

可就在这时，农村的家里传来消息：母亲病了，急需1000元的医疗费。男孩心急如焚，他是家中老大，也是唯一拿工资的城里人，当年父母为供他上学花尽了所有的积蓄，可费用还不够，于是60多岁的父亲卖起了冰糖葫芦，每天要跑几十里的路。父亲卖一个5毛钱的糖葫芦，他就有了5毛钱的生活费，母亲身体不好，为他上学，还挣扎着养了几头猪……想起往事，男孩心中潮涌：急忙向朋友借了1000元钱。将钱寄走后，他又天天打电话回家询问母亲的病情——母亲转危为安，他转忧为喜。

又接着忙自己的婚事。男孩说："先领结婚证吧？"女孩说："先照结婚照！"口气坚定不容置疑。男孩很为难，他知道女孩将结婚照看得很重，他也很想满足她，可是……他委婉地说：结婚照能不能晚一点照。女孩的脸马上黯了。接下来不知怎么就吵在了一起，声音越来越高，火气越来越大。男孩也不知说了一句什么，女孩大怒，将手中正喝着的茶杯甩了出去。"嘭！"茶杯碎了，茶水茶叶顺着洁白的墙壁慢慢地向下滑……男孩惊呆了。

这次吵架，两人的感情出现了裂痕，婚期被推迟。与以往每次吵架相反，女孩很快认识了自己的错误，真诚地向男孩道歉。男孩十分伤感，多次用砂纸擦拭被污的部位，可是，茶水早已渗到了乳胶漆的里层。男孩叫来一个刷墙工，刷墙工说："得把这一块铲掉，重新打腻子，再重新刷乳胶漆。"男孩无可奈何地认可了。刷墙工"刷刷"几下就将墙皮铲去,而男孩的心随着那"刷刷"声一下一下地痛。等墙上重新刷上乳胶漆后,不但不能和原来的墙面一样平整,而且颜色也有明显的差异——在墙,那成了一块永远的伤疤,在男孩,那成了一个抹不掉的伤痛,在爱情,成了一次经受考验的印记。

后来女孩流着泪请求男孩谅解,男孩也掉了眼泪。在两人的泪水里,男孩忍了忍还是说出了下面一段话:"爱情中,有些伤害深入心底,抹也抹不掉,就像渗入墙壁的茶水;有些裂痕很难弥补,就像不能复原的墙壁。"听着像箴言,更像预言,其实爱情的心真的禁受不起两次相同的伤害!

心灵感悟:

男孩对墙壁的爱护,也表达了他对两个人爱情的珍惜。而男孩最爱的那面墙壁,却被自己最爱的人泼上了茶水,这似乎将男孩对爱情的美好洒满了灰尘,这幸福,真是伤不透啊!

残缺阻挡不了幸福

她爱猫,画出来的猫咪栩栩如生,亲人们都叫她"咪咪",可是她从来没看过自己的画。她是先天性白内障,只有光感,可以辨别颜色。

在盲校,她遇到他。她学钢琴调音,他学中医按摩。爱情之于他们,同样是幸福的、甜蜜的。他们租了一间不足9平方米的小屋结婚了。她说:"将来我们一定会住上大房子的,很宽敞,在屋子里随便走都不会撞到东西。"他握住她的手,仿佛给她力量一般许给她一个将来。

那年的大年三十,房东要他们马上搬走,当时真是走投无路。三十那晚,他们在那间冰冷的小屋子里商量着大年初一出去找房子的事,生活一筹莫展。大年初五,他们又一次收拾行李被迫搬家。搬家对于他们来说比普通人更加辛

苦，所有的东西都要摸一遍收起来再摸一遍放在新的地方。她骑着三轮车，他在后面推。她不知道，后面的他早已泪流满面。他向她提出离婚。他说："我没能给你幸福，不如放你去寻找自己的幸福。"她听了他的话，狠狠地给了他一拳："你以为我是胆小鬼吗？再难两个人的肩膀也会扛起来。"

生活渐渐有了起色，他成了按摩师，她也有了一家自己的调琴公司。他们按揭买了房，终于有了一间小小的家。可是命运显然不想就此停止对他们的考验。她的肚子里长了个瘤，要马上手术。而她是有哮喘病的，手术有很大的风险。可是，她对他说："你放心，我一定会好起来的，我还没活够呢。"其实她心里想的是：房子每个月的月供都是一笔钱，如果她不在了，他供不起，又会无家可归了。为了他，她要活下去。她不舍得留下他一个人孤孤单单地在这世界上。

担心的事情真的发生了，她在手术中并发了哮喘综合征，心脏一度停止跳动。等在手术室外面的他感觉着护士进进出出，心里像掏空了一样，他不能想像，生活里没有她，他该怎么面对以后漫长的人生。

那一刻，残酷的命运放开了她的手，她熬过了鬼门关。他们住进了新房子里。她说："我们也去照一套婚纱照吧！"他欣然同意，只要她开心，他什么都愿意。

盲人照婚纱照？影楼里的人像听了天方夜谭。她笑了，很美，她说："我从没把自己当成盲人，我也从不抱怨自卑，我们的心里比谁都亮堂。"

看了照片的人都羡慕他们，幸福就明明白白地写在他们两个人的脸上。

故事里的两个主人公如今生活在北京，她叫陈燕，他叫郭长利。

心灵感悟：

面对相携走过人生风雨的这对盲人夫妇，我们还会怀疑爱情吗？

大多数人会说不会，但如果怀疑，那只是因为，自己爱得还不够。爱情不会因身体的残缺而变了味道，只会因心灵的杂质改变了成分，残缺并不能阻挡两个相爱的人的幸福。

幸福来得铺天盖地

静静地坐着，听着赵咏华的那首《最浪漫的事》，我内心深处涌起一种别样的感动。灯光下，老公黑黑的眸子里盛着无数的疼爱和怜惜，柔得仿佛可以滴出水来。

与老公相识的过程很落俗套：介绍——相识——恋爱。当我们相处两个月的时候，老爸因脑梗塞住进了医院，所有的浪漫情调只得暂放于脑后，我开始在单位和医院之间不停地奔波。记忆中那一个月似乎特别漫长寒冷，每天下班后老公的摩托车就会准时停在我们单位门口，然后两个人迎着寒风一起去给老爸送饭。有时我的工作太忙，老公就独自在医院伺候老爸。

几天下来，他就被累得头发凌乱，眼眶发黑。同病房的人怎么也不肯相信，他只是我认识才两个月的男朋友。那天和老公从医院出来，远处正好传来赵咏华的《最浪漫的事》，我看着他皱皱巴巴的衣服，苦苦一笑：咱们注定与浪漫无缘！他轻轻地握住我的手：只要能和你握着手一起平静走，我就觉得是最大的幸福。

一天从医院回家时已是华灯初上，我独自走在街头，想着老爸的病情，想着以后的日子，凄然的灯光不时地把身影扯长扯短，像我孤独的灵魂。突然，背后响起了摩托车发动机的声音，紧接着我的肩头猛然一痛，肩上的挎包就被人夺去，而后，摩托车发着猖狂的音调得意地扬长离去。在惯性的作用下，我重重地摔倒在地。我艰难地从地上爬起来，嘴角已被磕破，渗出血来。幸亏那天手机没放在包里，惊慌中我拨通了老公的电话。

几分钟后，老公就出现在我的面前。就在那一瞬间，我才明白他在我的

生命中占有多么重要的地位，才明白老爸之后谁能为我撑起一片天。他拥我入怀，喃喃地说对不起，离开我几个小时就让我受如此的委屈。那一声声自责，温柔得让人心碎。我的眼睛一热，泪珠就盈满眼眶。我紧紧地缩在他的怀里，躲避着寒冷和孤独。

他捧起我的脸，一字一句地说：结婚吧，我保证给你平静的幸福。我缓缓地抬起头，看着光线在他脸上凝起的郑重，一丝暖暖的感觉从脚底升起，在他怜爱的目光中不断地膨胀，两抹雾气在眼中凝聚，最终化作了两滴晶莹的泪。在相识100天的时候，我们携手走上了红地毯。

小时候曾看过一本书，讲的是有一个民族，在女孩子出嫁的时候，丈夫和父亲会一起为她穿上红嫁鞋，这样她的一生就会有两个最亲的人永远呵护。于是出嫁那天，老公和刚刚康复出院的老爸共同合作满足了我的愿望，在我幸福的泪花中完成了两个男人对一种神圣责任的交接仪式。

情人节到了，满大街都流动着玫瑰花和巧克力的香味。我问他是否可以送我一枝玫瑰。他正全神贯注地玩着电脑上一个极无聊的游戏，对我的请求默不做声。我气得在键盘上乱拍一通，他这才抬起头，脸上僵硬的肌肉终于百年不见地动了一动，可冒出的话足以让我气得昏过去：你神经病啊！

失落地过着2月14日，马上就要下班了，情人节的最后时刻。我独自委屈地望着街上一对对相互购买礼物的情侣，心里酸酸的。情人节，这个透着粉红色光环的节日，难道真的要在无声无息中悄悄地滑过？一大束鲜花从被推开的门缝里飘进来，接着又挤进一位阳光男孩儿。我忙低下头，心里更加难过：不知道哪一个幸福的女孩儿能得到这束漂亮的鲜花。突然，我的名字从男孩儿的口中蹦出，我惊讶地抬起头，男孩儿把那束鲜花送到我的手中，并且告诉我一位先生在一个月以前就订下了这束花，今天特意交代一定要等到情人节下午6点准时送到我的手里。

低头看去，8朵红玫瑰娇艳欲滴，紧紧地簇拥着一朵蓝色妖姬，与众不同的蓝色，精心喷上的金粉，华贵中透出妖冶，显得卓尔不群。男孩儿随后递上一封粉红色叠成心形的信，眼里荡漾着深深的笑意：你真是个幸福的人。

红着脸打开飘着玫瑰香味的信，一行行熟悉的字迹映入眼帘：

宝儿：

还在偷偷地抹眼泪吧？本来想两个人共度晚餐时给你一个惊喜，但你的好强和虚荣让我不得不改变决定。因为对你来说，闻着别人的玫瑰香味去工作比自杀还痛苦。爱你，所以疼你；疼你，所以怜你；怜你，所以宠你。希望你不再忍受风雨淋漓之苦。从认识到结婚再到情人节，我们携手已走过了4个月。常常捧着你的脸，却不敢相信一切都是真实的。爸爸生病那段时间，你的无助凄楚让我心痛，所以匆匆地结婚并不是我一时的冲动，我只想拥你入怀，用尽一生的精力去爱你，呵护你，就像歌中唱的那样："直到老得哪也去不了，你还是我手心里的宝。"我是个喜欢平淡的人，也许你跟我在一起总感觉索然无味。但是我还是相信平平静静走过的才是幸福，才是永恒。为了满足你的虚荣心，特意把玫瑰送到你的办公室，这下你应该破涕为笑了吧？不过，不要太得意忘形，浪漫过后还是平淡最好，请按时回家吃晚饭。

老公2月14日

手机响了一下断了，这是他等在楼下接我下班的暗号。透过玻璃窗，可以看到老公正傻傻地等在楼下。刹那间，心底千辛万苦准备好吵架的话在玫瑰的香气中瓦解了，铺天盖地幸福砸得我头重脚轻，恨不能化作一缕轻烟，从玻璃窗飘下，一生缠绕在他的身边……

心灵感悟：

"只要能和你握着手一起平静走，我就觉得是最大的幸福。"多么简单的一句话，但却诠释了爱情的真谛。只要能和相爱的人携手一起走，再苦的人生就会变得甜蜜，再远的路也不会停下爱的脚步，让幸福伴随着两个相爱的人共同前进，越走越远，越走越幸福。

有你就有幸福

与老公相识，缘于列车。同在一个系统工作，我是铁路中学的教师，而他是机务段的列车司机。直到去领结婚证的路上，他还不放心地一再问我："嫁给我，你真的不后悔吗？"我清楚地知道，作为列车司机，他们一年四季没年节、没假日，常常半夜三更还被叫班、出乘，有时又半夜回家，完全没有正常的生活规律，但恋爱三年，我知道他人虽长得傻乎乎的，但心肠好，是个顶天立地的男子汉，于是轻轻地捂住他的嘴说："傻瓜，只要你的傻劲儿永不变，我无怨无悔。"

婚后，老公疼我，爱我，让我觉得当初的选择没有错。邻里们纷纷称赞我们是模范夫妻，让我的心里更感到无比的甜蜜。

再有半个月就该高考了。这段时间，也正是老师们最忙的日子。为学生批改作业，出模拟试题，我常常忙到深夜才能睡觉，而每天早晨6点半又必须起床，我的两颊很快便瘦了下去，两只眼圈也红红的。老公见了心疼不已，为我捎回很多营养药。但繁重的工作，不良的睡眠，仍然让我神情萎靡。老公时常惶惶地问我："我怎么样才能帮你？"好像妻子的睡眠不好，都是他的过错。我点着他的鼻头说："傻瓜，你的工作也不容易，要想帮我，睡好你自己的觉就行了。"

最近几天，老公开夜班列车，常常很晚才回家。这天深夜，我批改完作业，已接近凌晨两点了，刚刚朦胧入睡，老公出车回来了。显然，他怕吵醒我，开门、开灯都是轻手轻脚的，但我还是醒了。我睁开惺忪的眼睛说："你回来了？"他吓了一跳，没想到这样小心还是弄醒了我，于是抱歉地笑笑说："呵呵，又要让你少睡一会儿了。"说着，他还走过来，看了看我的眼睛说："那么重的黑晕，你一定刚刚入睡吧？"我点点头，他却皱起了眉头，陷入了沉思，好大一会儿，才慢慢舒展开眉头。

就在高考的前三天，老公的时间表有了变化，与我的作息时间刚好错过。连续三天，每当我早上6点半起床，也正是他下班回家的时候。他会在我开门的那一瞬，破门而入，一分不差。于是我问他："这三天，你怎么都这个点回来？"他笑了笑说："开火车嘛，碰到这个点到达，自然就这个点回家啦！"然后又关切地问我："明天就要高考了，作为班主任，事情会更多，你睡得还好吗？"我点点头，他放心地笑了。

高考那天早上，我端了茶缸去门外刷牙，蓦地看到门口的地上有一小堆烟灰和几根烟头。我从门后拿了笤帚，正要去扫，才蓦然想起，昨天晚上下班回来我才扫过的啊，一夜之间，怎么又来了那么多的烟灰和烟头呢？我回到房里，他已斜靠在简易的沙发上酣然入睡了，看来疲倦已极。我轻轻地从他的左前胸的衣兜里掏出了"司机手账"——那上面准确地记载着他驾驶的每一趟列车在每一个车站上的运行时分。一看，我的泪水蓦然涌出：原来连着几天，他都是凌晨4点半到达终点站的。就算交接班用去一小时，他也不可能6点半才到家啊！那么，唯一的可能，是他在冰凉的夜里，在妻子熟睡的当口，默默地抽着香烟，在门口蹲了一个小时！

我没有叫醒他。他睡得那样香甜，我实在于心不忍。我踮起两只脚尖，双手从床上托起一条提花毛毯，轻轻地盖到他的身上。这时，在我眼中的他已不是一条五大三粗的汉子，而是一个未满周岁急需照顾的婴儿啊！

第二天晚上，我调好了闹钟。又是凌晨了，老公还没有回来。刚好5点半，小闹钟把我从香甜的睡梦中叫醒了，我起身下床，开门，早有预见性地冲门口那叼着一支烟、堵住门口的铁塔般的身躯说："傻瓜，进屋睡吧。外面冻病了，还不是我这个当妻子的过错？"明显地，他吃了一惊，过后难为情地笑了："原来你都知道了？我、我只是想多给你一个小时的睡眠呀！高考期间，很是难熬……"

拥老公进屋，我已没半句言语。多给你一个小时的睡眠！一个小时，60分，3600秒的守候，分分秒秒都是情啊！做夫妻如此，我还苛求什么？我想，有你就有幸福，如果有缘，下辈子，还做他的妻子。

心灵感悟：

　　幸福是一种感觉，幸福就是真心地感到快乐。其实真正的幸福与金钱无关，与住别墅开名车穿裘皮无关，与高官厚禄无关，真正的幸福是心灵的安恬，精神的充实，和谐的情感，平静的生活。其实幸福很简单，一件旧衣服，一个白面馒头，只要和你在一起，就是最大的幸福。

小桃的幸福

　　一天下班，接到远在重庆的小桃的电话。小桃不光是我的大学同学，更是闺中密友。毕业后参加工作，天南海北，没想到三年下来竟未见一面。电话里我们愉快地说着彼此的经历和快乐的大学时光。末了，小桃娇嗲地对我说："阳阳，下月初九我结婚，记得一定要来啊！"

　　听到小桃结婚的消息我着实吓了一跳。小桃的个性，一直都是理想又完美的爱情主义者，大学那会儿我们差不多都双宿双栖，唯独小桃，说感情不是游戏，只能送给最知心的人。我们就戏称她为"爱情圣女"。就这样当我们都醉生梦死几回以后，直到毕业，大眼睛的美丽小桃依旧形单影只。去年听说小桃有了男朋友，没想到的是，连恋爱都那么谨慎的小桃怎么可能在和男朋友相处仅仅一年后就开始谈婚论嫁？

　　婚礼那天，几年不见的小桃更加漂亮，穿着洁白的婚纱，幸福的笑容醉倒了所有的人。她那楚楚动人的美丽，甚至让我生出一丝妒嫉——我们以前那伙人恐怕谁穿上婚纱都不会有她那般漂亮，而她身边的新郎，身体单薄且相貌平平，委实让我大为不解：这男孩有什么本事，居然获得了"爱情圣女"的芳心？

后来，我问小桃是什么让她托付终生，她先是笑而不语，我便问"他有个人魅力是个万人迷？"小桃摇摇头。"他对你痴心一片至死不渝？"小桃依旧摇摇头。我无奈，只好问了一个自己都觉得很俗的问题："不会是个钻石王老五，你这'玉女'醒悟过来想当阔太太了吧？"小桃头摇得像个拨浪鼓似的，并笑得前仰后合。我实在丈二和尚摸不着头脑，小桃才轻轻地说她在他求婚时问了一个问题：如果不会游泳的我和你妈妈一起掉进了河里，你先救谁？

这回轮到我笑得前仰后合了，不仅笑小桃还像个小女生一样幼稚得用问题考验对方的忠贞和爱，更笑她的问题居然如此老套没有新意。小桃依旧浅浅叙到："他当时憋得脸通红，然后才对我说到，对不起，我得先救妈妈。"我笑开了的嘴开始惊愕得没有合上，这么不解风情的男孩……小桃不管我，继续说："能在求婚时这样说，就说明他真诚。生养之恩，世间最深，一辈子都报不完。他有这等对母亲的心，就是能知大恩、有大善、行大义的人。以小见大，将终身托付于他，我又怎能不安心呢！"

就这样，曾经的"爱情圣女"出嫁了，只为了爱人的一句话：对不起，我得先救妈妈。

♡ 心灵感悟：

　　小桃出嫁了，只因他对母亲的爱，及他的真诚。虽然他在回答小桃的问题时，没有讨好地说先救小桃，但小桃却被他对母亲的爱感动了。小桃的幸福在哪里呢？她觉得嫁给他这样一位知恩图报的人就是幸福。

第六章
幸福在光阴里成熟

    什么样的婚姻才是幸福的？两个人拥有共同的理想和追求，欣赏和帮助对方，其次就是"爱"和"包容"，只要两人都能做到这几点，那么，他们的婚姻生活必定是幸福美满的。一段成熟的婚姻一定是这样的，我因有你而更爱世界的一切，我因有你而感到幸福。

情人节的礼物

妻子对我其它方面都很满意，唯一不满的是每年情人节我总忘记给她送礼物。因此，今年情人节前她就多次提醒我不要忘了给她买生日礼物。妻子工作忙，总爱忘事情，而我是个马大哈，老记不住事情。写到这里我真是心中有愧呀！说实话，我很爱妻子，可是在细微处却总是照顾不周，这让妻子颇有微词并有些许伤心。想想我也怪不好意思的，人家这么忙这么累还老提醒我，你说我还敢怠慢吗？

情人节这天一大早妻子照例匆匆忙忙上班去了，我独自在家里看书写作，下午5点我到了花店里去买花，因为我知道女人爱花胜于所有礼物。到了花店，我傻眼了，那些疯狂的青少年已经将玫瑰几乎抢购完了，只剩下了几只残败的玫瑰。我心里十分难受，又转了几家，几乎家家如此，有些店还张罗着打烊，我在花店外徘徊很久，心想这要买不到花回去可怎么向妻子交代呢，她多次提醒我必然是因为她太看重我送的礼物，没有玫瑰她该有多么伤心呀！

眼看旁边的一家花店要关门了，我赶紧过去对卖花小姐说："给我挑一朵最好的玫瑰！"卖花小姐在剩下的十几只玫瑰中，挑选了一朵最艳丽的花朵给了我。匆匆付了钱我又来到第二家花店，同样我得到了这家剩余花朵里最美的一朵……就这样，跑了最后一家花店时我手里已经有了9朵芳香四溢、姿态各异的花朵，我这时已无沮丧，只有得意。"小姐，把这9朵花扎起来。"看小姐巧手动处，一束美丽的玫瑰已经捧在了我的面前。我松一口气，一手捧花一臂环花，紧紧地将这9朵珍贵的玫瑰拱卫在胸前。

出了店门，天色已经很晚，我就匆匆向家里赶去。也许妻子正在家里焦急地等我的礼物呢！在家里附近的一个拐角处，急匆匆跑过一个人，我躲避不及，被撞了个满怀：我惊看怀中，花瓣纷落如雪，而我的心也落入谷底！我长

叹一声，才看清对面是个男孩子，大约有20岁左右，一幅惊慌失措之态，看样子是忙着约会去的。

沉默了好久我说："你走吧！"伤感地抱着花往家走。

妻子果然正在盼望我的礼物。看见花，惊喜的奔过来，先在我颊上亲一下，然后就忙忙接过了花，却看见了几只玫瑰已经残败，脸色顿时黯淡，疑惑地看我，我羞愧地低下了头。

然后我向她如实讲述了整个过程，听完后她脸上又挂起了笑容还安慰我说："没关系，虽然花有点不完美，可你送花的心情是完美，也是我最看重的。"说着独自将花插在瓶里，并撒上了水。我过去一看，带着晶莹水珠的玫瑰花竟然格外鲜丽娇美，原来呵护对花如此重要——犹如爱情，难免受挫，悉心呵护，方能完美。

这时妻子又神秘地说："我给你也买了一件礼物，你先猜猜是什么？"

"钢笔！"我虽为撰稿人，却没有钢笔，常常到处找笔，妻子为这老嘲笑我。

"不是！"她歪着脑袋，得意非常。

"好书？"我平时别无爱好，只将好书作朋友——日做盘餐，夜为枕席！

"NO！"妻子又说。

"那我不知道了。"我茫然地摇头。

"闭上眼睛！"妻子命令我。

我听话地闭上眼睛。

"看！"我睁开眼睛，看见一双皮鞋。对了，我前几天是想买双皮鞋，可是妻子说她给我买。

我哈哈哈大笑说："我以为是什么礼物。"

"讨厌！试试！"看我不屑一顾，妻子娇嗔道。

我一穿，果然不同凡响，舒服中还有点怪怪的感觉。

"知道了吧？！这是——增——高——鞋！从外边看不出，里面有个垫子。"

以前妻子曾经多次想给我买这种鞋增加我165厘米的身高，均被我拒绝，我说："我的自信在内心，不用靠鞋子增加。"妻子说我贫嘴，可也没有办法——这次竟然先斩后奏！

妻子说："你自己不注意仪表，别人都会埋怨是我对你照顾不周，再说了，我买这双鞋子可是有意思的：第一希望你新年新气象，写出好作品，增加你文章的水准与'高度'；第二，我希望我们的家庭与爱情能够再上新台阶，步步高升！"

没有想到一双皮鞋里藏着妻子这么多心思。

妻子又说："情人节前我提醒你给我买礼物，你以为我是逼迫你呀！我是在逼迫我自己。我忙，老怕自己忘记了节日给你买礼物，又不想让你知道，所以……"

我感动异常，搂过妻子让她的头依在我胸前，请注意，是胸前！以前身高161厘米的她根本不可能靠到我胸前，这也是她最遗憾的事情——谢谢高跟鞋，让我有了做男人的威仪，有了做丈夫的尊严，更增高了我的人生品位！

❤心灵感悟：

　　现实生活中许多夫妻，结婚几年之后就没有了往日的浪漫与激情，情人节不给爱人送花；生日也不给爱人买蛋糕；结婚纪念日也没有特殊的表达，总是会说都老夫老妻了，不用来那些俗套。其实，爱情是需要保鲜的，女人也是需要浪漫的。即便结婚已久，也不能丢掉情人节送礼物的那种浪漫和幸福。

他的关怀，她的幸福

那一天，传闻中午时分小城将有一场轻微的地震。没有人相信，也没有人恐慌。他们想，这怎么可能呢，我们这里几百年来从没有发生过地震。

丈夫是上午听到这个消息的，他笑一笑，继续忙自己的事情去了。他一直要忙到下午5点，即使午饭，平常他也会在办公室里简单地对付。妻子在工厂里"三班倒"，中午时分，她刚刚下班回到家里不久。

那天中午，丈夫突然很想回家看看——似乎总有一种"不放心"。一个半小时的休息时间，打出租车跑个来回，丈夫完全可以在家里呆半个小时。丈夫想，半个多小时，也值了吧。

他轻轻打开防盗门，几乎没有弄出任何声音。他推开卧室的门，一缕温暖熟悉的花香扑面而来。他没有走进去，而是站在门口静静地望着床上的妻子。妻子侧卧而眠，怀抱枕头，身体蜷起如猫。她太累了，半夜两点到上午10点，整整8个小时，妻子一直要站在纺织机前工作。床边那顶蓝色的工作帽，沾满了纱絮。

丈夫盯着妻子，足有半分钟。他的嘴角微微上翘，眼睛里饱含爱怜。他轻轻带上卧室的门，退到客厅。他坐在木椅上，静静地点起一支香烟。丈夫在客厅呆了半个多小时。他把第三个烟蒂摁灭，然后站起来，再一次推开卧室的门。妻子还在熟睡，依然保持着原来的姿势。睡梦中，她的脸庞如桃花般绽开。丈夫也笑了，满足而幸福。

丈夫掩好门，蹑手蹑脚地走到门口，换鞋、开门、关门、下楼，招手打一辆出租车……即使无人注意，丈夫仍然是一位绅士。他的动作很轻很柔，甚至惊不起一只蝴蝶。

黄昏时，妻子在厨房里对丈夫说，听说白天有地震呢。丈夫说你信吗？妻子说当然不信，我睡得香呢。丈夫再笑笑，将葱花下到油锅，香气即刻弥散开来。

也许妻子永远不会知道，在她香甜的睡梦里，放不下心的丈夫曾经偷偷回来，然后安静地陪伴了她半个多小时。其实，婚姻中很多细节都是这样的，不声不响，却能将爱渗透到对方的心里。

心灵感悟：

夫妻之间幸福与否，很大程度上取决于双方对彼此的默默关怀。在他累的时候，给他递上一杯茶；在他苦恼的时候，给他一些安慰；在他失败的时候，给他一些鼓舞；在危险来临的时候，首先想到他的安全。因为你的关怀，就是他的幸福。

贫穷挡不住幸福

董玉，字子掯，清代的一位寒门教师。他学有所成，后来考中了孝廉（举人的别称）。他的成就饱含着他妻子的深情厚谊和辛勤汗水。

董玉家很穷，但他妻子很贤慧。她每天晚上都点着灯笼陪伴丈夫读书。董玉白天很忙，成天都和学生在一起，给学生讲课，带学生做练习，没有时间读书、写文章。为了考中举人，董玉只得每天晚上苦读至深夜。董玉的妻子理解和支持丈夫，她白天料理家务，照顾孩子，到了晚上，她就坐在丈夫旁边，丈夫读书、写文章，妻子就在旁边纺纱织麻，直至五更才去就寝。没有睡多久，妻子又赶快起来做饭洗衣，料理家务。就这样，她度过了十个春秋。

一天夜间，风雪满门，灯笼的光焰在寒气中半明半灭，董玉都冷得坐不住了。他看着正全神贯注纺纱的妻子，很是心疼，于是起身拉她去安睡。这时他才发觉妻子穿着单衣，下半身冷得像冰一样。

董玉既十分心疼又十分内疚。他流着眼泪对妻子说："我实在对不住你！我太没有能耐了，连棉衣都不能让你穿上，如此天寒地冻的冬夜，你只穿一件单裤。我太粗心了，没想到让你在这寒冷的夜晚早点歇息。我连自己的妻子都顾不了，我还算什么男人啊！"

董玉的妻子却满不在乎，反过来温柔地安慰丈夫。她语气平和地说："今天晚上的确寒冷，不过我在纺纱，身子不断地活动，并不怎么感到冷。再说，我能陪伴在你的身边，我心里总是暖融融的，并没有想到外面的风雪。你白天教书，晚上还要读书写字到深夜，你太辛苦了，我陪陪你是应该的。我很好，你专心读书，不必挂记我。"

虽然妻子不在乎，但董玉仍觉愧疚难过，于是提笔作诗自责：

使妇无裤总不知，

忍寒下体掩单绨，

恐教窥见勤兴蚤，

要伴呫语故寝迟。

韩伯敢期投绢及，

范宣亦自笑书痴。

吾穷彻骨儒生了，

难答山妻冰雪持。

在妻子深情的感动下，董玉更加发愤攻读。康熙十六年，董玉以特科在乡试中考中了举人。

心灵感悟：

　　夫妻之间的幸福，并不是用金钱来衡量的。虽然没有太多的金钱，但只要有两颗真爱的心，两双相扶到老的手，也能获得幸福。

坚守的幸福

六朝陈太子手下有一位幕僚叫徐德言。他的妻子是陈后主叔宝的妹妹，被封为乐昌公主。乐昌公主很有才学，又极为漂亮。她与徐德言结婚后，两口子珠联璧合，十分美满。

但自古好事多磨难。当时正值陈朝政治混乱之时，徐德言料到他们的夫妻关系难保，便对妻子说："我们陈国恐怕江山难保，我们夫妻也难免遭劫难。以你的才貌，国家亡了，你必然会被迫进入有权势的人家，那我们就永远断绝关系了。倘若我俩的感情缘分不断，还想相见，就应该有个东西作信物。"

夫妻俩于是打破了一面镜子，各拿半块。妻子告诉丈夫："以后我们一定要在正月十五那天到都市上去卖镜，我会在那里等着，你就在那里来找我吧。"

后来陈国亡了，徐德言的妻子果然被迫进了越公杨素的府第，成了杨素的小妾，并深受越公的宠爱。

徐德言则受尽了颠沛流离之苦，最后终于到达了京城。好不容易盼到了正月十五。那天，他一大清早就出门到都市察访。在都市上，他看见有一个佣人模样的人坐在那里卖半面镜子，价钱叫得很高，周围的人都笑话他，问他是不是想钱想疯了。徐德言走了过去，告诉那位卖镜人他想买这半面镜子。他问那卖镜人："这镜子是你自己的吗？怎么这么贵？"

卖镜人回答说："这镜子不是我自己的，而是我家女主人的，价钱也是她给出的。她告诉我，如果有人想买，他就会不在乎这价钱。"

徐德言告诉卖镜人，他必须把这半块镜子拿回他的住处，与他自己的另外半块镜子合在一起，如果相合他就买。卖镜人同意了。于是徐德言就把卖镜人引到自己的住处，拿出另外半块镜子来相合。两块镜子正好合成一面镜子，卖

镜人感到很惊奇。

徐德言拿出了酒菜，一边招待卖镜人喝酒，一边明白地告诉了他事情的原委，并题诗一首："镜与人俱去，镜归人不归。无复嫦娥影，空留明月辉。"

徐德言的妻子陈氏接到这首诗，涕泣不止，不进饮食。杨素感到纳闷，于是问陈氏何故悲伤。陈氏将事情的原委告诉了他。杨素听了后，非常同情徐德言与陈氏夫妻的遭遇，即刻召见了徐德言，归还了他的妻子，而且还送给他们两口子很多财物。徐德言感激涕零，一再称杨素是他们夫妇俩的大恩人。周围的人也无不感慨万千。

杨素为了庆祝徐德言夫妻破镜重圆，还设宴招待他们。席间杨素要陈氏作诗助兴，陈氏欣然答应，挥笔写道："今日何迁次，新官对旧官。笑啼俱不敢，方验作人难。"

宴毕，陈氏告别了新夫杨素，同徐德言一起回江南去了，最后得以同偕到老，再不分离。

心灵感悟：

爱没有界线，没有距离，爱是永恒的。人与人之间因为爱走到了一起，只要两个人的心紧紧相连，不管是生死离别，还是天各一方，他们的爱是没有距离的。徐德言和他的妻子陈氏，正是由于两人内心一直有爱，最后终于又走到了一起，那种幸福是不可言喻的。

幸福遥控器

小灵通是一种变相的手机，它的功能介于手机和固定电话之间，能移动，可是信号不是太好，而且移动范围限制在市内，而话费却与固定电话相同，它特别适合经济状况一般的市民。西安是全国最早流行小灵通的城市，而我是西安人里最早使用小灵通的市民之一。其实，我当时买小灵通主要是为了谈恋爱。我一直很感激它，因为有了它的帮助，才使我有了展示自己语言天赋的机会，进而俘获了女友的一颗芳心。我对小灵通感激有加，甚至将它视为我们的第二媒人，结婚后更将它看成我们家不可或缺的成员。

老婆对小灵通的感情虽然没有我那么深，可是也把它看成知己，因为，在她眼里，"小灵通"就是她控制我的爱情遥控器。我们婚后有约，不论我在什么地方，只要老婆一打电话，我就得立即接听，否则……我想这后果的严重程度各位男士应该心知肚明。有时我就很后悔买了"小灵通"，尤其在牌桌上。以前，我们几个铁哥们常常会在周末打牌打个通宵，那时没有老婆没人管玩得惬意极了。而现在，我刚坐在牌桌前30分钟，老婆的电话就追了过来："你，马上回来！"我的老婆不但长得很漂亮而且很贤惠，这是我这个小个子男人最引以为荣事情。可是，她最讨厌我打牌。当然，她的这种厌恶可以理解，我深知这是爱我的女人在与我爱的游戏争夺我，可是，对于没有其它任何爱好的我而言偶尔打打牌娱乐娱乐又有什么不好呢？但是，我的老婆就不理解我，我当然也生老婆的气，尤其当着牌桌上3个牌友，我就更不能示弱，否则，就会留下话柄甚至被朋友瞧不起，于是，我当着所有牌友的面将"小灵通"关掉了。小灵通的好处就在这里，你关掉后如有人拨打它仍然可以接通，拨打的人当然不清楚究竟是超出了服务范围还是关机，这也是"小灵通"让我最引以为荣的功能。

那夜，我玩得很开心，一直到了次日凌晨7点才结束"战斗"。可是，回到家才知道麻烦来了：老婆将门反锁着我进不去。想砸门又怕邻居听见影响不好，所以我就掏出小灵通拨打老婆的手机，结果，我都能听见屋里手机的响声，可是老婆就是不接电话，我想她可能还没有睡醒呢，就再等等吧。于是我

蹲在门口假寐，这时邻居家的老婆出门锻炼身体，一见我就笑："小王，起这么早。"可是她那眼神分明充满了疑惑和幸灾乐祸，我尴尬地笑笑诺诺应着，而这时家门开了，我正要发脾气却发现老婆满脸泪痕，我心里十分过意不去，便一言不发地进了屋。首先映入眼帘的是床边堆满了餐巾纸，原来老婆也一夜未睡而且还哭了一宿……

又过了几天，我碰见了那天打牌的朋友，他责问我为何这几天不接他的电话，我无奈地说："我想接，可是接不成啦！"就在那天进屋之后，妻子抹着脸上的泪痕让我向她道歉，并保证以后不再发生类似的事情，我本来自知理亏又心疼老婆就想息事宁人，谁想她不依不饶还拿来我专门写爱情故事的那支钢笔逼我写保证书。我刚才被堵在门外的无名之火就腾地起来了，加之打牌的劳累疲倦，我怒吼道："你太过分了！"老婆也两目圆睁："你才过分哩！"于是吵在一起，也不知是谁先扔的东西，恼怒失控里，小灵通也被我扔在卧室的墙壁上无法使用了。

朋友开玩笑说："好啊，爱情遥控器没啦，你不又自由了嘛？"我说："我还得问问看能修不？虽说有了爱情遥控器有时因为老婆的牵绊也挺烦人的，可你不知道，我现在出门，手老自觉不自觉地往腰里摸，以前，'小灵通'一响，我心里总是暖暖的，因为，我知道有人在家里惦记着我，不管跑多远，我心里总是踏实的。而现在，腰间和心里一样的空落。"两天后我被告知小灵通彻底被摔坏了无法修理。其实，对于自己过于鲁莽的行为我挺后悔的，爱情遥控器一摔坏，我和老婆这一阵子总觉得别别扭扭的，似乎两人之间原来的牵连一下子就断了，我暗暗发誓我得再买一个爱情遥控器，这次，我准备买个手机，摔不坏的那种，一关机对方也会知道，在婚姻里，我不想留下用于欺骗对方的死角。

爱情遥控器其实就是爱情的连线，不管两人离得多远多近，因为有了它的牵绊，才让我们感受到另一方的牵挂和深情。如果对方不再想控制你，那就说明两人的爱情也已经到头了。

我深知：控制爱情的不是爱情遥控器，而是遥控器后的爱与责任。

心灵感悟：

　　两个人的婚姻随着时间的变迁，似乎也觉得没有了往日的甜蜜。有时候，我们总是会嫌对方在耳边唠叨，但当突然那个爱你的人不在烦我们的时候，心里却是空落落的。这时，我们才瞬间意识到，有人在耳边唠叨是一件多么幸福的事情，因为那是爱的遥控器。

贫贱夫妻也幸福

　　我们所住的楼层，一楼有一间向阳的车库，足有20多平方米，起初是间几家公共的便利车库，后因几家不和，拒缴租费，被小区物管租给了一个进城踏三轮车的民工。

　　民工早出晚归，住了些日子，便把乡下的老婆也带进了租间里，没多久，本来冷清清的车库便有了家的模样。民工老婆在车库前摆起了青蔬摊，且光顾的人还不少，民工老婆卖的蔬菜新鲜便宜，嘴角还不停地挂着微笑。

　　忽一日，小区楼下鞭炮劈劈啪啪响个不停，下楼凑热闹，才发现鞭炮声是从民工家门口传来的，人们围在那儿说说笑笑，原来民工夫妻俩在此开了间便民超市，卖些日用百货，米油酱醋。民工夫妇激动得涨红了脸，男人不停地递着烟，女人则微笑着为孩子、女人们分发糖果，看来，这对民工夫妇要在此生活下去。

　　便利店一开至今，且形成了固定的销售群，虽说他们的利润很微薄，但他们的微笑和真诚一直赢得人们光顾他们的小店。民工早已不再蹬三轮车，他成了小区里最忙的男人，谁家缺少煤气，叫一声，他会扛上楼且安装完整，收

的辛苦费虽是三五元，但他乐此不疲地干着；民工还在便利店门前挂上了一块修自行车、电动车的招牌，差只螺丝，紧一下闸，来人问多少钱，他憨厚地笑笑，摇摇满是油污的大手，花点小力气，谈什么钱呀。

民工每天在小区里忙得像一只旋转的陀螺，虽身陷在穿西装、打领带、上班开名车的男人住家的小区里，可他毫不自卑，依然每天兴高采烈地扛着煤气瓶上下楼，或清洗油烟机；民工妻子也是一门心思经营着不大的便利店，小到一袋酱油、一瓶醋，只要有人在高楼上伸出脑袋嘟一声，她便一路笑着送上去。

午后，小区里由男人们养着家的女人闲了下来，她们聚在便利店门前打起麻将或玩起牌，无人来店里买东西时，民工妻子也会过去看热闹，但她从未羡慕过她们的生活而去埋怨自家的男人，她觉得男人这么卖力养家糊口，已是幸福至极，更何况男人把她从乡下带到城里，且让她拥有一个天天进饷的"工作"，她能不乐吗？

一天晚上，我的电动车出了故障，请民工修理。时值夏日，民工赤裸着上身为我修车，不一会儿大汗淋漓，女人忙完生意便出来，帮男人擦完汗，便一边替男人扇着风，一边帮男人递着他想要的工具，男人修好车，一抬头，发现女人正一脸汗替他收拾工具，便心疼地说："看把你累的，你憩憩吧，先冲个凉，睡一觉，明天又要忙了！"而女人此时不无关爱地说："你先喝杯啤酒降降温，你一整天比我累得多了，还是你先冲凉，要不等会儿我给你擦擦背！"

都说，贫贱夫妻百事哀，其实，对于懂得用爱、快乐和微笑经营日子的底层人们，即使生活再贫贱，他们也能把日子打点得其乐融融。听说，那对民工夫妇不但买下了他们曾租的车库，还在小区里买了一套套间，接来了孩子在城里上学。乍一听起来不可思议，可细一想，像他们这样懂得经营日子的人，日子过得不步步登高，那才怪呢！

心灵感悟：

有些人看见穷人，就以为穷人是不幸福的，其实那只是那些人用自己的幸福来定义别人的幸福罢了。对于幸福的要求和获得，每个人都是不同的，穷人自有穷人所感知的幸福。故事中的夫妻日子过得虽然苦些，但是他们却是幸福的。

朴素的爱情

她的保暖鞋坏了，是晚上洗脚的时候发现的。她对他说："这个周末逛街时，我们俩都重新买一双，今年天冷，穿厚实点。"他说："好"。

第二天，他起得早。往常，他都会端杯水，坐在沙发上看"早间新闻"，可这一天他出去了。她没有留意，像往常一样在厨房里忙碌着，打豆浆、煮鸡蛋、热馒头……都是上班族，他们通常会在8点左右开饭，8点半之前收拾完家中一切，准时去上班。可这一天，都8点过10分了，他还没有回。她在家里急得直嘟囔："这么一大早，去哪儿了呢？也不怕上班迟到。"

过了一会儿，他气喘吁吁地回来了，手中拿着一双鞋。玫瑰红鞋面，鞋面上绣着一只玉兔。他笑着对她说："天冷，你晚上又极爱上网，没有保暖鞋怎么成？我就趁早去买了，可现在做生意的人也懒了，竟没有几家开门的，我跑了好几条街才买到。今年是兔年，是一对玉兔呢。你试一下，看大小合适不合适？"

那双鞋，就像冬天早晨刚刚升起的太阳，暖在她的心上。

她是我的一个朋友，我们俩聚在一起的时候，她经常会把她的一些简单而朴素的小欢喜讲给我听，在她所讲的那些小小事件里，我看见了她的幸福。

记得小时候，父亲在外，母亲艰难地带着我和哥哥。偶尔会得到一个苹

果或一把花生，她总是平分成两份，给我和哥哥，她自己从来也不尝一尝。稍大，我们懂事了，就一起商量好，哥哥抱着妈妈的胳膊，我按住妈妈的头，强行把好吃的东西喂进她的嘴里。妈妈含泪笑着，不甘愿却又幸福地嚼着……如今，母亲已经不在了，但每每回想起来，往事中的点点滴滴，却都汇成了涓涓细流，幸福地流淌在我们心间。

我的楼下住着两位老人，老太太动作慢性子也慢，老大爷性子急动作也快，老两口每天晚饭后都要去散步。出门时，老大爷等不及，总是提前出门，在小区大院的门口等老太太。看老太太不慌不忙地出来了，他才又继续往前走。

两个人，老大爷总是走在前，老太太在后，但前后总不超过一二十米的距离。每到拐弯处，老大爷总要停下来等老太太一会儿，直到老太太跟上来，他才又继续往前走。

两个老人共同走过了几十年，感情都转换成了简单而朴实的习惯，他们不说话，却总是能打动人的心。看到他们，我总会想起一句话来：你在我的视线之内，我就心安。那种温暖，虽然细微，却无限美好。

心灵感悟：

幸福的家庭都是朴素的，就像柴米油盐，就像等齐一家人围桌吃一顿热热乎乎的饭……就像屋檐前汇集的雨滴，虽然寻常，每一滴却都有回声，让人心安，让人感觉真实而持久。

幸福爱情故事

一对穷人的爱情，曾深深打到过我。去年冬天，在大连港候船，要坐的那趟船离启航还有两个小时，只好坐在长椅上慢慢等。

在我对面的长椅上，坐着一对看不出年龄的夫妻，男的很黑，头发长而凌乱，身体很壮。那身打扮跟返乡的农民差不多。女的梳着短发，圆脸，穿一件棉袄，怀里有一个婴儿在吃奶。以孩子的年龄推算，两个人岁数不大。我发现，女的门牙缺了一颗。他们的脸上布满了与年龄极不相称的衰老和疲惫。因为一天没吃饭的缘故，我从包里取出水果、面包和火腿，自顾吃了起来。对面的那个男人隔一会儿瞅我两眼，手缩在袖子里。我抬头看他时，他就嘿嘿笑一下。反复几次以后，他一个人朝门外走去了。我快要吃完时，他回来了，手里拿了一个烤熟的地瓜，还冒着白白的热气。他碰了一下女人，就将滚滚热的地瓜连皮都没剥，塞进女人手里，接着，他又抱过女人手里的孩子。女人愣愣地看了一会儿她男人，脸上漾出了红润。她大概是惊讶：今天太阳是从西边出来的么？男人平时是舍不得花钱的。女人开始吃瓜，很幸福地吃，速度很快地吃，显然是饿了。她苍白瘦弱的脸上一点血色都没有，女人吃到一半，忽然想起了什么，冲着男人说，你吃吧，我吃饱了。男人说："叫你吃你就吃！"女人不吃，女人说："你没吃，你嘴唇还干巴着呢。"他俩推来推去，你让我吃，我让你吃。

那男人叫他女人吃时，嘴角蠕动着，有一滴口水很快淌了出来。他显然是在说谎。最后还是女人强行将半块地瓜塞进男人的手中。男人吃完，又抱着孩子缩成了一团，寒冷中，两个人靠在一起就是温暖。我看着他们，心底涌出一份说不出的酸楚，也有一份模糊不清的感动。

一块地瓜把所有的形式都包容了。不那么浪漫，无所谓情调，却实实在在牵挂着对方，在贫寒的日子里冷暖互知，相依相偎。我猜想，那女人一定不知道玫瑰为何物，也不懂如何风情万种。她爱男人的方式朴实具体，天冷了，多穿一件衣；饿了，吃饱；干活时，注意安全。仅此而已。

心灵感悟：

真正的爱情，不需要太多的物质形式，也没有那些外表上的虚荣，有的只是两个人的相依相偎，相识相知，体贴包容。就像故事中这对夫妻，他们没有大鱼大肉，也没有玫瑰，只有那种相关怀的、平淡的幸福。

平淡隽永的爱情

黄磊，外号"黄加课"；孙莉，绰号"横店公主"，他们的恋情曾是北京电影学院的典范。演艺圈里的人见了他们常问："你们还在一起吗？"每次他们都笑笑，他们已经在一起8年了。8年来，他们演绎着平淡隽永的爱情……

"你穿着一件黄色的T恤衫，长发飘逸，脸上的笑容灿烂如花，我从来没有见过笑得那么迷人的女孩，那时我便认定你是我今生想爱的女孩……"

1995年的初秋，是一年一度新生报到的日子。那天，已是研究生的黄磊特意起了个大早，赶到新生报到处帮忙。正当黄磊低头在记录簿上记录有关事宜时，一声清脆甜美的声音在他的耳边响起："你好，老师，我是来报到的新生，叫孙莉。"

他抬头，四目相对。一刹那，黄磊的心里蓦然升腾起一种异样的感觉。电影学院里美女无数，可眼前的这位女孩却是如此地与众不同——件很好看的黄色T恤衫，蓝色的牛仔裤，一双会说话的大眼睛笑盈盈地望着自己。黄磊的心一动，脑子里涌现出"清水出芙蓉，天然去雕饰"的诗句。

当黄磊知道孙莉是一个人拎着行李来报到时，心里对这位女孩又多了一份敬意，外表柔弱的她内心却是坚强和独立的。报完名后，他执意要帮孙莉把东西拎到住处，一路上，他们愉快地交谈着。

孙莉告诉黄磊，她原本是学跳舞的，来电影学院纯属偶然。她小时候身体不好，被送到少年宫去学舞蹈，没想到后来作为舞蹈尖子被选送上了北京。跳了7年古典舞的孙莉原本可以保送到北京舞蹈学院，但却在陪同学去北京电影学院报名时被北影的老师一眼相中。

　　夜已经很深了，四周一片寂静，只听见秋虫不住地鸣叫。黄磊躺在床上久久难以入睡，眼前晃动的都是孙莉清秀淡雅的身影。随后的几天，黄磊经常以各种各样的理由接近孙莉，他发现孙莉身上有很多优点，安静、淡然、直爽、不娇情。

　　几天以来，黄磊无微不至的照顾让身在异乡的孙莉心里热乎乎的，她发现自己每天都会期待着黄磊的到来，看着他，即使没有说话，也是一件很开心的事。随着交往的深入，黄磊身上的一切都让孙莉着迷，他善良、真诚，对朋友胜于一切，为别人帮忙总是尽心竭力不求回报。

　　一天下完晚自习，他们又走到了卖红薯的阿婆边，黄磊照例买了两个烤红薯。孙莉忍不住问黄磊："你每天都买红薯，是不是特别喜欢吃？"黄磊沉默了一会儿，非常不好意思地说："每天买烤红薯，其实是为了帮那个阿婆，那个阿婆和他的孙子相依为命，就靠卖红薯的钱供她的孙子读书……"

　　和孙莉交往已经有一段时间了，表白的话几次到了嘴边都没有说出来，每次望着孙莉离去的身影，黄磊都会在心里懊悔地骂自己笨蛋。一个周末的夜晚，他们肩并肩走在校园的小径上，一阵秋风，吹得树叶簌簌作响。

　　"真美呀！皓月当空，星光灿烂。"孙莉调皮地弹去身上的几片落叶，嫣然一笑，露出洁白的牙齿。黄磊出神地呆望着孙莉，像在欣赏一幅世界名画，口中情不自禁地喃喃低语："美，是美，世界上只有你最美。""你在胡说些什么呀！"孙莉羞红了脸娇嗔地说道。

　　既然话已溜出口，黄磊也顾不了许多，把深藏在心窝里的话一股脑儿地倒了出来："不是胡说，你是很美，我记得新生入学那天，你穿着一件黄色的

T恤衫，长发飘逸，脸上的笑容灿烂如花，我从来没有见过笑得那么迷人的女孩，那时我便认定你是我今生想爱的女孩……"孙莉羞红着一张脸，把头轻靠在黄磊的肩上。

心灵感悟：

被自己所爱的人深爱着是什么样的感觉呢？在爱情的世界里，两个人的心灵相惜是一种甜蜜的幸福。黄磊和孙莉的爱情是幸福的，因为他们都深爱着对方，也深知被爱的感觉，那是一种简单而平淡的幸福。

相濡以沫更幸福

23岁，她陪你参加你朋友的婚礼，婚礼上新郎亲吻新娘。你搂着身边的她说：我们也结婚吧。她偏偏挣脱你的怀抱扭过头，我才不要嫁给你呢。不过脸上却都是甜蜜。

25岁，你们结了婚。卧室里、客厅里挂满了你们的结婚照。你搂着她喊：太太、太太……她像每一个疼爱丈夫的小妻子一样，每天早上帮你备好早餐、挤好牙膏、选好每天要搭配的领带。你出门前会在她额上印一个吻，下了班，买些她喜欢的水果回来。她最爱吃桃子，又很讨厌外面那层茸毛。你总是洗干净再给她。吃过晚饭，你总要和她争电视，她要看八点档的肥皂剧，你要看球赛。她争不过你，就垂下脑袋一副委屈的小模样。你便会乖乖把遥控器让给她。这招百试百灵。

28岁，她为你生了个可爱的儿子，长的像她多一些。你总调侃说：怎么长的像你啊，那么丑，将来找不到媳妇怎么办？要是像我多好，肯定是个大帅哥。但是，每次抱在怀里都舍不得放手。逢人就夸：我儿子特聪明，像我。晚上小家伙哭得厉害，她怕影响你休息，整晚都不敢睡熟。孩子一动就马上醒来轻轻地哄着。她说，长大了要让儿子当科学家，多有出息。你说，要当宇航员，那样才酷。你们吵架了，你很生气。下了班故意约了几个朋友聚一聚，很晚才回家。打开门就看见半躺在沙发上睡着的她。桌子上的菜还冒着热气，不知被加热了多少次。你突然就忘了生气的原因，轻轻抱起她回了卧室。

33岁，你下班回家，她正系着围裙在厨房忙着做饭，或者煮粥。你扔下公文包，扯了领带，就走过去从后面抱住她。她拍开你的手，去去去，快去洗澡去，一身的汗味儿。于是，你就扯着你刚上幼儿园的儿子进了浴室。她从厨房出来，看到的是地板上散满家里两个男子汉的衣服。一大一小两个男人把小小的浴室弄得一片狼藉。她正想埋怨你又弄脏了她好不容易拖好的地，听见里面你和孩子的打闹声，又忍不住笑出来。到了周末，你们会领着儿子去游乐园。儿子走累了，就闹着要你抱。你一只手抱着儿子，一只手牵着她。你觉得自己特伟大。

40岁。情人节，你买了一大束玫瑰给她。她埋怨你都40岁的人了还玩年轻人的把戏，没个正经。却又忙着找来花瓶，想着摆在哪里最合适。你坐在电脑前制文件，她就煮一杯咖啡给你。你让她先去睡，她说她不困，再陪你一会儿。

46岁。晚上她肚子疼得厉害，你吓坏了。6层楼，你背着她没有停下来喘一口气。其实你已经很久没有背过她了，她突然发现你的背已经不似从前那般宽广、厚实。她有点心疼，坚持自己走，你不让。她问你，是不是很累？你说：就算到了80岁，我还是能背得动你。只是个小手术，你却小心的不得了。又是煲汤，又是煮饭。很长时间不许她做家务。她只能看着笨手笨脚的你把家里搞得一团糟。原来这么多年，你们从未改变。

53岁。你们的儿子也结婚了，儿媳妇很贤惠只是他们工作在外，都不在身边。她常常念叨着想儿子，担心儿子只顾着忙不知道注意身体，想见他又怕影响她工作。你怪她操太多心，却又偷偷背着她给儿子打电话，要他有空常回来

看看。你年轻时落下的毛病，天冷的时候关节老是疼。天一转凉，她就早早备好御寒的衣物。每次你出门，总要叮嘱你多穿件衣服。你嘴上嫌她碎碎念，每次却都按她说的做。

60岁。你孙子都要上小学了。你退休了，她也老了，头上的白发遮也遮不住。你喜欢早上去打打太极，有时候也会陪她去买菜，或是到中心广场看扭秧歌。过马路的时候还是习惯伸手去拉她。倒是她变得不好意思，她说，一把年纪了，也不怕别人笑话。

70岁。你坐在藤椅上，看报纸。你的眼睛已经有些看不清了，必须带着眼镜。她就坐在你身边，翻着泛黄的相册，现在的你们常常回忆起过去的事，你们相知、相识，你们结婚、生子。你对她说，刚认识她时觉得她傻乎乎的，像个长不大的孩子。你看现在，脸上都是皱纹了、腰弯了、牙齿也松了，变成老太婆了。她说，恋爱的时候她的朋友总夸你帅气，脾气又好，羡慕的不得了，只有她知道其实你毛病多着呢。你哈哈笑，你说这么多年你还不是一样都忍过来了。你们年轻的时候，总是想老了以后会怎么怎么样，没想到，这么一个转身，一辈子真的就这么过来了。

80岁。她的身体越来越不好。脑子也开始迷糊，一句话反反复复会说上好几遍。一会儿看不见你，就会像孩子一样慌起来。后来，她在病床上的时候对你说，她这辈子最幸福的事就是能嫁给你。你说，你这辈子最幸运的事就是遇见了她。

心灵感悟：

　　人的一生其实很短暂，转眼即逝。人生的幸福权利其实在自己手中，只看我们能不能抓住幸福。手牵手相濡以沫的幸福是让人羡慕的，从开始，到终老，他们并肩前行，一辈子享受其中的幸福滋味。

幸福在拐弯处

那个傍晚，几乎毁了她一生的幸福。

她没有任何预感。灶里的火刚停，看了看墙上的表，男人往常都是在这个时候迈进家门，一边嚷嚷着饿死了，一边跟她盘算着一天的收成。

男人好手艺，几家建筑工地抢着要，工资翻着番儿地往上涨。男人有一天喝醉了酒，满脸深情地对她说，地里的活太重，你还是别干了，我养得起你。

她就听男人的，安安稳稳地呆在家里相夫教子。

日子像慢火熬粥，熬着熬着，就有了绵长的滋味，馥郁的浓香。

桌上的电话响了，很急促的铃声。她的心突然跳得厉害，拿话筒的手有些颤抖。

电话是男人的一个工友打来的，他，出事了。

出租车上，她的语气里带着哀求，能再快一点吗？司机师傅不言语，脚下加大了油门，车子风驰电掣般疾驶在去往医院的路上。天塌了。

男人被送进手术室。医生说，做最坏的打算，或者，成为植物人。

夜，不合时宜地降临了，她的心陷在黑暗之中，透不出一丝光亮。

八楼的家属等候区内，她坐立不安。医院，是这座小城最高的建筑，八楼的窗口，可以俯瞰整座城市的夜色。每一盏橘黄色的灯背后，都有一个动人的故事正在上演吧，为什么属于她的那个故事，就已经破碎，不完整了呢？

时间一分一秒地消逝，窗外的灯光渐渐暗了下去，喧嚷了一天的城市，沉沉入睡。

手术室的门开了，她看到，早晨离家时那个生龙活虎的男人，僵直地躺在手术推车里，身上插满了各种管子，血迹斑斑。

手术还算顺利，至于能否度过危险期，医生不敢贸然做出决断，只是淡淡

地说，看他的造化吧。

这一夜，很漫长。她拉着他的手，哭着，她紧紧地盯着监护仪上不断跳跃的数字，微弱而杂乱的气息告诉她，她的男人正在生与死的边缘徘徊。她要拽住他，死命地拽住他，不让他向那个危险的深渊坠去。

曙光还是来了。男人的呼吸慢慢平稳，医生说，有好转的迹象。那缕破晓的曙光，印上了窗子，也给了她重生的希望。

男人奇迹般地苏醒了。苏醒过来的男人意识有些混沌，茫然的眼神在每一张围过来的脸孔上逗留，移开。看到她时，男人眼睛亮了一下，嘴唇动了动，似乎是想笑，却因为嘴里插着的管子，露出一副痛苦的表情。她知道男人已经认出了她，他一定是在冲她笑，那是她一生见过最灿烂的笑容。

男人出院的时候，还像个躺在床上的大婴儿，有时，会很依赖她；有时，又会冲她乱发脾气。她说，不怕，只要人还在。语气里，是从未有过的坚定。医院里的账单，她小心翼翼地折了又折，藏进贴身的衣兜里，骗床上的男人说，幸亏前些年瞒着他入了份保险，几乎没花着自家的钱。她的衣兜还装着另外一张纸，密密麻麻地，全是她欠下的债。

天气晴好的时候，她会把男人推到院子里晒晒太阳。她要回了转让出去的几亩农田，又在附近的村子里，找了一份缝纫的活儿，无论多忙，她都要回家看男人一两次，陪他说会儿话，或者是倒上一杯热水，放在他的手边。

男人能说几个字的短语了，有一天，她正在为他擦脸，听到男人歉疚地说，是我拖累你了。她怔了怔，很大声地冲着男人喊道，你说的什么，我养得起你。说完，觉着有些耳熟，这不是之前男人对她说过的话吗？

前半生，男人为她开疆拓域；后半生，她要为这个男人撑起一片天。

她觉得，幸福只是拐了一个弯，幸好，又被她追上了。

幸福就像我们在大路上行走一般，或许拐个弯你就会追上。男人和女人没有天荒地老的承诺，但却用自己的言行告诉了对方在彼此心中的重量，他们在拐了一个弯后寻找到了永久的幸福。

愿每个家庭都幸福

艾来提·阿布都克力木家今年年初再添新丁，妻子卡米拉又生了一个漂亮的女儿，为这个幸福的家庭又增添了无穷的快乐。

艾来提·阿布都克力木和妻子卡米拉都在州精神病医院上班，丈夫在后勤部门，妻子是一名医生。艾来提·阿布都克力木告诉记者，塔塔尔族是一个能歌善舞的民族，尤其是年轻人更喜欢热闹，艾来提·阿布都克力木就是在参加一个亲戚的婚礼时认识妻子卡米拉的。两个人通过书信往来，渐渐情投意合。塔塔尔族属于人口较少的民族，在伊犁，像艾来提·阿布都克力木和妻子卡米拉这样，夫妻双方都是塔塔尔族组成的家庭已经为数不多了。

艾来提·阿布都克力木家不算大的房子中，还住着一位老人。艾来提·阿布都克力木告诉记者，入冬以后，天气寒冷，由于害怕乡下的岳母照顾不好自己，他们就将老人接到家中和他们一起住。

家有一老胜似一宝。在这之前，艾来提·阿布都克力木的母亲就一直和艾来提·阿布都克力木一家住在一起，直到今年初，老人安然离世。在妻子卡米拉的悉心照顾下，艾来提·阿布都克力木的母亲和艾来提·阿布都克力木一家一起生活了12年。

艾来提·阿布都克力木有两个聪明可爱的女儿，虽然夫妻俩工作都很繁

忙，但是尽量抽出时间关心女儿的学习和成长。为了让大女儿受到良好的教育，他们曾一度搬家，现在大女儿已经13岁了，在伊宁市第三中学就读，学习成绩优异。艾来提·阿布都克力木夫妇当时上的是民语学校，汉语都是参加工作后才掌握的，他们希望女儿从小就能学习汉语，将来为家乡的建设作出力所能及的贡献。

谈起对幸福家庭的理解，艾来提·阿布都克力木说，其实幸福很简单，只要生活得充实，儿女能受到良好的教育，老人能得到很好的照顾，工作能做得很好，为社会作出一些自己的贡献，他就觉得很幸福。每个人都是社会中的一分子，每个家庭都是祖国大家庭中的一个细胞，只要每个家庭都能幸福，祖国大家庭自然就会更加和谐美满。

"现在不光我们的家庭是幸福的，老百姓的幸福感也越来越强烈，因为我们的祖国大家庭是幸福的。大河有水小河满。祖国大家庭越来越美满幸福，我们的小家庭自然也就越来越幸福。"艾来提·阿布都克力木发自内心地说。

心灵感悟：

幸福是一道风景，若以一种坦然的心态漫步其中，那人生便充满了美好。不仅在于你怎么去欣赏和体会，更在于你面对生活时的心态和方向。家庭幸福不幸福，取决于一个人对幸福的理解有多深。善于把握幸福的人认为，幸福是最平常的，平常到无处不在，这样的人，他的家庭也一定是幸福的。

李瑞的幸福

李瑞是一个幸福的人，因为他有一个幸福的家庭。

他的家庭中有四口人，每一个人都与他的幸福紧紧的连在了一起。

他有一个会逗他开心的小弟弟，每当他不开心或当他生气时，他的小弟弟都会把他逗得很开心、很高兴。每当他有一些家务事时，他的小弟弟就会帮助他一起分担这些家务事。这使他得到了幸福，因为他有一个可爱的小弟弟。

李瑞有一个关心他的好爸爸，每当天空下起雨时，爸爸都会冒着大雨来到学校接他。他已经是初中生了，但一年四季，不管严寒酷暑，还是大风大雪，爸爸就像一个公交车司机一样，每天都从家中开向学校。爸爸是一个汽车司机，每次出去后三五天后才会回来，爸爸为了他、为了弟弟，不管严寒酷暑，风雨交加，就是有时过节也不忘养活他们、养活这个家。他有一个让他开心，能让他感觉到幸福的爸爸。

他还有一个好妈妈，妈妈对他非常严格，就是这样，才不会使他犯错误。妈妈还很关心他们，当他们受到伤害时，总是妈妈用温柔的双手抚平他的创伤；每当他们消沉时，是妈妈对他们说，让他们做一只敢于同暴风雨搏斗的鹰；在他们骄傲时，妈妈严肃的教育他们，讲《骄傲孔雀的未来》这个寓言故事，说骄傲的孔雀永远不会飞的很高。妈妈只是一个平凡的人，一位平凡的母亲，但妈妈说的每一句话让他懂得了什么是真正的生活。李瑞有一个无私的妈妈，这使他觉得非常幸福。

他生活在幸福之中，他身边的每一个人都会给他带来幸福，正是妈妈和爸爸每天在不停地奔劳着，才会有今天的一个幸福的家庭。

心灵感悟：

　　幸福就像一束温暖的阳光，时刻都在照射着我们，为我们驱除寒冷，带来暖意。生活中到处都洋溢着幸福的感觉，爸爸无言的爱、妈妈温暖的双手、兄弟姐妹们的帮助……无数的瞬间都充满着幸福，只要你充分体会，其实幸福真的是无处不在。

一生中最重要的人

　　狄斯累利选择的这位有钱寡妇，既不年轻也不漂亮，更不聪明，甚至还差得很远。她的谈话常常错误百出，显示出她在文学和历史知识方面的贫乏。例如，她从来都不知道历史上是先有希腊人，还是先有罗马人。她对服饰的审美观十分古怪，对家庭装饰的偏好也很奇特。但是在处理婚姻生活中最重要的事情——如何对待男人方面，她却是一个天才，一个真正的天才。

　　她并不想在智慧方面和狄斯累利一较高低。当狄斯累利和那些机智的女公爵们周旋了一个下午，精疲力竭地回到家中以后，妻子说的那些家常话能让他放松：家变成了狄斯累利求得心神安宁的地方，而且他还可以沐浴在玛丽宠爱的温暖之中：他越来越喜欢这个家了。和年长的妻子在家中共同相处，成了狄斯累利一生中最快乐的时光。她是他的伴侣，是他的亲信，是他的顾问。每天晚上，他从众议院匆匆忙忙赶回家，把这一天的新闻告诉她。而且重要的是，不论他做什么事情，玛丽都相信他不会失败。

　　30年来，玛丽只为狄斯累利一个人而活着。甚至她所有的财产也只是因为让他生活得更加舒适而变得有价值。她得到的回报呢？她成了他的女神。在玛丽去世后，狄斯累利才受封为伯爵；而当狄斯累利是一介平民时，他就请求维多利亚女王晋封玛丽为贵族。于是，玛丽在1868年被封为贝肯匪尔德女子爵。

　　尽管玛丽在公共场合中显得既愚蠢又笨拙，但狄斯累利从来都不批评她。他从未说过一句责怪她的话，如果有人敢讥笑她，他会立即站出来，激烈而忠诚地为她辩护。玛丽并非十全十美，但是30年来她总是不知疲倦地谈论她的丈夫，赞美他，夸奖他。"我们结婚30年，"狄斯累利说，"但是我从来都没有厌烦过她。"

　　就狄斯累利个人而言，他经常说玛丽是他一生中最重要的人。结果呢？

"我很感谢他的恩爱，"玛丽经常告诉她的朋友们，"我的生活成了永不谢幕曲的喜剧。"他们经常会开一个小玩笑。"你知道，"狄斯累利说，"不论如何，我只是为了你的金钱才和你结婚的。"玛丽则会笑着回敬道："确实不错。但如果你必须再从头开始的话，你就会因为爱情而和我结婚，是不是？"而狄斯累利也明确承认。不，玛丽并非十全十美。但狄斯累利非常聪明，让她保持了自我本色。

心灵感悟：

　　什么是幸福？和自己爱的人在一起就是一种莫大的幸福。虽然玛丽比狄斯累利要年长几岁，但他们之间的关系却非常融洽，他们彼此都是对方心中那个最重要的人。两个相爱的人在一起，那就是幸福。

幸福是一颗宽容的心

　　陈道明与杜宪在天津相识，但那时的他还只是无名小卒，而杜宪则在北京是有名的播音员，不过他们二人却相识相爱了。陈道明下定决心考中戏，根本目的是在于不想与杜宪两地分居。

　　杜宪回忆和陈道明认识，是我到广播学院上学之后的事。那一年的暑假，也是我上广院后的第一个暑假，我约了我过去工厂里的同事一起出去玩，北戴河、秦皇岛、天津。在天津时，我有个舅舅在天津人艺。他给我介绍了一个人，就是他们单位的陈道明。

　　第一次见他，是在我舅舅家。那时，我还觉得挺不好意思的，因为我过去从没有见过什么人。见到他时，觉得他还行，挺斯文的。他比我小一些。然后两人一块谈了谈，什么《简爱》啊，那时候的人都特别含蓄，不能显得自己没文化，就谈些小说什么的。

见完面后，我表姐说，咱们去看他演的戏吧，好像是《彼岸》。我们就去了。他演的是个小角色，那个小角色有AB角。结果，那天的那场戏还不是他上场。我们看了半天，也没看到他。不过打那以后，我们便开始交往起来。我总觉得缘分二字非常重要。

我们认识的第二年，他考上了中戏，一星期见一次面。一到星期天我就去他们中戏，停留一下才回家，在回学校之前又先到中戏看他，然后才回学校。每周都是如此。

那个时候，也没觉得他有什么特别的才华，更没想到他后来能演成什么样。演戏可能有个天赋的东西，我们经常看到有很多长相不错的人，最后也没有演出什么来，那些长相不太好的人不是什么明星人物，但却演得很好。

谈恋爱时，我们真是没少吵架。一谈恋爱，对对方的要求比较高，心也变得特敏感，还特别挑刺。我无心的语言他会很敏感，他无心的语言我也很敏感。

刚开始吵架时，我就不说话。我不说话他就更生气。他说你呀，跟你吵架就好像一拳打在棉花套里，又不解气，还不起作用，更让人生气。还不如你来我往把心里话都说出来。我心想那还不简单，所以下一次吵架的时候，我就真的把心里话都说了出来，他说一句我说一句，本来心里想的都是气话，以前不说，现在都发泄出来了。没想到他更生气了，他说，杜宪你变了，你不是原来的杜宪了。

我们俩吵得很厉害，好几次都说要分手了，还说好以后我们还是朋友，以后就不这样来往了，甚至都已把互相送给对方的东西收了回来，就这样再见了，还彼此祝福了一番。

我记得有一次说好分手后，他们中戏的同学到广院来找我。他们发现他这个星期的课上得不太好，好像影响了他的情绪。他们反复做我的工作，让我们还继续交往下去。

还有一次，也不知道为什么事，就不谈了，分手了，说好以后永远不再来往了。那次让我现在想起来还是挺感动的。到了周末，这次我应该直接回家了，不用再去中戏了，因为都不谈恋爱了，还去干吗呢？但当时也不知道为什么，心里还是想到中戏再看一眼。于是那天，我就在中戏门口下了车，下车后，我还在中戏门口站了会，然后便接着坐车回家。就在我倒最后一趟车时，远远就看见了马路对面站着一个人，是陈道明。

我走过去，我问他为什么在这等着？他说我就是想看你一眼。我说我如果不是走中戏你就看不到我，因为我不从这倒车，那你怎么办？他说那我就明天在清华你家附近等你。"

经过恋爱的分分合合，陈道明和杜宪感情愈加深厚，1982年，两人结了婚。后来，便有了孩子。

杜宪认为，婚姻的感觉也是随着时间的推移在不断地变化，年轻时和现在的感觉就不一样。俩人在一起，不可能永远像初恋一样，充满激情。"现在我们的感觉是，可能更像是朋友。因为有了孩子，而且组成家庭又这么长时间了，各自又有各自的事业，关系就变成了另外一种关系。另外，可能前面磨合得比较好，该吵的都吵完了，现在反而吵不起来了。"

杜宪说："他是急脾气，可是谁让他遇上我了。我是脾气好，忘性大，第二天早晨，我总想不起来昨天晚上他是怎么气我的。有时候，我也想，以后一定当天晚上就把他最恶毒的语言都记下来，省得忘了，然后，再恣意给他有力的还击。可是后来一想，大家都活得不容易，干什么跟他过不去呀。"杜宪说，她承认人的性格很多是天生的，她本来的性格像棉花，做了母亲后，更加宽容了。她说，母爱的角色把她变厚了。

在陈道明眼里，妻子杜宪是一个"不以学识判人，不以金钱判人，不以地位判人"的伟大女人。

幸福不能被复制，每对夫妻都有自己的相处模式，没必要照抄别人、和别人攀比。能够长久的婚姻一定需要夫妻双方的相互包容和理解。遇到矛盾的时候，先学会站在对方的立场想问题。夫妻间的幸福需要的就是一颗宽容的心。

手与手相握的幸福

两把单人春秋椅，一张小茶几，两位老人，两只苍老的手相互握着。

他们是我的爷爷和奶奶。从奶奶52岁双目失明那天起，爷爷的手就紧紧地和奶奶的手相握。他们握在一起的时间，很可能比以往几十年加在一起还要多。

听别人说，有的老人眼睛看不见了，依然可以做很多事情。奶奶失明几十年里，从不干活，但唯一不曾放弃的是家里所有柜子的钥匙。每一只柜子都上着锁，沉沉的钥匙始终挂在奶奶的腰间。需要拿什么东西时，她用手摸索着，一下子就可以找到相应的那一把，用手指捏住，递给爷爷。

奶奶失明后，爷爷成了她的拐杖。就连上厕所，爷爷也会扶她去。爷爷从不敢去远处散步，经常站在门口，和过路人聊上一两句，扭头就回家。奶奶只在屋子里散步，从这一间走到那一间。

爷爷坐在属于自己的那把春秋椅上，吧嗒吧嗒地抽着旱烟。奶奶也总是坐属于自己的那一把，她不抽旱烟，抽卷烟。烟雾缭绕的时候，奶奶会和爷爷唠叨几句，不过爷爷的话很少。有时，爷爷坐在外面屋子里看电视，他的眼睛越来越花，就开始听电视。此时，奶奶便把胳膊支在茶几上，低头打盹。

大多数时候，是爷爷做饭。做好了，给奶奶盛好摆好，再把做的什么菜汇报一遍，然后便一直盯着奶奶的饭碗，不断给她添爱吃的菜。即使孩子们都在，爷爷也一定要坐在奶奶身边。

和很多老人一样，爷爷奶奶是非常孤独的。我最怕他们的孤独，因此，放学后，赶快跑到爷爷家，坐在他们对面的床上和他们唠嗑。这个时候，爷爷才是健谈的，常常给我讲起一个个故事。

奶奶一直希望可以把眼睛治好，在有生之年再看一眼这个世界。可是医生说她的情况不能动手术，于是，奶奶就低着头，一声一声地叹气。奶奶很怕死，因此，贴身的兜里总装着速效救心丸。然而，对她来说，比死更可怕的，是爷爷会比她先死，因为她忍受不了那种比死更可怕的孤独。

晚上爷爷睡着后，总会打呼噜，如果突然没了声音，奶奶的手就赶紧摸到爷爷的鼻子下面。有时爷爷被弄醒了，就会不耐烦地说几句。这样，奶奶倒是放心了。

有一夜，奶奶又听不到呼噜声了，手伸过去发现不对劲，赶紧往爷爷嘴里塞速效救心丸。然后，拄着拐杖叫醒住在隔壁的叔叔，让他跑去找我父亲，回来又摸索着往爷爷嘴里灌水。我父亲带着大夫赶来，及时救醒了爷爷。为这件事，奶奶得意极了。夜里再摸爷爷鼻子的时候，他也不再埋怨了。

奶奶80岁的时候，患了老年痴呆症，逐渐谁也不认得了。儿女们问她有几个孩子，她总也说不对。爷爷看着好玩儿，故意逗她："你有几个老头儿呀？"奶奶立刻回答："4个！"然后坏坏地笑着。这时候的奶奶，仿佛是一个不谙世事的小孩。不过她却依然记得，和她相隔一张茶几远的那个人，是她唯一的依靠。

从这个时候起，每天，奶奶都要握着爷爷的手，再也不松开，白天，夜里，都不松开。爷爷要点烟了，抽出手来，忙完后，又赶紧放回去，因为奶奶抓不住他的手就会不高兴了。奶奶不再抽烟，她每天拉着爷爷的手，什么也不说，一声接一声地叹气。即使有人和她说话，逗她笑，她那只拉着爷爷的右

手，也决不撒开。

过了几个月，奶奶的身体逐渐糟糕起来，不能下床。爷爷不敢让奶奶一直躺在床上，怕她那么没有阳光地死去。于是每天早晨，他都要把奶奶背下床，放在那把春秋椅上晒太阳。阳光下，爷爷就和奶奶手拉手坐在春秋椅上，什么也不说。

儿女们回来照顾奶奶，爷爷有了空闲，可他出去散步的时间却更少了。他一直看着奶奶，吃饭的时候为她夹菜，为她擦口水。这些活儿，爷爷从不让儿女们插手。

心灵感悟：

　　幸福就是不离不弃，并肩前行。无论是经过岁月的洗礼，还是经历了从健康到生病的蜕变，他们都相互扶持，相依到老，不离不弃。这就是幸福的真谛，从这对年老的夫妻身上你们体会到了吗？

那条幸福的水晶手链

女人下岗后没有告诉男人，而是在广场边摆了一个地摊，像人们经常在路边见到的许许多多小摊一样，卖些不值钱的小饰品。男人有病在身，这两年一直在家休养，她不想让男人知道这件事情，否则他会不顾身体健康去工作的。

生意不好也不坏，一天能收入二三十元钱。她站在广场上看往来穿梭的游人，也不吆喝。每天像以前工作时一样按点回家，男人倒也没有起疑心。只是夏天来了，晚上散步的人多，她总在广场上多守一会儿，告诉男人她在单位加班。收摊时，她把卖的那些东西装入包里，寄存在附近的小店内。

一天晚上，男人洗衣服，从她口袋里掏出一条水晶手链，紫色的，很漂亮。他问哪来的？女人心里一慌，才想起这是白天卖货时无意中装进衣兜的，忘了取出来。不过她很快就镇定下来，说是在步行街精品店里买的。"今天心情不错，我一直喜欢这样的水晶手链呢，颜色也好看，我便买了下来。"男人问："真的？"女人一笑："不就一个手链嘛，这哪里有假？"男人不再问，继续洗衣服了。

男人知道这两年女人很辛苦，一家人全靠她养活了。他身体有病，做了两次大手术，平时还要用药物维持，不能干重活，所以日子过得紧巴巴的。但女人没有任何怨言，她从没叫过苦，也不说累，整天在外工作，忙碌得令人心疼……

女人继续摆她的地摊，刮风下雨从不间断。但微薄的收入让她觉得这并不是长久之计，所以她一直在留意着招聘启事，她想找份合适的工作，薪水高点，相对稳定，那样生活才会宽松一些。前几天，她看到一家公司招会计，待遇不错，她已经报名并面试过了，她以前就是做会计的，她觉得自己能胜任这份工作。

果然，好消息传来，她被那家公司录取了，下周一上班。仿佛雨过天晴，女人心情出奇地好，她想再摆两天地摊就可以远离这个广场了，整天在这儿站着也不舒服。她找其他小贩商量一下，想把自己的货物转让给他们。"总共600块钱吧，再多不能给了。"一个小贩说。"不行，太便宜了。""就这个价了。""再加一点吧。""不加了！""怎么样也得给800，把它们卖出去保准你能收双倍的利润。"女人愉快地和小贩讨价。

"不能卖！"一个声音响起。

女人回头，看见男人静静地站在身后。

她很惊讶，还有些惊慌："你怎么来了？"

"我来摆地摊。"男人说。

女人脸一红，说："你……"

"以后我要在这摆摊。"男人说得很认真，"所以你不能把东西卖了。"

"你？"

"嗯。"

女人把男人拉到一边，低声问："哎，你怎么知道我在这？"

男人笑："我已经找你好几天了。"

看女人疑惑的样子，男人说："你能瞒得过我？"

原来，自从女人下岗那一天起，男人就已经感觉到她的异样了，尽管她装作没有什么，但他还是看出端倪来了。洗衣服时，他发现她衣服上总有一层薄薄的灰尘，男人就怀疑，如果她整天在办公室工作，衣服上哪来灰尘。尤其是那条水晶手链，细心的他也发现了尘埃。她说是在精品店里买的，可哪一家精品店里卖的饰品会不干净呢？于是，最近几天他一直在沿街寻找。

"正好我可以在这儿卖。"男人说，"反正也不累，我带个凳子就行了。"

女人不知道说什么好，她抬起胳膊看那条水晶手链，在阳光下熠熠生辉。不知怎的，女人鼻子阵阵发酸。

手链落了尘埃依然美丽，而爱情在生活的辗转颠簸中，亦会沾上尘埃，但只要心中有爱与呵护，也依然温暖动人。朴素的爱穿越城市的喧嚣和杂乱，显示一份绵绵的真情与关怀，愈加弥足珍贵。

心灵感悟：

　　幸福有时很小很小，有时很大很大。困难时一句鼓励的话语，疲倦时一杯热气腾腾的茶，都是对幸福的一种诠释。如果我们能把握住幸福，便能感受到珍贵的真情与关怀。

还你一辈子的爱

他是个高个儿，身子笔直笔直的，特爱面子。正值大学毕业，他幸运地进入了一家知名企业工作，但不幸随之而至。也许，是幸运的代价，由于他的学历几乎是公司里最低的，有些同事瞧不起他，常对他冷嘲热讽。

血气方刚的他感觉很受气，平时工作开始敷衍起来。而就在这时，公司的总裁带着宝贝女儿来公司秘密巡视，很巧，她被派到和他同一部门。俊男美女，一拍即合，他们相爱了。但很快，他们的恋情被总裁发现了，这时候，他才发现她是总裁的女儿。

她是总裁的独生女，她的夫婿肩负着企业的未来，所以，总裁认定他是因为知道她的身份才与她恋爱的，觉得他配不起她。总裁对女婿的挑选之严格可见一斑。

她苦苦哀求总裁接受他，但总裁意志坚决。无可奈何之下，她离家出走去他家了。过了12个月，他们的感情更深厚了，而总裁也找上门来了。总裁感受到女儿对他的爱，于是放话：当你有能力经营好我的企业，我就把我的女儿交给你。但在这之前，你不能和她见面。他看了看她，相视而笑，仿如形成默契，然后回复总裁：为了她，我答应你。

背负着他们的爱，他开始每天二十四小时工作——白天顶着别人的冷嘲热讽，专注于工作；中午，边吃饭边打电话给她说他当天的任务和目标，并努力鼓励她离相见的日子不远了；下午，继续寄情工作；晚上，在不同时段去不同地点上课进修；临睡前，听着她爱的絮语，并以此为动力在短短几个小时补充精力，迎接第二天的挑战。

在短短一年半里，凭着他的努力，他从公司的小职员升为部门主管，又从部门主管升为副经理，经理，最后升为副总裁。同事和总裁都对他光速般的进

步刮目相看。他很得意，仿佛在说：瞧，这就是爱的力量，神吧。

不久，他和她结婚了，为了把婚礼搞得更体面，总裁出了大部分费用，婚礼场面奢华至极。婚后不久，她怀孕了。

他的背包里刚抽走了同事对他的学历歧视，便又装进了身边的人认为他吃软饭的歧视。唯一解决的办法，就是为公司赚一笔大生意。

以他进修后的能力，为公司赚一笔大生意当然不是问题。很快，他就完成了任务。与此同时，他们的孩子也出世了。总裁双喜临门，欣喜不已，便给他在那笔生意中提成了一笔不少的奖金。他决定，先给她买了一枚钻戒，然后给孩子订做了一张婴儿床，剩下的就用来举办他们的结婚一周年纪念舞会，众人乐而忘返。

遗憾的是，年事已高的总裁去了。庆幸的是，总裁去得很安详。毫无疑问，他也就成为了总裁。

十几年以后，儿子受他影响，靠自己成就了一番事业。她问他，是时候让他接手公司了吧。

然而他反问，亲爱的，你还不知道我要怎么做吗。

两人相视而笑。

又过了两年，儿子凭自己的能力升到了副总裁的位置。他很高兴，很快把公司交给了儿子。

他和她开始享受生活。

她扶着他在家附近的草坪上散步。走着走着，她不禁抱怨，干嘛老哈着腰走啊，是不想看见我呀。这样对呼吸不好啊，老头子。

他真的老了，背开始驼了起来。其实他不知道，他的背包早已把他压弯了腰，无论背包里装的是什么。

她又说，瞧你，像背着个包儿似的，让我看看你的包儿里装着些什么。

他微笑：我的背包里装满你的爱，尽管会让我走得很慢，但我知道你会慢慢地陪着我走，就足够了。

她撒娇，哼着"你的背包……让我走得好缓慢……借了东西为什么不还……"

他握着她的手，轻声道，借了你的爱，我就用我一辈子的爱还。

心灵感悟：

　　爱的力量是多么伟大！为了让爱的人得到幸福，他一直在努力拼搏，他的背包里永远装满她的爱，他要让自己爱的人感受幸福，他做到了。

一对幸福老人

　　在我们的小区里，住着一对幸福的老人。他俩已年过古稀，但脸色红润，神采奕奕。每日晨昏，花园的甬道上都会出现两位的身影，牵着手，聊着天。在春日，微风轻拂，碧空如洗，两位老人就会带着风筝，来到广场上，老婆婆举着风筝，老先生牵着线，小跑着，很好地把握着风势，那风筝便高高地飞起来了。

　　我很羡慕这对老人，或许是我的婚姻生活与他们反差太大。长时间的抑郁，我和妻子都不快乐。最终，我们选择了分手。

　　有一天，我在广场漫步，看到老人正在修护风筝。他们修得很细心，我站在了他们身边，他们都浑然不知。后来，老太太发现了我。我们打了招呼，他们温和慈祥的笑让我感到温暖。我和妻子婚姻破裂的事老人也知道。我从老人的目光里，看得出同情。

　　我和老人谈起了婚姻。我说："婚姻是一杯酒，酸甜苦辣，百味俱全。一朝醒来，已是曲终人散时。"

老人看着我，良久，摇摇头：

"小伙子，婚姻又是一只风筝。风筝分几步，第一步：做风筝。用竹篾做骨，骨要硬，还要韧，这骨是什么？是爱，不掺任何杂质的爱。决定做一只风筝，就用刀劈掉金钱、地位、家庭背景、美色等等，这些想要留一个，便是婚姻的隐患。所以，爱要爱得纯粹，否则就不要结婚。第二步：修饰。风筝做好了，很扎实，就有了长期完好的基础。但风筝要美，要养眼、怡情，给人以美的享受。给风筝设计成怎样的风格，然后描绘，上色，镶边，再配置彩色的尾翼。如此，风筝才美，才有魅力。婚姻亦然，爱是根基，但只有爱还不够，还要有形式，一束玫瑰、一次野炊、一个惊喜、一场舞会、一次旅游……于是，婚姻有了情调和品位，爱情才容易天长地久。第三步：放飞。风筝天生是要飞的，在高天流云间，抒写它的风姿。若只把它悬于家中，风筝是死的，每天面对一个僵硬的死物，会让人的视觉产生疲劳。婚姻也要有自己的空间，没有空间的婚姻会窒息。但空间不能无度，线要在手中抓好，一旦松手，风筝也会飘逝、沉落。第四步：养护。岁月会磨蚀风筝，因此，风筝要经常养护，哪个地方松了，加固；颜色旧了，涂上新的色彩；造型老了，描出新的神态……

"婚姻是社会中的婚姻，诱惑、侵袭甚至强制性的破坏力都无可避免。受伤了，破损了，就用爱去精心养护，给婚姻注入新的生机。"

老人一口气说了这么多话，停下来问我。

"懂了吗？"

我点了点头，站起身来，向老人深深地鞠了一躬。

心灵感悟：

婚姻就像风筝，随着岁月的侵蚀，风筝会有破损的地方，但只要我们懂得去养护它，它依然会变得那么美。在婚姻中受伤了，只要我们知道如何去精心养护，那么，我们就能得到想要的幸福。

幸福笑容

我家楼后住着两位退休的教师。每天去厨房做饭的时候，我都不忘朝那个方向多望几眼，看着他们忙碌的身影，感受着他们平淡的恩爱。

刚刚退休无事，他们把周围的几块荒地开垦了出来，种了很多作物，花生、玉米、芋头等应有尽有。耕种、守护、收获，日子似乎简单而充实。

院子里除了花草飘香之外，正中间是一个乒乓球台，老两口经常切磋球技。有时候，师娘竟然穿着围裙打球，那样子真是有点滑稽。因为离得近，能清楚地看到他们的表情，听到他们的笑语。他们有时会专心地接发球，有时又乐得前仰后合。老先生经常很专业地教授师娘接发球的招式，有时师娘会奋力反驳，但每次在他们脸红脖子粗的辩论之后，都是师娘乖乖地点头表示接受。老先生则总是一副"孺子可教"的架势，满足地回到自己的阵地，继续切磋球艺。邻居们看着他们一招一式竟然如此讲究，不得不叹服他们的认真。这个时候，我和丈夫就是他们最忠实的观众，在心里给他们加油的同时，也深深地被他们夫妻间的这种互敬互爱所感动。

天有不测风云，师娘突然得了脑血栓，全身瘫痪，从此，家里家外都是老先生一个人在忙碌。他独自一人把院落收拾得干净利索，种上各种时令蔬菜，独自一人洗衣服，独自一人骑车去市场买东西，独自一人承受着生活的悲悲喜喜。

为了让师娘多晒太阳，老先生花了整整一个星期编织了一件宝贝，就是那个到了春天就可以派上用场的藤椅。晒太阳是有讲究的，上午8点以后，阳光充足而又不毒辣，老先生就把师娘抱出屋子，小心地放在藤椅上，然后，他拿来小凳子坐在一旁，或读报，或聊天。有时，师娘会微笑地看他侍弄院子里的蔬菜，还不忘唠叨一番，这里的茄子该施肥了，那里的黄瓜该搭架了，油菜该

捉虫了……

老先生最惧怕听师娘唠叨，倒不是师娘说话听起来费力，关键是怕唠叨多了会累坏了师娘的身体。这时候，老先生可是有策略的，他会笑意盈盈地走到老伴的跟前，俏皮地说，你再这样唠叨下去，我可要把你抱起来转圈了啊，你看，那楼上住着的邻居们可都看着呢。别说，这一招可真灵，师娘必定会住了嘴，还会嗔怪地说一句，你这老鬼，又不正经了。虽是埋怨，但我分明看到，阳光下，师娘的笑容就像热恋中的少女一样，浸透着无尽的甜蜜。

日出日落，时光每天机械地轮转，日子似乎单调而枯燥。可是每天看见的他们，总是忙碌的身影、平静的表情以及洋溢在脸上的幸福笑容。

心灵感悟：

人们总以为，花前月下、卿卿我我，才是幸福。总以为，儿孙绕膝、天伦之乐，才是幸福。看着故事中这对简单的老夫妻，你能说他们不幸福吗？真爱是无言的，爱的真谛就深藏在平平淡淡的生活中，等待着我们去体味。相濡以沫、不离不弃，才会更幸福！

第七章
幸福陪伴在身边

幸福是温暖，是感激，是奉献，是宽容，每个人都可以感受和品味幸福。幸福是天空，是草地，是阳光，在我们的生活中无处不在。小鸟因为有一双翅膀能在天空中飞翔而幸福；学生因为有一个漂亮的书包而幸福；慈善家因为帮助了更多需要帮助的人而幸福……幸福其实就是陪伴人一生的追求，从来没有片刻的远离。

微笑是挂在脸上的幸福

我是一个比较喜欢笑的人，有人说我开朗，有人说我风趣，每天哪有那么多高兴的事，也有人说笑得多了脸上会有皱纹，还是少笑一些比较好。其实就连我自己也不知道为什么会如此的喜欢笑，这可能就是一种习惯，我习惯用笑去面对生活，我习惯把所有的事情想象得很简单，如果某一天我失业了，无所事事的时候，可能我也会微笑地面对。从小到大，我经历了很多，从父母一一过世，到现在与爱人的分离，那些就连自己都未曾想过的事情发生时，我还是微笑地面对。

很多人说我坚强，其实我自己最清楚，我并不是一个坚强的人，只是偶然的一次，让我感觉到自己并不是一个人活着。

记得和爱人分开的时候，那几天我心情很郁闷，每天晚上偷偷地哭，搂着孩子不知道以后的生活该怎么过，每当我哭的时候，我发现孩子的眼泪也含在眼睛里，看着孩子单纯的脸，突然我意识到我错了，为什么我要把自己的痛苦留给孩子，为什么要让孩子和我一样忧伤。自此我不再哭，在孩子面前我永远都要微笑。

从我不再哭的那一天开始，孩子的脸上也有了阳光，随着孩子的成长，她似乎忘掉了爸爸的离开所带来的不愉快，她也变得开朗了很多，每天回家后和小朋友们一起玩，每天都能从孩子的脸上看到幸福，那些才是我活着最想看到的。都说父母是孩子的导师，其实我觉得孩子才是父母的导师，当我们长大成人，我们的思想在改变，我们对身边事物的要求在改变，在我们改变的同时，我们可能忘掉了那份责任。一些时候，我们在利益面前想到的总是自己，忘掉了做人的本质，可能到最后我们都不知道什么样的生活才是自己所想要的。为何孩子脸上的笑容永远都是灿烂的、单纯的，而我们的却不是。

微笑其实很简单，轻轻地上扬一下自己的脸，露出牙齿，无论是孩子，还是身边的朋友，都能体会到你的开心，让别人分享你的生活，那就是最幸福的。为什么一个即将失去生命的人，能够看到很多，能够明白很多，哪些是该追求的，哪些是自己失去的，人往往在生命的最后时刻才会明白做人的真正道理。彩虹总是在风雨后出现，幸福总是在悲伤后才能真正地去体会，正如我们在这个地球上生活一样，无论我们怎样去做、怎样去想，哪怕有一天我们从这个地球消失时，我们在别人的记忆中还是存在的。当你遇到不开心的事，只要你笑一笑，不在乎别人说什么、做什么，未来就会充满阳光。

心灵感悟：

微笑具有一种神奇的力量，它能够增添一个人的魅力，使更多的人喜欢你，赢得众人的青睐。微笑传达的是一种善意，不仅可以使自己感到快乐、幸福，也可使这种幸福感传递给更多的人。让我们的世界多一些微笑吧，因为微笑对我们而言有百利而无一害，它是挂在脸上的一种幸福。

第一次吃糖的幸福

一个叫扎西达娃的藏族干部要别人猜一猜，他一生中感到最幸福的是什么，谁也猜不出。他说是他第一次吃水果糖的时候。

那是1950年初春的一天，还是农奴的扎西达娃外出放牧，遇上了一支年轻的队伍，他们每人帽子上都有一颗耀眼的红星。他十分恐惧，可军人们待他非常友好，一个与他年纪相仿的军人还送给他一颗水果糖。这是一种普通的糖，他不知道是什么，只见军人比划着剥开纸放到嘴里吃起来，他把它揣在怀里。

回去后他不敢声张，因为农奴主知道了是要挖眼睛、割舌头的。晚上怎

么也睡不着。夜深入静，四周一片漆黑，只有风在屋外呼啸。他偷偷地把它拿出来，剥开纸，放在嘴边轻轻一舔。天哪，一种从未体验过的感觉传遍全身，世界上竟然还有这么美妙的东西！他又一舔，简直怀疑自己是在做梦。他咬破了自己的指头，来证实自己不是做梦。那种感觉，他后来知道叫甜。从前哪里知道什么叫甜！只知道苦。他十分珍惜，每晚拿出来舔一舔。一直过了很长时间，他才把那颗糖"吃"完。

这位后来成为自治区高级领导人的扎西达娃，一生中不知吃过多少塘，也不知有多少可以引以为自豪的业绩，但只有这第一次吃糖的感受最深，最幸福。

心灵感悟：

幸福只是人的一种感觉，与愿望的大小、得到的多少没有任何关系。对于扎西达娃来说，他的最大幸福就是第一次吃糖，多么简单而朴实的幸福，但这种幸福值得他珍藏一生。

动物园里的幸福

金秋十月，天高气爽，阳光明媚，小艺和他的同学随着阵阵秋风，来到了动物园。

进了动物园的大门，站在小桥上，只见远处的一座座小山绿树成荫。走下小桥，小艺先来到了猴子的乐园。一只只机灵的小猴子在一座猴山上来回跑跳着。这时，一只小猴子跳到小艺身边，多可爱的小猴子啊！它那三角形的脸上长着一双机灵的大眼睛，晶扁的小鼻子下面有一张宽宽的嘴巴。小猴子长着一身金黄色的短毛。小艺用手碰了一下它的肚皮，它竟然没躲开。小艺拿出一块糖，递给它吃，它抓住糖，剥开纸，往上一扔，抬起头，张开嘴巴，糖正好掉进了它的嘴里。小猴子跳到假山下，纵身一跃，又跳上假山，然后又凌空跳起，一下子落到了秋千上，荡起秋千来。我不禁拍手叫好，5只小猴子也得意地手舞足蹈起来。

突然，听见一声大吼，震得地动山摇。小艺回过头一看，一只大狗熊正蹲坐在他身后的笼子里，笼子外面聚集着许多人。小艺挤进人群，见那只大狗熊正在向游人们要东西吃，它黑糊糊的脸上长着一双乌黑发亮的眼睛。鼻子和嘴都是灰色的，不仔细看还不清它的鼻子和嘴呢。大狗熊长着一身黑灰、发亮、柔软的长毛。小艺从兜里拿出一袋麻花，穿在一根棒子上，站在一块大石头上，故意把麻花棒举得高高的，插在笼子上。他本以为那头大狗熊会因为够不到食物而干着急，可没想到它一下子站了起来，一只后脚稳稳地站在地上。更没想到这只大狗熊站起来竟有两米多高，吓得小艺扔下麻花，赶紧躲到别人身后去了。别看狗熊平时显得很笨拙，可吃起东西来却很敏捷。三抓起小艺扔的麻花棒司嘴里塞去，一口还没吃下去，它又用爪子抓住剩余的部分，迫不及待地往嘴里塞。老师看见了，告诉小艺说动物园里的动物是不可以随便喂食物的，他不好意思地吐了吐舌头。

小艺又陆续观看了鸟、鹿等动物。最后，他们恋恋不舍地离开了动物园。在回去的路上，小艺想：动物是人类的朋友，它们对人类有贡献，我们应该友好地对待它们，保护它们，让它们自由自在地生活在地球上。

心灵感悟：

动物是人类的朋友，我们要善待它们，让它们享受自由自在的世界。人可以在与动物的接触中，了解它们的内心世界，从而感受亲近他们的快乐与幸福。

是他给了我幸福

　　他生下来就失明，开始父母抱着能治好的希望，把他留了下来。可是当他们听医生说，治好他这双眼睛起码要花5万块钱，而且还没有把握时，父母彻底绝望了。他们是种地的农民，5万块可不是说着玩的。后来，他们又生了个健康的儿子，于是把他被丢弃在了一个陌生城市的火车站。

　　那时他才6岁，他已经知道爸爸妈妈嫌他是一个瞎子，不要他了。后来，有一双粗糙的大手拉起他冰凉的小手，一直拉着他走进了一个温暖的地方。这个人说："这是我的家，以后也是你的家。"

　　这个人让他喊叔叔，他就喊了，然后就换来了许多好吃的东西。后来，叔叔一点儿一点儿地让他熟悉了这个家，告诉他床在哪儿，柜子在哪儿，吃的东西在哪儿。叔叔常常出去，不在家里待着。叔叔怕他寂寞，给他买来许多玩具，有能跑的汽车、能打的冲锋枪。他看不见，却愿意听汽车的声音和打枪的声音。他觉得那是世界上最美妙的声音：他慢慢长大了，在叔叔的关心和照顾下，除了眼睛还是看不见，其他部位都很健康。他曾经问叔叔，自己长得怎么样。叔叔说很好看，就像电视里的小帅哥。他没见过电视，当然不知道电视是什么样子，更不知道里面的小帅哥到底有多帅。他脱口说道："我要是能看到该多好啊！"叔叔听了，用那双粗糙的大手抚摩着他的脸，怜爱地说："你不是听医生说，5万块钱就能治好你的眼睛吗？我现在正在挣钱，不管能不能治好，我一定要试试。"当时他躺在叔叔怀里哭了，泪水从他那黑暗的眼睛里流了出来，热辣辣的。

　　终于有一天，叔叔兴奋地告诉他，攒够5万块钱了！叔叔激动地拉着他来到医院，后来他被推进了手术室。七天后，当医生准备给他拆眼睛上的绷带时，叔叔突然止住医生，对他说："如果你看到的世界和你想象中的不一样，或者你还是什么也看不见，你会失望吗？"他说不会，叔叔说那我就放心了。他紧紧攥着叔叔那双粗糙的大手，心里紧张极了。

医生小心地一层又一层地拆着，他的心一下比一下跳得猛，当医生终于把最后一层绷带拆掉时，他仍然害怕地闭着眼睛。但他似乎感觉到了那种除了黑之外的东西，他慢慢地睁开了眼睛。他真的看到了！他首先看到了许多人，这些人脸上都挂着泪滴。

他一侧头，不禁惊呆了，他面前竟然坐着一个眼睛深深凹陷下去的盲人！他顺着胳膊一直往下望，自己正紧紧地攥着这个盲人的那双粗糙的大手。

心灵感悟：

男孩是不幸的，但又是幸运的。虽然从小被自己的亲生父母抛弃，但却从盲人叔叔的抚养与帮助中得到了幸福。在他重见光明的那一刹那，眼见站着的叔叔居然也是一位盲人，他突然震撼了，原来给予他幸福的人和他一样，都有一双看不见世界的眼睛。

友谊之花给我幸福

我和花姐姐比什么都不行，我不会钩座套，不会织毛衣，不会掐苗儿。花姐姐手巧，有能力，还很俊俏。

上小学的时候，我在乡下做了半年插班生。花姐姐是班上的班长，也是我的表姐。这倒没什么稀罕的，这个班上我有一群的表哥表姐，就是出个把表姥爷也不是不可能。我家的表亲数不清。

最初最恨的人就是花姐姐。

那是个午后，知了叫得人心烦。睡不着又热，海边的小村子，潮潮的，简直要了我这个西北娃的命。

我在炕上又吵又闹的，姥姥就用一个芭蕉扇，一扇子拍在我背上，去，去河边捡嘎拉去。我就蹲到姥姥家房头的那棵芙蓉树下。树边就是一个水沟，我在沟边刻字玩。

一个背草筐的男孩子经过，看见我穿得和他不一样，斜眼看了我一会儿。看我挺老实的，就放下背筐坐在筐边的草上和我说话。

我就知道了，他是对面那排青砖房里住着的滕家的大孙子，叫志功。滕家是大户，住房有前后两排青砖房，街上有半条街的铺子，很有钱。那天姥姥喊我吃饭，我都没听见。

吃饭的时候，姥姥告诉我，那个叫志功的男孩很好的，有钱人家的孩子，还知道用功，爱学习也爱劳动；花姐姐是他的小媳妇儿。小媳妇儿在当地就是定好的娃娃亲，打小儿就两家走动。

我听了，把一块蘸了虾酱的馒头扔到了汤面碗里，溅起酌汤水落在了桌上。姥爷用烟锅敲一下桌沿说，吃饭也不老实。我站起来，拍拍屁股上的草屑说不吃了。

后来就开学了，我抱着一个矮板凳去上学，老师说凳子太矮，就让我和花姐姐挤一个长板凳。花姐姐、我还有志功就挤着一张桌子用。

我撇着嘴说过道里有人踩我的脚，花姐姐就让我坐了中间——她和志功的中间。可是志功老是隔了我和花姐姐说话，有时也问功课。

下课了，我去玩，玩回来一看，铅笔盒里的笔都削好了，还用小刀刮得尖尖的。我明知道是花姐姐削的，却要背了地红着脸对志功小声地说谢谢。

志功搞不清是什么事，见我一副娇羞的样子，也不由红了脸，说莫谢莫谢。

花姐姐每天下午来上课都带一个玻璃瓶，里面装了奶白色的液体。我尝过，那是面汤加了白糖，可花姐姐偏说是牛奶。我就悄悄和志功说，花姐姐用面条汤冒充牛奶，她喝过牛奶吗？奶牛只有我们草原上才有呢！

志功不看我，却很倔强地说，我家就有一头，赶明儿我给你带一瓶牛奶来。

第二天，志功还真的带来了。我尝了一口，千真万确是奶粉冲的。他家根本没有奶牛。我说是奶粉冲的，花姐姐说是奶牛下的，一来二去吵了起来，吵到最后都别过脸去，趴在桌上了。我把脸别过去，看到志功木头一样的表情。

那天下午又要打扫卫生，是擦玻璃。我被分到了第二个窗户。站在窗台上，能看到教室外边，花姐姐和志功在扫花池边的垃圾。我低头看了一会儿，又看到窗台上志功的那个可恶的瓶子。就一脚把它踹下去了。瓶子摔在桌上，乳白色的液体流了一桌子，透过桌缝，又流到了桌肚里。我有点儿幸灾乐祸了——桌肚里可都是他俩的东西，我的书包在毛妮的桌子里呢，毛妮的桌肚大。

自习的时候，花姐姐发现了桌肚的秘密，一声尖叫，惊得四周都是眼睛，志功也抱出书包来，大呼小叫的。

我得意洋洋地坐在那里，看看这个，再扭过头看看那个。嘻嘻，我说，你们的奶牛咋乱挤奶呢。

秋天真正来的时候，我要回家去了。老师说要给我开个欢送会，我却一口气跑到小学校边上的粮仓上，对着空的粮窖哇哇大哭。

花姐姐和志功赶来，花姐姐把一个本子塞给我，说哭啥咧？再来嘛，要不寒假我去看你。是那种农村很少见的笔记本，封皮是外国一处美丽的风景，翻开封皮是花姐姐小小的字迹："分手时说分手，请不要说难忘记……"是一首现在看已经很老的歌。我看着它流了很多泪。我展开本子哭着说："志功呢？为什么不写？"

志功笑笑，用一根不知谁丢在那儿的铅笔头写下了"祝佳佳学习进步，天天向上"几个字，然后签上自己的名字。

我满意地把本子合上，抱在胸前，笑了。

心灵感悟：

在深深的友谊中享受幸福的感觉，是一件很美妙的事情。虽然在一起的时候有过争吵，但那只是见证友谊的插曲。到离开的时候突然感到很失落，不过友谊之花却永远不会因分离而凋谢。

给予也是一种幸福

女友的叔叔三年前到以色列从事建筑瓦工工作，当时该国经常发生爆炸伤人事件。那段时间，家里人着实为远在异国他乡的他捏了把汗。打电话让他回来，每次通电话，他总是说挺好的，不用担心，听得出他的口气很幸福，家人这才稍稍安心。

但随即，亲人也很纳闷，明明身在战乱频繁的国度，他怎么能这么知足安稳呢？

三年后那位叔叔回来了，家人以为繁重的建筑工作、不同的饮食生活习惯会让他瘦很多，可是他的气色比以前好多了，体重也有增加。

有一次午后和那位叔叔闲聊，出于好奇我问他那边的工作、生活和当地人的习俗。他说："家里人因为不了解为我们担心，其实我们在那里衣食无忧，工作报酬都挺好的，只不过有个现象让人感动。

在以色列，每当庄稼成熟的时候，靠近路边的庄稼地四个角都要留出一部分不予收割。这个现象引起了他的好奇心，他向当地人请教其中的原因。当地人解释说，是上帝给了曾经多灾多难的犹太民族今天幸福的生活，他们为了感恩就用留出四角的庄稼这种方式报答今天的拥有，这样既报答了上帝，又为那些路过此地而没有饭吃的贫苦路人给予了方便。四角的庄稼，只要有需要，任何人都可以来收割，拿回家里，没有人会追究。他们认为，生活在幸福中的人就应该留些庄稼给那些处在困苦中的人，这样的生活才是真正的有质量的幸福。那位叔叔还说，以色列大街上的垃圾不像在国内，用过的没有价值的东西扔进垃圾箱就完事了。在那里即便已经旧了或者破了的衣服，也要洗干净叠整齐恭敬地放到垃圾箱里，为的是生活贫困的人们能够拿去再穿。

在中国，按照惯例，我们收割麦子，总要把地里的庄稼割得干干净净，还要一遍又一遍地捡拾洒落在地里的庄稼，让自己付出的汗水颗粒归仓，可以色列人的做法让人很感动，很值得敬佩。

不同的国度有不同的习俗，但有一种感情却不分国度、种族、肤色，那就是爱，纯洁的人间大爱。爱是这个世界共同的语言、共同的守望、共同的期盼、共同的血液。

心灵感悟：

当你幸福的时候留些幸福给曾经帮助过你的人；当你快乐的时候分些快乐给默默关注你的人；当你成功的时候让些激励给正在苦苦跋涉的人；当你得意的时候匀些得意给人生失意的人。要知道，给予也是一种幸福，只要你心中有爱的种子，并播洒出去，那么整个世界都幸福了。

幸福绿茶酥包

周五，公寓楼下新开了一家NANA蛋糕房，有一个可爱的女孩站在门口发宣传单。小美下楼等公司的班车时，就可以闻到从店内散发出来的奶油芬芳味道。小美和其他等车的人一样，都被那香味吸引着涌进去买面包、蛋挞等甜品当早餐。因为购买的人特别多，大家只好排队，轮到小美的时候，班车快来了，小美大喊："两个绿茶酥包，快！我的车快到了！"说完，没问多少钱，

扔下十元纸币，接过酥包，夺门而出。

过完一个周末，小美一大早又来等班车，时间还充裕，小美又走进NANA，女孩看着她突然高兴地说："我知道，你是来买绿茶酥包的！上次她们还没找你零钱，你就上车了。"说完，一手拿着两元钱，一手捧着刚出炉的酥包。

小美本来在家已经喝过麦片了，但还是开心地买了她手上的酥包。女孩端过来一把椅子："坐在这儿等车吧，外面灰尘太大。"小美受宠若惊地坐下来，品味着热乎乎的绿茶酥包，觉得这个清晨幸福极了，想到这里，她和女孩相视一笑。从此，她就养成了只在NANA吃早餐的习惯。

相比某些企业中工作人员的严肃和不苟言笑，NANA面包房的女孩子会更让人舒心一些，因为她们能处处为客人着想，春风满面的笑脸让客人见了就觉得心情愉快。

心灵感悟：

细节往往能改变我们对一个人的整体印象，要从细节上去关心、帮助别人，让别人感觉到你的善解人意，给别人带来快乐，自己也会快乐，从而双方都感觉被幸福围绕。你会发现幸福的到来其实就是这么简单。

珍惜身边的幸福

1983年冬际，漫天白雪飘舞的时候，佳佳怀儿子恰好六个月，腆着将军肚在大街小巷逛够了，回到家里往床上一躺，眼前出现了一个大红灯笼，就忽然想吃像灯笼一样的西红柿。

冬天里吃西红柿在1983年东北一个不算发达的小县城算是一件难事，那时人们没有冰箱，农民没有塑料大棚，小城镇也没有现在这样各种各样的水果摊儿，而是在几家国有的水果商店里摆着一般常见的耐腐烂的水果，那不过是一些苹果、鸭梨、大枣，和成筐的冻梨冻西红柿。而那西红柿却又不是佳佳想吃的那种夏日里土地里生长的本土的西红柿，是来自南方那种又涩又不酸的甜西红柿，一时间吃西红柿成了她们家的当务之急。

母亲更有绝活儿，她不像丈夫那样把全城的水果商店跑遍了，没买到西红柿但精神可佳，而是坐在那里像指挥官一样发号施令。母亲的想法很简单，那就是让佳佳尽快吃上西红柿。她说，女人怀孕想吃什么如果吃不到，孩子生出来非红眼边儿不可。好好的一个孩子红眼边儿，是因为没吃上想吃的东西，那对他的父亲来说分明是耻辱。

母亲当时的态度实在具有煽动性，丈夫苦着脸听完丈母娘的话，他说，妈，干脆说吧，我有什么办法能让她尽快吃上西红柿？母亲的脸一扬，说，好办，上省城，省城什么好东西都有的卖，还愁没有西红柿？

母亲的话让丈夫哭笑不得，丈夫说，那我们的西红柿就成了金西红柿了，来回一趟要一天的工夫，要几十元的路费，再说如果没有呢？丈夫在权衡利弊，佳佳则忍无可忍，她的欲望就像嗓眼儿长出个小虫子，必须而且马上吃上西红柿，不吃她就满地乱转，就心急如焚，不吃就像有人掏了她的心肝肺。佳佳说，金西红柿就金西红柿吧，只要吃上西红柿。丈夫看着她恨不得把他当成西红柿的样儿，当即去了客运站。

从丈夫出屋的时间算起，他要坐上四个小时的车才能到达省城，从省城再坐四个小时的车返回，大约得晚上七点钟。这期间佳佳无时无刻不如坐针毡，母亲把大大小小给孩子准备的玩具拿出来给她看，佳佳却只扫两眼就向母亲摆手：拿走拿走都拿走，没心思。

母亲明白这不是西红柿。母亲就颠颠地猫着她的老腰跑向街口买来两串糖葫芦。这两串糖葫芦被佳佳狼吞虎咽吃下去，虽解了燃眉之急，

却更加渴望那红灯笼一样的西红柿，渴望丈夫能手捧着它回来，这时候连母亲都捏着一把汗，事后母亲对佳佳说，她说真后悔出了那个主意，如果省城也没有西红柿呢，她疑心佳佳会把她当成西红柿吃了。丈夫终于拎着五枚通红通红的西红柿站在佳佳面前，他说这五枚西红柿是他一个月的工资。

佳佳可顾不得工资不工资，抓过西红柿，连洗都没洗上去就开吃，其余的被佳佳贪婪地揽在怀里，都没有象征性地让让母亲和丈夫，佳佳吃的形态更是令人耳瞪口呆，不是吃一个就了结，而俨然是在一举歼灭。

那一次真是解了馋，一次吃了五枚偌大的西红柿，从此再也不馋西红柿了，孩子出生时也果真没见到红眼边儿，这一说到底是真是假到现在佳佳还没想起去问问母亲。

孩子长到十几岁，佳佳的生活有了改变，冬日的小县城再不是昔日的寡淡，楼下菜市场里鲜红的西红柿摆得满街都是，路两旁的水果店数不胜数，除了各种各样叫不出名的水果，西红柿穿着大红袍成了明媒正娶的大路货，从冬日里的五元钱一斤开始吃，一直吃到夏天五毛钱一斤，家里的饭桌上是顿顿少不了糖拌西红柿或木须西红柿，还有瓜拌皮里放西红柿。偶尔有一天饭桌上闲谈，提起怀孕想吃西红柿那码事，丈夫说，还是改革开放好，现在如怀孕再也不用跑800里去买西红柿了。

儿子这时正吃饭，他已经是个虎头虎脑的少年了，听到父母的话露出吃惊的神色。他说，800里去买西红柿，你们是不是想上吉尼斯世界大全？佳佳和丈夫对视着，不知从哪儿开始给他解释。生活改变了两代人的观念，却统一不了他们心中的情感，儿子这一代人接受不了过去，也就体会不了应有的感恩戴德，而他们和他共同的需求都短不了对生活无限的爱恋。

心灵感悟：

拥有健康，就拥有了幸福；拥有平安，就拥有了幸福；拥有快乐，就拥有了幸福。生活的点点滴滴中都充满着幸福，我们要懂得珍惜身边的幸福。

最好的圣诞礼物

罗伯15岁那年，仍待在父亲的农场。圣诞节前的一天，他无意中听到父亲对母亲说的话，才意识到自己很爱父亲。

"玛丽，我真不愿在早晨叫醒罗伯。他现在长得真快，正需要睡眠，我真想自己一个人顶着干。"父亲的话充满关爱。

"唉，你干不了，亚当。"母亲的声音很清脆，"另外，他也不是小孩子了，是他干活的时候了。"

"是呀，"父亲缓缓地说，"不过我真不愿意叫醒他。"

听到这儿，罗伯的内心似乎有什么东西被唤醒了：父亲如此疼爱他！这一点他从来没有意识到，认为父子关系就应该是这样的。既然明白了父亲疼爱他，那么大清早就不应该那么磨磨蹭蹭的，老是要父亲叫醒。于是，他起床了，睡眼惺忪地穿上了衣服。圣诞节前一天夜晚，他躺在床上琢磨第二天应干些什么。他们一家生活清贫，给他们带来最大节日享受的是自家饲养的火鸡，还有母亲亲手做的碎肉馅饼和姐姐自己缝制的礼物。父母给他买些他需要的东西，不仅仅是一件暖和的夹克衫，或许还有些别的，比如一本书。他呢？他用自己节省下来的钱，买点儿东西回赠他们。

他在思量，在自己15岁的圣诞节，要给父亲一件更好的礼物，不再是那小店铺买来的普普通通的领带。他侧身躺着，注视着顶楼的窗外。

"爸爸，"有一次他这样问，那时他还很小，"什么是马厩？"

"那就是一个牲口棚，"父亲回答，"跟我们的牛栏差不多。"

听说，耶稣就诞生在一个马厩里，牧羊人和头领还把圣诞礼物送到马厩里呢！一个主意在他眼前闪过。他为什么不能给父亲一件特别的礼物呢？就在外面的牛栏罩呀！望着天边的星星，他失声笑了：就这么干，不过可不能睡得太死了。他一定醒来过20次！每次都划着一根火柴，看一眼那只旧表。3点还差一刻，他起身了，悄声下楼。为了不让那楼板发山嘎吱嘎吱的响声，他格外小心。出了家门，一颗明亮的星星低悬在屋顶上空，放射出金黄又略带微红的光泽。他走进牛栏，奶牛看着他，既困倦又惊奇，对于它们来说，挤奶的时间似乎太早了点儿。它们平静地等候着他。他为每头牛加了点儿草，又取来了奶桶和大奶罐。

他从来也没独自挤过奶，但是这活儿看来也并不难。他嘴角挂着微笑，不停地干着。牛奶像两条白柱倾入奶桶，泛着白色的泡沫，溢出诱人的奶香。牛很听话，似乎也知道是过圣诞节哩。

事情比设想的顺利。挤一次奶也并非难事，这就是他奉献给父亲的圣诞节礼物呀。终于干完了，大奶罐都盛得满满的。他加上盖，轻轻关上牛栏的门，还检查了门闩。他在门边放了一只凳子，挂上了空奶桶，走出牛栏，关上了门。

回到自己屋里，只一分钟的工夫，他就脱掉了衣服，迅速爬上了床，他听见了父亲的起床声，马上用被子蒙上了脑袋，盖住那急促的喘气声。这时，门被打开了。

"罗伯！"父亲叫他，"得起床了，圣诞节也一样。"

"噢——"他梦呓般地应道。

"我先去，"父亲说，"做点准备工作。"

门关上了。他静静地躺着，笑出声来。只消几分钟，父亲就会明白，一切都由他独自干完了。他的心高兴得快要跳出来几分钟的工夫，似乎没了尽头，10分钟，15分钟，不知道过了多少分钟——终于听到了父亲的脚步声。门，又被打开了。

"罗伯！"

"嗯，爸爸——"

"我可以发誓……"父亲笑了，是一种奇怪的嗦嗦的笑声，"你耍弄了我，是吗？"父亲站在床边，正在摸他，又把被子掀开了。

"今天是圣诞节，爸爸！"他也摸到了父亲，并紧紧地抱住了他。他感到父亲的双手也搂住了他。黑暗中，彼此看不清对方的脸。

"我的好儿子，我感谢你。没有什么人干过比这更好的事情了——"

"爸爸，我要你知道——我真想学好样的！"他自己也不知道怎么说出了这句话，他实在不知道说什么好。他那颗挚爱父亲的心一个劲儿地跳动着。

"好吧！我还可以回去躺一会儿呢！"父亲停了一下，又说，"不，你听弟妹们都醒来了，你想想，我还从来没有见过你们小孩子第一次看到圣诞树时的高兴劲儿呢！我老是待在牛舍里。快起来吧！"

他又穿上了衣服。父子俩下楼去看圣诞树。没多久，太阳爬到了刚才那颗星星的位置上。啊！多么美好的圣诞节！当父亲把刚才发生的一切告诉母亲的时候，他又羞愧又自豪，那颗心又激烈地跳动起来。

"这是我所得到的最好的圣诞礼物，我得记住它，我的儿子，每一年圣诞节的早晨我都会记起它，只要我还活在人世。"

心灵感悟：

父亲对儿女的爱是无言的，一般都不会当面表达出来，但父爱如山，在无形之中给我们带来关心和爱护，让我们在父爱的海洋里享受幸福。我们也要用自己的爱给父亲送去温暖，送去快乐和幸福。

幸福也需要争取

1989年发生在美国洛杉矶一带的大地震，在不到4分钟的时间里，30万人受到伤害。在混乱和废墟中，一个年轻的父亲在安顿好受伤的妻子后，便冲向他7岁的儿子上学的学校。他赶到学校时，那个昔日充满孩子们欢声笑语的漂亮的三层教室楼，已变成一片废墟。他顿时感到眼前一片漆黑，大喊："阿曼达，我的儿子！"跪在地上大哭了一阵后，他猛地想起自己常对儿子说的一句话："不论发生什么，我总会跟你在一起！"他坚定地站起身，向那片废墟走去。

他知道儿子的教室在楼的一层左后角处。他疾步走到那里，开始动手。在他清理挖掘时，不断地有孩子的父母急匆匆地赶来，看到这片废墟，他们痛哭并大喊："我的儿子！""我的女儿！"哭喊过后，他们绝望地离开了。有些人上来拉住这位父亲说："太晚了，他们已经死了。"这位父亲双眼直直地看着这些好心人，问道："谁愿意来帮助我？"没人给他肯定的回答，他便埋头继续挖。

救火队长挡住他："太危险了，随时可能起火爆炸，请你离开。"

这位父亲问："你是不是来帮助我？"

警察走过来："你很难过，难以控制自己，可这样不但不利于你自己，对他人也有危险，马上回家去吧。"

"你是不是来帮助我？"

人们都摇头叹息着走开了，都认为这位父亲因失去孩子而精神失常了。这位父亲心中只有一个念头："儿子在等着我。"

他挖了8小时、12小时、24小时、36小时，没人再来阻挡他。他满脸灰尘，双眼布满血丝，浑身上下破烂不堪，到处是血迹。到了第38小时，他突然听见底下传出孩子的声音："爸爸，是你吗？"

是儿子的声音！父亲大喊："阿曼达！我的儿子！"

"爸爸，真的是你吗？"

"是我，是爸爸！我的儿子！"

"我告诉同学们不要害怕，说只要我爸爸活着就一定来救我，也就能救出大家。因为你说过'不论发生什么，你总会和我在一起'！"

"你现在怎么样？有几个孩子活着？"

"我们这里有14个同学，都活着，我们都在教室的墙角，房顶塌下来架了个大三角形，我们没被砸着。"父亲大声向四周呼喊："这里有14个孩子，都活着！快来人。"过路的几个人赶紧上前来帮忙。

50分钟后，一个安全的小出口被开辟出来。父亲颤抖地说："出来吧！阿曼达。"

"不！爸爸。先让别的同学出去吧！我知道你会跟我在一起，我不怕。不论发生了什么，知道你总会跟我在一起。"

这对伟大的父子经过了巨火灾难后，无比幸福地紧紧拥抱在了一起。

心灵感悟：

不管遇到什么事情，我们只有争取过后才知道最后的结果。幸福有时也是需要争取的，可能当我们争取的时候会遇到很多的挫折，但要想信风雨过后总会见彩虹，只要我们努力去做，美好的未来会属于我们的，幸福也会随之而来。

传递爱，传递幸福

一天傍晚，他驾车回家。在这个中西部的小社区里，要找一份工作是那样难，但他一直没有放弃。冬天迫近，寒冷终于撞击家门了。一路上冷冷清清

的。除非离开这里，否则一般人是不会走这条路的。他的朋友们大多已经远走他乡，他们要养家糊口，要实现自己的梦想。然而，他留下来了。这儿毕竟是埋葬他父母的地方，他生于此，长于此，熟悉这儿的一草一木。

天开始黑下来，还飘起了小雪，他得抓紧时间赶路。你知道，他差点错过那个在路边搁浅的老太太。他看得出老太太需要帮助。于是，他将车开到老太太的奔驰车前，停下车来。虽然他面带微笑，但她还是有些担心。一个多小时了，也没有人停下来帮她。他会伤害她吗？他看上去穷困潦倒，饥肠辘辘，不那么让人放心。他看出老太太有些害怕，站在寒风中一动不动。他知道她是怎么想的，只有寒冷和害怕才会让人那样。

"我是来帮助你的，老妈妈。你为什么不到车里暖和暖和呢？顺便告诉你，我叫乔。"他说。她遇到的麻烦不过是车胎瘪了，乔爬到车下面，找了个地方安上千斤顶，又爬下去一两次。结果，他弄得浑身脏兮兮的，还伤了手。当他拧紧最后一个螺母时，她摇下车窗，开始和他聊天。她说，她从圣路易斯来，只是路过这儿，对他的帮助感激不尽。乔只是笑了笑，帮她关上了后备箱。

她问该付他多少钱，出多少钱她都愿意。乔却没有想到钱。这对他来说只是帮助了需要帮助的人，上帝知道过去在他需要帮助时有多少人曾经帮助过他呀。他说，如果她真想答谢他，就请她下次遇到需要帮助的人时，也给予帮助，并且"想起我"。

他看着老太太发动汽车上路了。天气寒冷且令人抑郁，但他在回家雕路上却很高兴，开着车消失在暮色中。

沿着这条路行了几英里，老太太看到一家小咖啡馆。她想进去吃点东西，驱驱寒气，再继续赶路回家。侍者走过来，给了她一条干净的毛巾以擦干她那湿漉漉的头发。她面带甜甜的微笑，是那种虽然站了一天却也抹不去的微笑。老太太注意到女侍者已有近8个月的身孕，但她的服务态度却没有因为过度的

劳累而有所改变。

老太太吃完饭，拿出100美元付账，女侍者拿着这100美元去找零钱。而老太太却悄悄地出了门。当女侍者拿着零钱回来时，很奇怪老太太去哪了，这时她注意到餐巾上有字，那是老太太写的。上面写着："你不欠我什么，我曾经跟你一样，有人曾经帮助我，就像我现在帮助你一样。如果你真想回报我，就请不要让爱之链在你这儿中断。"

虽然还要清理桌子，招待客人，但这一天女侍者又坚持下来了。晚上，下班回到家，躺在床上，她心里还在想着那钱和老太太写的话。老太太怎么知道她和丈夫那么需要这笔钱呢？孩子下个月就要出生了，生活会很艰难，她知道她的丈夫是多么焦急。当他躺到她旁边时，她给了他一个温柔的吻，并轻声地说："一切都会好的。我爱你，乔。"

心灵感悟：

爱是可以传递的。当老太太得到对方的帮助的时候，她是幸福的；当帮助老太太的手伸出援手之后，她是幸福的；当女侍者得到老太太的帮助时，她是幸福的……就这样，爱心不断地传递着，幸福也在不停地延长着。

寻找幸福

某个墓地的守墓人每个星期总会准时收到一封来信和50元买花的钱，信里署名为"孤独的老人"。那位老人托他每星期给她相依为命却睡到墓地里的儿子哈里献上一束花。诚实的守墓人每次收到信与钱总会买束鲜花送到她儿子的墓前。

一天，"孤独的老人"终于露面了，她坐着小车来到墓地，却没有下车，

派开车的司机来请守墓人说："那位托你每星期给她儿子送花的老人，请你到她那儿说几句话，因为她腿瘫痪了，行走不便。"守墓人跟着司机来到那位"孤独的老人"面前，这是一位上了年纪身体极差的老太太，高贵的脸部表情掩饰不了她对生活的绝望和病痛留下的印记。

"我是那位寄信的老人，"她断断续续地说，"这几年每周都要你照顾我的儿子，真是麻烦你了。"

"尊贵的夫人，我按照您的心意，每星期都按时送花。"守墓人说。

"谢谢你。"她接着说，"医生说我将不久人世，死了倒也好，我活在世上对这个世界来说已无一点意义。只是，我惦记着将没人再给我儿子送花了。"

守墓人忽然问道："夫人，您知道现在社会上有这样一群穷困人吗？他们生活在社会最底层，人生惟一的一次转折点就是考上全美最好的大学。可是有很大一部分人虽然考上了，可是他们却没有获得学校的奖学金，姑且避谈高额的学费，就是基本的生活费都难以自理，就连这惟一改变人生的机会也可能会擦肩而过。在你们这些富人看来可以打工赚钱，可是打工能赚多少钱？而这又会浪费多少学习、研究的时间呢？"

"贫困学生？"

"夫人，恕我冒昧，"守墓人说，"在这里睡着的人，有哪个是活着的？与其把鲜花大把大把地送给那些死去并不能体味生者痛苦与快乐的人，不如把买花的钱留着给那些活着的却活得生不如死的人。"

"孤独的老人"听了守墓人的话，半天不言语，叫司机开车走了。

守墓人心想，自己的话对一个临死的孤寡老人可能说过头了。没想到过了几个月，那辆小车又载着"孤独的老人"来到墓地，这次开车的不是那个司机，而是"孤独的老人"自己。她兴高采烈地跳下车，神采奕奕地对守墓人说："嘿，你的建议创造了奇迹。我把钱全部捐给了那些急需帮助的贫困学

生，那些贫困学生的快乐深深感动了我，让我觉得我还有些用处。更想不到这种帮助他人得到的好处，竟奇迹般治好了我多年瘫痪的腿。"

心灵感悟：

　　幸福有时需要靠自己去创造，只要努力改变不好的现状，就能迎来美好的未来。老太太因为身体的瘫痪一蹶不振，并一味地在过去的阴影中无法自拔。在生命的最后时刻她明白了这个道理，把自己的力量投入到了更加重要的社会生活当中，不仅获得了重生，也抓住了幸福。

救　助

　　夏天的一个午后，我给放在阳台上的几盆花木浇水。在浇石榴时，看到有几只黄蚂蚁浮在水面挣扎着，我知道，蚂蚁虽不会游泳，但它们是些生命力极强的小生灵。我没有对它们实施救援，因为花盆中的水几分钟后就会渗下去，蚂蚁们就可以自由着陆了，决无生命危险的。

　　不一会儿，水没有了。几只蚂蚁在湿漉漉的泥土上又恢复了正常活动，但有两只不幸的黄蚂蚁被湿泥埋住了半截身子，在那里努力挣扎着向外爬，可又爬不出来。我想我还是应该做点什么，来助这两个遇难者一臂之力。我必须找一个细小的工具。不然，用手指或稍微粗点儿的棍棒，都有可能将救助变成杀生。但是，当我从室内取了一枚大头针走出来时，一件意想不到的事情发生了：两只被埋的蚂蚁正被另外两只同伴在救助着，那两只来救助的黄蚂蚁正在用力向外拉扯它们的同伴。我放弃了最初的念头，看着这两对英勇救助的同伴，静静地感受着这个令我感动的情景。

　　一只蚂蚁先被同伴救了出来，另一只在救助者的努力拉扯下，也从泥

土中挣扎出了身子。它们在小心翼翼地向四周试探了一番后，便迅速地逃离了。奇怪的是，有一只救援的黄蚂蚁，在救出同伴后并没有立即离开，而是在救助现场继续衔咬泥土，似乎下面还有什么东西被埋着，我想看个究竟，就没有打扰它。不久，我看到有一对小小的触角晃动着露了出来，原来下面还有一只遇难的同伴。这次我必须要帮助它们了，因为这场"水灾"是我造成的。我在这些小小生灵面前是应该负责的，甚至可以说是罪过。

我极其小心地用针尖挑开泥土，果然有一只小蚂蚁露了出来。救助的黄蚂蚁看到同伴后立即上前去亲吻触摸，并试图将它衔走。这时被救助的蚂蚁已经恢复过来，与救助的蚂蚁互相用触角碰了一下，便一起离开了。

我不是昆虫学家，不知道蚂蚁的救助行为是一种偶然还是自然的本能，但我觉得在这一点上它们确实是表现出了一种我们人类所应该具有的精神。

心灵感悟：

> 爱是无声的力量，帮助他人是一种高尚的行为。关键的时候伸出一只手，就可以挽救一个人，甚至创造一份奇迹，这就是爱的伟大之处。

七彩爱心

淡淡的晨风为清晨画上轻灵的一笔。小袋鼠沙沙一蹦一跳地从窝里蹦了出来。清晨真美好啊！她心想，干脆去云朵草原冒险吧！记得那里有个黑树林，后面就是天堂花园，月神曾说去了天堂花园，才能得到月光翅膀。

穿越一片天堂草，一架云朵筑成的梯子弯弯曲曲地环绕在她的面前。沙沙后腿一蹬，跳跃着上了台阶。她欢快地想：我要是拥有一对翅膀，飞上蓝天那该有多好！一会儿，云朵草原到了。四周云雾缭绕，一棵棵绵软的云朵草开出了雪白的云花。沙沙躺在草地上，幻想着长出翅膀的种种快乐。不一会儿，她就睡着了。

在梦中，她隐隐约约看到，自己的身上掉下了一朵七色花。赤、橙、黄、绿、青、蓝、紫，七种颜色的花瓣好似七颗闪亮的钻石，小小的花瓣轻轻地摆动着："沙沙，我不是一朵普通的小花。我能实现你的愿望，可以给你带来无尽的幸福。但是你如果把我赠给别人，那你就不会得到月神即将赐给你的那双月光翅膀。"说着，七色花飞到了它的手中。

一阵清凉的风吹过，小袋鼠沙沙惊醒了。她心中一直回荡着七色花说的那段话。"我会不会真的拥有一朵七色花呢？"沙沙下意识地往手里看。手里彩光荡漾，一朵七色花的外形隐隐约约。"七色花！"她惊叫起来，"我有了一朵七色花，真幸运！"她高兴得蹦蹦跳跳，在草地上打着转。

云朵草原深处是一片黑树林。里面杂草丛生，树枝如魔鬼的爪子；树叶是黑色的，叶边闪着幽幽的蓝光，使人胆战心惊。沙沙拿着七色花，昂首阔步地走着。她一点也不怕，她相信七色花能帮助她照亮前面的路。当沙沙即将走到黑树林的尽头时，她更是快乐不已。前方就是美好的天堂花园，月神会赐给她一对月光翅膀。

沙沙满怀憧憬地往前走。一会儿，她听到一阵哭声。那哭声悲凉极了，似乎倾诉着无尽的痛苦。沙沙很纳闷，这么深的树林里怎么还会有人？她深吸了一口气，壮了壮胆，向前面走去。

一会儿，她看见一只小袋鼠趴在地上哭泣着，泪水已经淌成了一条小河。沙沙走过去，拍了拍小袋鼠的肩膀，轻声地问："你为什么哭？"等小袋鼠抬头沙沙才看清，原来她是自己的朋友花花。花花似乎很吃惊，她红红的眼睛睁得大大

的，眼神里有一丝恐慌和惊惧："你怎么在这儿？……我恰巧路过，听见了你的哭声。发生了什么事儿啦？"沙沙满怀关切地问。花花又开始哭泣："我的父母被乌乌土魔沉入了地下，回不来了。我现在又饿又冷，不知该怎么办。"

"没关系，我送你……"沙沙正要说出"七色花"三个字的时候，又犹豫了：如果送给花花七色花，那自己就会失去月光翅膀；不送，又不忍心看到花花饱受折磨。沙沙觉得心里好像有两个小人在打架似的。看着花花脸上成行的泪水，沙沙心中一震，心里有了决定，将七色花和身上的食物递给了花花，并告诉花花七色花可以帮助她实现愿望，救出父母。

花花手上捧着沙沙赠的七色花及食物，眼中噙满泪水，感动不已地望着沙沙。看着花花的模样，沙沙感到一种从未有过的幸福感，她觉得用七色花帮助朋友解决困难要比实现自己的愿望还要开心。

心灵感悟：

> 只要人人献出一点爱，世界将变成美好人间。不管你是贫穷还是富有，你都有能力去帮助别人。要知道，帮助别人是一种幸福！帮助别人是最真挚的心灵体验，将永远温暖我们的心。

幸福要靠自己去创造

小丫爱跳舞，但对她来说这个爱好显得有些可笑。因为小丫有一双天生有些跛的腿，平日里走起路来一歪一歪的，像只可笑的鸭子，更别提跳舞了。

小丫的学校有一个舞蹈队，带队的是金老师。每次金老师带着学生们在舞蹈教室排练的时候，小丫就会趴在窗前，窥视排练厅里的场景。

金老师最近给学生排练的舞蹈名叫《挣扎的美丽》，但是学生们跳得过于轻巧、随意。金老师总是皱着眉头。"金老师，这套动作我们已经相当熟练了，你怎么还不满意？"有一个女孩子开始忍不住了。

"舞蹈不是靠动作来表达的，你们跳的时候缺少一种感觉，一种对生命的困境不断挣脱的意愿。"金老师依然皱着眉头。

学生们都没有明白金老师的意思，所以后来的排练仍然不能让金老师满意。

趴在窗台上的小丫却觉得她的心好像被金老师的这句话给点亮了，她能表达这支舞蹈的意义。小丫不由自主地走进了排练厅，其他的同学都走了，只有金老师在排练厅里。

"金老师，您能给我讲讲这支舞吗？"小丫向金老师走去的时候，金老师发现了小丫的身体缺陷。金老师很惊诧，他没想到这个跛脚的女孩子竟然如此的勇敢。金老师在小丫身上看到了他需要的那种气质。

金老师和小丫坐在排练厅的地板上，说了说对《挣扎的美丽》的理解。小丫说："金老师，您说的那种感觉，我能体会到。我每天都来看你们排练，每一个动作我都记在脑子里了。"

金老师站起来，对小丫说："来，我们来跳这支舞吧。"

小丫想到了自己跛着的一条腿，她开始迟疑。"小丫，这是心灵的舞蹈，不是身体的舞蹈，你那么勇敢，还担心什么呢？"金老师注意到了小丫的迟疑。

小丫终于迈出了她的双腿。排练过几段之后，金老师终于笑了，他紧锁的眉头也开始舒展开来。

三个星期以后，由小丫领舞的《挣扎的美丽》在市舞蹈大赛中获得了一等奖。小丫也由这支舞蹈而开始了新的人生，再没有人嘲笑这个走路都一歪一歪的"丑小鸭"了。

比赛结束之后，小丫捧着奖杯把它送给了金老师，因为是金老师让她明白了在困境中挣扎的美丽。

心灵感悟：

幸福要靠自己的努力去创造，只有调整好心态，才能寻找到幸福。每个人在这个世界上生存都不是一帆风顺的，只要我们学会在困境中站起来，幸福就会属于我们每一个人。

感应大自然

有一个夏天的下午，桑尼夫人与她的朋友到森林游玩。到达之后，暂时在优美的墨享客湖山上小房子中休息，这里位于海拔2500米的山腰上，是美国最美的自然公园。

在公园的中央还有一宝石般的翠湖舒展于森林之中。墨享客湖就是"天空中的翠湖"之意。她朋友的眼光穿过森林及雄壮的崖岬，轻移到丘陵之间的山石，刹那间光耀闪烁、千古不移的大峡谷猛然照亮了她的心灵，这些美丽的森林与沟溪就成为滚滚红尘的避难所。

那天下午，夏日混合着骤雨与阳光，乍晴乍雨，她和她的朋友全身湿淋淋的，衣服贴着身体，心里开始有些不快，但是她和朋友仍彼此交谈着。慢慢地，整个心灵被雨水洗净，冰冰凉凉的雨水轻吻着脸颊，霎时引起从未有过的新鲜快感，而亮丽的阳光也逐渐晒干了衣服，话语飞舞于树与树之间，谈着谈着，静默来到她和她的朋友之间。

她们用心倾听着四方的宁静。当然，森林绝对不是安静的，在那里有千千万万的生物活动着而大自然张开慈爱的双手孕育生命，但是它的运作声却是如此的和谐平静，永远听不到刺耳的喧嚣。在这个美丽的下午，大自然用慈母般的双手熨平她们心灵上的焦虑、紧张，一切都归于平和。她们正陶醉于优美的大自然乐章之中时，一阵急速的乐曲突然刺激着耳膜，那是令人神经绷紧的爵士乐曲。伴随着音乐，有3个年轻人从草丛中钻出，其中一位年轻男孩提着一架收音机。

这些都市中长大的年轻人不经意地用噪音污染了森林，真是大煞风景！不过他们都是善良的青年，并在她和她的朋友身旁围坐着，快乐地交谈。本想劝3个年轻人关掉那些垃圾音乐，静静聆听大自然的乐曲，但是一想并没有规劝他们的权利。最后还是任由他们，直到他们离去，消失在森林之中。试想，大自然的音乐多美！风儿轻唱着，小鸟甜美地鸣啼……这种从盘古开天以来最古老的音乐绝非人类用吉他与狂吼能制造出来的旋律，他们竟然舍本逐末，白白浪费大好的自然资源，委实令人惋惜。

心灵感悟：

　　在喧哗的闹市中呆久了，偶尔与大自然来个亲密接触，绝对是一件幸福的事情。在露天下与自然亲密接触，闻泥土和野花的芳香，听大自然产生的各种美妙的声音，看白云悠悠地在天空浮过……这实在是幸福的享受啊！

幸福住在相对望的门里

如果世界上有一个人能听到天空哭泣的声音，那个人一定是她。因为天知道她不会说出这个秘密。即使她开口，也发不出声音，她注定将终生沉默。她以为沉默是命运，却并不可怕。但是后来，她有了一个孩子。

孩子降临那一刻，她生平第一次发出声音。孩子响亮的啼哭让她觉得声音与幸福必然有着关联，她的喉咙因为剧烈地震动而发出声响，虽然那次发出的声音不动听，可她却引以为豪。她是多么高兴孩子可以像一个正常人一样去生活、去爱，可以大笑，也可以大哭。

孩子渐渐会望着她笑，会伸出手让她抱。眼睛乌黑晶亮，嘴里咿咿呀呀，要求得不到满足时会大哭，她却只能抱着他不住地轻拍他的背。她什么也做不了。她不能像普通的母亲一样带着温柔甜蜜的笑容去哄他，"哦，哦，乖不哭。"也不能为他唱一首动听的摇篮曲。

想到孩子将终日与一个不能说话的母亲在一起，她心如刀绞，就仿佛行走在冰天雪地中，她用尽全身力气想要给孩子温暖，可孩子依然被冻得哇哇大哭。而且，这样长长久久的一生中，她将带给孩子什么呢？是否会因为语言的缺席，他的心灵将永远沉默？

在她做出那个决定时，她觉得有一个小人正用尖锐的利器，一刀一刀在她心上划，痛得她伤心恸哭。可她别无他法。她已经决定把孩子送给住在她对面那对不能生育的夫妇。她看得出他们很喜欢她的孩子。当她把孩子递给那对夫妇，他们欢天喜地，唯有她成了世间最难过的人，成了一个不能照料亲生孩子生活的可怜母亲。

住在对门，几步之遥，还好，天天可以看得见。阳台上，花的枝叶肆无忌惮地蔓延，她透过花间空隙暗暗估量孩子的身高、体重。孩子每成长一步，她都会在她家向阳的那面墙上，画上一朵小花，后面写上"给我正咿呀学语的孩子"，"给我正一步三晃的孩子"；"给我正饭量见长的孩子"；"给我不肯吃馒头的孩子"……后来，那面墙成了一面花墙。

孩子的每一步，对她来说都是惊心动魄的。有一次孩子发高烧，养父母在病房内守护，而她在病房外守护。那点点滴滴输入孩子血液的不再是几瓶药水，而是一个母亲的心。医生的脚步从她面前经过，护士端着托盘从她面前经过，她在外面站了36个小时，直到孩子康复后被牵着手从她面前经过。她又在那面墙上写下："给我康复了的孩子。"

是的，以后她还会在一墙之外守护她心爱的孩子，还会不断地在那面向阳的墙上画上小花，慢慢写上"给我要上学的孩子"、"给我声音变粗的孩

子"、"给我将要谈恋爱的孩子"……

心灵感悟：

　　多么让人感动的母爱啊，为了孩子的人生和幸福，母亲忍痛割爱，将自己的孩子抱给别人抚养，但却从没有减少对孩子的爱。母亲用自己的方式记录着孩子的成长，感受着相对望的门里的幸福。

帮助别人也是一种幸福

　　坡头区南山镇初中女孩梁伟娟不幸得了"肾衰竭"，每周至少要进行两次血透治疗。每次血透治疗要几百元，长期血透治疗的话，以她家经济能力是无法承受如此昂贵的医疗费。想要根治"肾衰竭"就必须换肾（经医院诊断她母亲的肾如果合适的话就可以换给她），不过换肾的费用也要20万左右。这么昂贵的医疗费是一个普通家庭以修理农具、单车为经济来源是无法承担的。经湛江新闻媒体披露报道后，引起社会广泛关注，2007年4月29日上午，"情暖湛江"志愿者以小小为代表冒着细雨乘船前往南三镇路西村看望这名与病魔作斗争的女生梁伟娟，并带上募捐款慰问她，鼓励她。2007年6月24日上午在得到坡头区南山镇镇政府，镇委、市二中、湛师、海大等40多名志愿者、南昆酒业湛江总代理的支持，在城市广场门口举行爱心义卖和爱心晚会，为花季少女梁伟娟募捐善款。

　　当天上午，烈日似火，"情暖湛江"志愿者一大早就赶到城市广场布置现场，搬桌子、搬凳子，大家都配合的非常默契。大家有说有笑，好不开心。上午十点多，太阳更晒了，志愿者们冒着酷暑和烈日在太阳底下城市广场周围和国贸附近派发宣传单张，捧着爱心流动义卖捐款箱，向过往的市民解说今天活动主题和意义，用心说服过往的市民捐一分一毫。虽然有些过往的市民接到派

发的宣传单张看都不看，就扔在地上。有的市民根本就不听爱心志愿者解说，"情暖湛江"志愿者们都还是孜孜不倦地跟上去，毫不气馁。最大的心愿是不管付出多大的努力就是希望多为患病的梁伟娟多募捐一分钱。哪怕太阳有多晒，市民是多么的不理解，她们都忍着，坚持着。

上午还是烈日高照，下午却又是倾盆大雨，又刮起大风，把"情暖湛江"志愿者的义卖现场的帐篷都差不多刮翻了，志愿者们冒雨抱住帐篷的腿，把义卖的资料和物品搬到帐篷的中间，生怕被雨淋湿，资料和义卖的物品保住了，"情暖湛江"志愿者们的衣服却都被雨淋湿了。雨下了一两个小时才停，雨过之后，"情暖湛江"志愿者来不及换上干的衣服，又开始了义卖工作，中午大家轮流吃饭，义卖，大家就这样坚持着。

到了晚上，有的志愿者有事要回去了，又有其他"情暖湛江"志愿者赶来了，她们又带上"情暖湛江"志愿者帽子和披肩站在义卖的岗位继续义卖，天渐渐黑了，华灯初上，万家灯火，一些市民换上干净漂亮的衣服，一家团聚温馨来到城市购物广场买自己的衣服，品尝着肯德基美食，很让人羡慕。而那些"情暖湛江"志愿者们放弃与家人团聚，推迟和朋友的约会来到义卖现场真挚着地奉献着她们心中的那份爱。晚上八点半爱心义卖晚会也开始了，晚会还特别能邀请到电台金牌司仪徐青哥哥，10点多快乐中圆满结束。

心灵感悟：

奉献个人的时间和精力，在不求任何物质报酬的情况下，为需要的人提供帮助，用自己最真的情，最善的心，践行最美的追求。志愿者们通过自己的行动，帮助了需要帮助的人，散播了爱心，助推了幸福。

懂得感恩的人最幸福

小时候，以为有了父母的呵护和美味可口的食物就是幸福；五六岁时，以为有了好成绩，被别人羡慕就是幸福；现在终于明白了，懂得感恩的人，才是最幸福的人。

有这么一个故事：感恩节那天，老师让孩子画出让自己感恩的东西，她料想这里的孩子家里穷，多半会画一桌丰盛的感恩节佳肴。但有一位同学画了一只手，看到这只手，同学们开始了猜测："这一定是赐给我们食物的上帝的手；喂养火鸡或各种肉类动物的农夫的手……。"老师也迷惑不解，走到他身边，弯下腰问他那是谁的手。"那是您的手，老师。"原来那个学生天生矮小，长的也不好看，从小就有一种自卑的感觉，而有一次老师上完课经过他身边时，用手摸了一下他的头……。

我们一定想，当老师用那只手抚摸他时，他感到有多么温暖啊！而当他终于可以在感恩节画出那只手时，他又是多么幸福啊！也许，在所有看了这个故事的人中，红红是最受感动的人，因为同样的事情发生在她的身上，没有谁比她更能理解故事中男孩的感受和幸福了。

那时红红还在四（2）班，教他们语文的张老师因为要生小宝宝回家休假去了，马老师替她教他们班的语文课。好不容易和马老师有感情了，张老师又要回来了，红红心里是既高兴又难过。高兴的是，张老师要回来了；难过的是，马老师又要走了。马老师走的时候，走过来抱了抱她，没有说话就走了，她想哭……。她耳边响起了一次马老师跟她说的话："红红，你要好好学，你语文要考到全年级第一呀。"

红红很感谢马老师对她的鼓励，不管能不能做到，她都要用实际行动报答老师的教育之恩。其实，她要感谢的又何止是马老师一个人呢！张老师、王老

师、李老师、赵老师等老师，这些所有教过她的老师她都要感谢，感谢他们不仅教给自己知识，而且教她怎样做人，使她明白了，懂得感恩的人，才是最幸福的人。

爸爸、妈妈给了她一个温暖的家，对她有养育之恩，她会给他们洗脚、捶背、端碗筷，冬天他们出门了，红红会把拖鞋烤热了，等他们回来；老师对她有教育之恩，她会努力学习，给他们安慰，还会主动说"老师好"，然后露出一个灿烂的笑容，驱散他们一天的劳累；楼道里的邻居经常帮助她，有一次，她忘记带钥匙了，进不了家门，是叔叔、阿姨让她到自己的家里去，她会在上学下楼时悄悄拿走叔叔、阿姨们放在门口的垃圾袋……

心灵感悟：

幸福是什么？你找到幸福了吗？如果还没有找到，那就先学会感恩吧，因为幸福就是拥有一颗感恩的心。生活中需要感恩，常怀感恩之心，才能领悟生活的美好。